오늘이 마지막은 아닐 거야

이 도서의 국립중앙도서관 출판시도서목록(CIP)은 e-CIP홈페이지(http://www.nl.go.kr/ecip)와
국가자료공동목록시스템(http://www.nl.go.kr/kolisnet)에서 이용하실 수 있습니다.
(CIP제어번호: 2015022850)

오늘이 마지막은 아닐거야

정도선 · 박진희 지음

마음의숲

작가의 말

늘 무엇인가 잃고 있다고 생각하는 마음가짐이 그리 나쁜 것만은 아니다. 누구나 시간, 돈, 청춘, 열정, 건강 등 많은 것들을 하루하루 잃어가고 있다. 당연하다고 생각했던 것들이 없어지고 있다는 것을 느낄 수 있어야 어떻게 아낄 수 있는지를 고민할 수 있고, 그것이 얼마나 소중한지를 알 수 있다. 이것을 깨닫게 되기까지 우리는 꽤나 많은 시간을 쏟았다.

세상에 나와 홀로 서는 과정에서 겪는 두려움과 그것을 아무도 알아주지 않는다는 생각이 가져온 결핍이 당연한 성장통이라는 것을 깨닫기까지 30년이 걸렸다. 늘 채워지지 않는 공허함 속에 방황하다가, 드디어 내 부족한 모습까지 어루만져줄 수 있는 짝을 만났다. 우리는 사랑을 했다.

울퉁불퉁 모난 마음을 가식 없이 보여줄 수 있는 유일한 사람임을 확신했다. 그리고 많은 사람들의 축복 속에 결혼식을 올렸다. 이제는 행복한 나날만 계속 될 것이라고 생각한 순간, 청천벽력 같은 암 진단을 받았다. 몸은 점점 허약해지고 있었다. 그제야 내가 갖고 있던 당연한 것들이 영원하지 않다는 걸 깨달았다. 나는 청춘을 잃어가고 있었다.

수술을 마치고 집에 돌아와 쓰러지기 직전까지 울기도 했다. 너무 많은 것들이 순식간에 사라졌고, 삶이 비참하다고 느껴졌다. 몸에 좋다는 보약과 음식을 먹고 갖은 노력을 해봤지만 결코 나아지지 않았다. 도처에 널린 희망은 보지 않고, 딱 한 번 찾아온 절망만을 보고 있으니 나아지지 않는 게 당연했다.

혼자라면 절망을 털고 일어서는데 더 많은 시간이 필요했을 것이다. 남편은 무기력해진 가슴에 불을 지피고 아픈 몸이라도 꿈을 실현할 수 있다는 것을 알려주고 싶어 했다. 그리고 그 무엇보다도 살아있는 동안에 서로 함께 꿈꿔왔던 것들을 빠짐없이 해보길 희망했다. 그리하여 우리는 가슴에 묻고 살아왔던 세계여행의 꿈을 실현하기로 마음먹었다.

좁은 세상을 벗어나면 꿈과 환상의 세계가 펼쳐질 것이라고 생각하며 짐을 쌌다. 그러나 인생길처럼 여행길도 녹록치 않았다. 무거운 내 짐까지 대신 지고 위태롭게 걷는 남편의 모습을 보며 미안함에 울기도 했다. 그럼에도 불구하고 우리는 계속 나아갔다. 이 과정을 통해 삶이 주는 어떤 고통도 자연스럽게 받아들이기를 원했다.

우리는 몸이 허락하는 순간까지 계속 길을 나아갔다. 그리고 더 이상 걸을 수 없을 때 집으로 돌아왔다. 늘 그랬듯이 어떤 깨달음을 얻기 위해선 잃어야만 하는 것들이 필요했다. 길 위를 걸으며 세상을 바라보는 다른 눈을 갖게 되었지만 몸은 지칠 대로 지쳐 있었다. 결국 우리는 도시의 편리함을 뒤로하고 오직 건강을 되찾고자 시골에 내려왔다. 슈퍼마켓이 없고, 음식 배달이 되지 않는 마을. 덕분에 우리는 자연이 주는 음식 그대로에 익숙해졌고 서서히 건강을 되찾아가고 있다.

발병 후 사소한 문제들이 계속해서 발견되었다. 여러 분야의 의사를 만나야만 했고 수차례의 재검사를 받으며 결과가 나오기까지 두려움에 떨어야 했다. 그러나 2년 만에 이대로라면 괜찮을 것 같다는 말을 들었고 정기검사도 기존 6개월에서 1년마다 하는 것으로 바뀌었다. 긴 싸움에서 한 발짝 도약했다는 것만으로 큰 행운 아니겠는가.

여전히 우리는 많은 것들을 잃고 산다. 하지만 이제 사라지는 것들에 미련을 두지 않을 생각이다. 손에 움켜쥔 모래들이 손가락 사이로 빠져나간다. 남편은 우리가 가진 것들이 더 천천히 사라지도록 내 손을 힘껏 감싸준다. 그렇게 서서히 모든 것들이 빠져나갔을 때, 가장 굵고 아름다운 모래알만 남기를 바라며 주먹을 꽉 쥔다. 그리고 훗날 그 모래알이 아름다운 보석처럼 빛날 것이란 희망을 가져본다.

혼자서는 결코 잡을 수 없던 많은 것들이 여전히 내 주먹 안에 남아 있다. 이것을 더 오래 놓치지 않겠다고 다짐하며 이야기한다.

"고마워. 내 손 잡아줘서."

차 례

1장

우리의 이야기

어떻게 살아야 더 행복할까?

진희

아침 6시. 가을이 손짓하는 늦여름이지만 외송리는 벌써 날이 훤하다. 바깥에는 농기계 돌아가는 소리가 한창이다. 해가 차오를수록 마을은 더 바빠진다. 나는 서둘러 옷을 갈아입고 모자를 쓴다. 그사이 남편은 벌써 바깥에 나가있다. 2평 남짓한 텃밭에는 넘치도록 쑥쑥 자라는 채소들로 가득하다. 남편은 텃밭에 물을 주며 흡족한 미소를 지어 보인다.

"우리끼리 먹기에는 많은 것 같아. 이렇게 빨리 자랄 줄 몰랐네. 이웃들이랑 나눠먹자."

우리는 손을 잡고 길가로 나갔다. 까만 똥강아지 두 마리가 발걸음을 재촉하며 저만치 앞서 달려나간다. 남편과 나는 졸졸졸 흐르는 냇물의 징검다리를 건너, 산으로 이어지는 오솔길을 올라 마을 한 바퀴를 도는 것으로 하루를 시작한다. 산책을 마치고 집에 돌아오면 텃밭에서 케일 서너 장을 따온다. 장에서 사온 과일과 함께 갈아 케일주스를 만들어 내가면 남편은 소파에 기대 책을 보고 있다. 하루 중 가장 편안한 시간이다. 주스를 마시는데 멀리 달력에 친 동그라미가 보였다.

아뿔싸, 결혼기념일이다!

"여보, 오늘 우리 두 번째 맞는 결혼기념일이야."

남편도 그제야 생각이 난 듯 이마를 쳤다. 우선 건배라도 하자며 케일주스 잔을 '짠'하고 부딪혔다.

"벌써 2년이 되었네. 서울에서 결혼하고, 일 년 후에는 캐나다에 있었고, 또 1년 후인 지금은 외송리에 있네. 내년에는 또 어디서 무얼 하며 건배할까? 도대체 2년 동안 우리에게 무슨 일이 있었던 거야?"

도선

2011년 11월. 아내와 나는 운명처럼 만났다. 그것도 '책'을 매개로. 나는 5년간 서울에 있는 서점에서 근무하고 있었다. 일을 하면서 보람된 것들이 여럿 있는데, 그중 하나는 손님에게 절판된 책을 찾아드리는 일이었다. 시중에 있는 책들이야 언제든 손쉽게 찾아드릴 수 있지만, 절판된 책은 서점원의 노력 없이는 절대 구할 수 없다. 어렵게 책을 찾아드렸을 때 기뻐하는 손님의 모습을 보고 있자면 묘한 쾌감이 일어난다.

찬바람이 불기 시작하던 11월 어느 날, 한 손님께서 절판된 책을 찾으셨다. 손님께서 부탁하신 일은 아니고, SNS를 하다 우연히 알게 된 것이었다. 나는 뜻밖의 선물에 감동할 그분을 떠올리며, 몰래 책을 구하고 있었다. 한데 쉽게 찾아지지가 않았다. 몇 주간 출판사를 비롯한 도매상, 전국의 헌책방을 모두 수소문했지만 헛수고였다. 오기가 생겼다. 책을 받고 환하게 웃음 지을 손님의 얼굴이 계속 떠올랐다. 강한 집념으로 SNS에 사연을 소개하고 책을 찾는다는 글을 올렸다. 몇 시간 후 "멋있어요", "꼭 찾길 바라요"라는 댓글들이 올라왔다. 그러던 중 마침내 원하는 댓글 하나가 달렸다.

"저에게 그 책이 있어요."

이 댓글을 남긴 것이 바로 지금의 아내다. 그 댓글을 보자마자 나도 모르게 환호를 질렀다. 근무 중이라 많은 사람들이 의아한 눈으로 쳐다봤지만 창피함은 느낄 수 없었다. 나는 마치 신대륙을 발견한 콜럼버스처럼 의기양양해 있었다.

바로 다음 날, 우리는 책을 주고받을 겸 함께 저녁식사를 했다. 그리고 이야기를 나누는데 아뿔싸, 이 사람 나와 너무나 닮았다. 세상을 보는 시선과 꿈꾸는 미래, 과거의 아픔과 현재의 절망까지도. 심지어 좋아하는 책과 음악, 여행지, 그 외에 사사로운 취미까지도 비슷했다. 자라온 환경은 전혀 달랐지만 우린 놀랍게 닮은 구석이 많았다. 조금씩 서로의 이야기에 취해갔다. 앉은 자리 앞 수족관에 그 어느 때보다 행복에 겨운 내 얼굴이 비친다. 그 순간 알아버렸다. 내가 평생 기다리던 사람이 이 사람이라는 걸! 그리고 주저 없이 그녀를 안아버렸다.

진희

남녀가 큐피트의 화살을 맞으면 꽤 낭만적인 대화를 나눌 것 같지만, 실제로는 밋밋하다 못해 유치한 대화로 놀라움을 감추려드는 것 같다. 실제로 우리는 이런 대화를 나눴다.

"너, 내 뒷조사하고 나왔지?"

"내가 왜? 너야말로 내 뒷조사하고 나온 거 아니야? 이건 정말 말이 안 되잖아."

우리는 처음 만난 자리에서 모든 질문에 같은 대답을 했다. 마치 십 년지기 커플들이 애정도를 과시하기 위해, 둘의 추억을 동시에 답하는 이벤트에라도 나간 것 같았다. 우리는 서로에게 잘 보이기 위해 미리 정보를 조사하고 나간 사람처럼 좋아하는 음악, 책, 작가, 가봤던 곳, 가치관 등이 일치했다. 우리는 그때 알 수 없는 전율을 느꼈고, 지금은 그때를 큐피트의 화살에 맞은 순간이라 확신하고 있다.

결혼 전, 남편 집에 놀러간 적이 있다. 나는 남편 방에 들어서자마자 벽에 붙은 세계지도에 시선을 모두 빼앗겨버렸다. 그 지도에는 붉은 화살표로 지구 한 바퀴를 도는 여정이 표시되어 있었는데, 내 방에도 비슷한 지도가 붙어있었기 때문이다.

"정말 소름 돋을 정도로 놀랍다. 내 방에도 이런 지도가 붙어있거든. 나도 이렇게 한 바퀴 돌고 싶다고 그려놨는데, 루트가 거의 비슷해. 우리 진짜 텔레파시가 통하나봐."

"저 지도를 보면서 언젠가는 가겠다고 다짐하고 있었는데 잘됐다.

정도선
2011년 11월 15일 · 서울 ·

페친님들 도와주세용 ..
절판된 책 로자 룩셈부르크 평전(푸른숲 출판사) 구하고 있습니다. 우연히 저희 고객님 담벼락을 보다가 이 책을 간절히 구하고 싶어하시는 걸 알고선 푸른숲, 총판들, 서점,중고책방 다 뒤져보는데.. 없네요.. ㅠㅠ 꼭 구해드리고 싶어요.. 도와주세요 (참 고객님은 전혀 모르시고 계심..)

좋아요 댓글 달기 공유하기

7명이 좋아합니다.

정도선 아 가까운 문화당을 지나쳤네!!ㅋㅋ이따 가봐야지!!
2011년 11월 16일 오전 9:32 · 좋아요 · 1

정도선 구해주세요 ㅠㅠㅠㅠㅠㅠㅠ
2011년 11월 16일 오전 9:49 · 좋아요

정도선 넵^^ 이따가 뭐 좀 사들고 가야겠어여 ㅋㅋ
2011년 11월 16일 오전 9:55 · 좋아요 · 1

Jinhee Park ㅠㅠ우리 도서관에 있는데...근데 도자 맘씨가 이쁘다~~
2011년 11월 16일 오전 10:51 · 좋아요

정도선 어어어??? 도서관에 있다고?? 진짜야??????
2011년 11월 16일 오전 11:11 · 좋아요

• 절판된 책을 찾기 위해 페이스북에 사연을 올리자 아내가 댓글을 달았다.

같이 가면 되겠다."

"그래. 난 다른 지역보다 중남미 지역을 꼭 가고 싶어. 보통 중미는 생략하고 남미로 많이 간다는데 나는 중미도 가보고 싶어!"

"그러면 우리 루트를 좀 수정해볼까?"

우리는 먼 훗날 함께 떠날 세계일주를 상상하며 지도의 화살표를 다시 그렸다.

도선

연애 초, 아내는 우리 집에 처음으로 놀러와 내 방에 붙은 세계지도를 보며 놀란 눈으로 말했다.

"나도 세계일주를 항상 꿈꾸고 있었는데, 생각했던 루트도 나랑 굉장히 비슷한 걸?"

이야기를 나눌 때마다, 천생연분이란 이런 것이 아닐까 생각했다. 그날 밤, 홍대에서 데이트를 하는데 아내가 갑자기 들뜬 목소리로 말을 꺼냈다.

"이 근처에 내가 정말 가보고 싶었던 가게가 있어."

"응? 나도 이 근처에 가보고 싶었던 술집이 있는데, 저 안 쪽에 스페인 펍!"

"아! 너 혹시 내 머릿속에 들어와 있니?"

그 가게는 번화가가 아닌 골목 깊숙한 곳에 위치해 있어 밖에서 쉽게 찾을 수 없는 곳이었다. 아니, 홍대에 그 수많은 가게 중에 가고 싶었던 곳이 똑같다니. 우린 잡고 있는 손을 더 꼭 잡으며, 서로의 얼굴을 한참 동안 바라보았다. 그곳은 주인이 스페인에서 직접 공수해온 맥주와 인테리어 소품들로 굉장히 이국적인 분위기를 자아냈다. 아내를 보니 좋아하는 눈치다. 아내는 자리에 앉자마자 스페인 이야기를 풀어놓았다. 자기는 스페인을 아주 좋아한다면서 특히 바르셀로나 축구팬이라 FC 바르셀로나 구장 '누캄프'도 다녀왔다고 말했다. 새벽 3시 반에도 알람을 맞춰놓고 일어나 FC 바르셀로나 경기를 모두 챙겨보는 나에게.

도선

현재시간 저녁 9시 55분. 마음이 급해진다. 서점 마감시간까지는 5분밖에 남지 않았는데, 손님들은 아직도 느긋하게 책을 보고 계신다. 마감을 알리는 음악과 멘트가 방송으로 나오고 있지만 미동조차 하지 않는다. 속이 탄다. 10시 50분 막차인 서울역발 천안행 기차를 타려면 내가 있는 연신내에서 적어도 10시 10분에는 지하철을 타야 한다. 그러려면 서점 마감을 정시에 해야 하는데 손님들은 도통 나갈 생각을 하지 않는다. 아뿔싸! 열시가 넘어버렸다. 어떡하지, 어떡하지! 발을 동동 구르고 있는데, 동료가 눈치를 채고 말은 건넨다.

"정주임 오늘 여자친구 만나러 가지? 먼저 가. 내가 마무리할게."

이렇게 은혜로울 수가! 나는 흘러나오는 감동의 눈물을 훔치며, 옷을 부리나케 갈아입는다. 그러고는 '내가 세상에서 가장 바쁜 사람이야'라는 표정을 지으며, 수많은 인파를 제치고 지하철역으로 뛰어간다. 10시 13분, 가까스로 지하철을 탔다. 도중에 종로3가역에서 환승을 해야 하는데, 빠른 환승을 위해 1-1번 칸으로 이동했다. 잠시 숨을 고르고 환승역에서 다시 달릴 준비를 한다.

마음이 조급해져 시계를 10초에 한 번 꼴로 쳐다봤다. 종로3가역에서 문이 열리면 긴 환승구간을 또다시 힘차게 달려간다. 운이 좋게도 열차가 바로 와 탑승에 성공했다. 이윽고 서울역. 이제 마지막으로 달릴 차례다. 시간은 45분. 젖 먹던 힘까지 짜내어 달려야 한다. 사람이 줄지어 서있는 에스컬레이터 따위는 이용하지 않는다. 사람이 없는 계단으로 우회하여 시간을 단축 시켜야 한다.

바쁘게 뛰는 와중에도 기차역에 오게 되면 습관처럼 주위를 살핀다. 무언가 텁텁하면서도 애잔한 느낌의 기차역은 오늘도 예외 없이 다양한 발걸음 소리들로 가득했다. 집으로 돌아가는 터덜터덜 피곤한 발걸음 소리도 있는가 하면 헤어짐에 아쉬운 연인들의 무거운 발걸음 소리, 목적지가 없어 방황하는 발걸음 소리, 삶에 쫓기는 듯한 위태로운 발걸음 소리, 누군가를 향한 희망찬 발걸음 소리….

다양한 삶의 소리들이 귀와 머리에서 아우성을 쳤다. 내가 내는 소리는 어떤 소리일까? 스스로에게 질문을 하며 계속해서 달린다. 기차가 가까울수록 뛰는 사람들이 늘어났다. 내가 너무 호들갑스럽게 뛰니 천천히 뛰던 사람들도 속력을 낸다. 이윽고 수많은 사람들이 미친 듯이 전력질주를 하는 장관이 펼쳐졌다. 기차에 다다라 시계를 본다. 49분. 이제야 마음을 놓고 숨을 가라앉히며 기차에 올랐다. 자리에 앉으니 안도감이 온몸을 휘감으며 약간의 쾌감까지 느껴졌다.

일주일에 두 번. 아내와 나는 이렇게 2년을 연애했다. 시간이 지나면 힘들 법도 한데 한 번도 힘들다고 느껴진 적은 없었다. 기차에서 내려 나를 기다리고 있는 아내를 보면, 멀리서부터 힘차게 손 흔들고 있는 아내를 보면 뭐랄까. 세상의 어떤 시름도 사라지는 것 같은 기분이 든다. 나와 닮은 사람, 나와 꿈이 같은 사람을 만난다는 것은 일종의 구원과 같았다. 그 꿈들이 거창한 것은 아니다. 그저 물질에 구속받지 않는 삶, 일보다 가정이 중요한 삶, 그리고 베푸는 삶. 삶에 지쳐 낡고 희미해져가고 있던 꿈들이 아내를 만나 더욱 선명해졌고 구체적으로 변했다. 항상 흐리멍덩했던 눈에 생기가 생겼다. 앞으로 함께 만들어갈 미래를 생각하며 가슴이 한껏 부풀어 올랐다. 삶에 대한 의지와 희망이 생긴 것이다.

진희

2012년 8월 30일. 우리는 이날 결혼했다. 결혼식도 올리지 않은 채 달랑 서류 한 장을 증거삼아 우리끼리 결혼이라는 행사를 치렀다. 겨우 얻은 조그만 집에 전에 사용하던 가구와 식기를 가져다놓고 신혼

집을 마련했다. 뭐가 그리 급했는지, 가정을 꾸리는 게 무엇인지도 몰랐지만 그렇게 우리는 부부가 되었다. 누군가는 용감하다고 박수를 보내기도 할 것이고, 누군가는 무엇이 그리 좋아 인생의 중대사를 망설임도 없이 결정했는지 의아해할 것이다. 그때 나는 이 남자가 아니면 내 꿈을 펼치고 살 수 없을 거란 확신이 들었던 것 같다.

모든 꿈들이 같은 목적지를 바라보고 있었기에 무엇이든 할 수 있을 것이라 믿었다. 혼자 꾸던 꿈을 둘이 함께 꾸는 것이 진짜 행복이라고 생각했다. 그러나 현실은 이상처럼 완벽하지 않았다. 아무리 같은 가치관과 취향을 가지고 있어도 두 생각이 데칼코마니처럼 완벽하게 합쳐지기란 쉬운 일이 아니었다. 결혼을 하니 '나'라는 존재가 작아지는 대신, '우리'라는 강력한 존재가 생겨났다. 나만의 꿈은 조금 작아졌지만, 대신 더 큰 우리의 꿈이 생겨났다. 다시금 생각해봤다.

'우리는 왜 망설임 없이 결혼을 했을까?'

그 이유는 우리의 꿈이 같은 방향으로 가고 있었고, 지금도 여전히 삶의 목적이 같다는 것이다. 그리고 꿈을 이룰 희망이 우리에게 존재하고 있다는 확신이 있었다. 결혼 전 생각했던 것처럼 모든 것이 완벽하진 않지만, 내 꿈이 작아져 가는 것이 아니었다. 우리의 꿈이 커지고 있어 내 꿈이 상대적으로 작게 보이는 것이었다. 나는 날개를 크게 펴기 위해 몸을 웅크리고 있는 것이었다. 나는 꿈을 위해 높이 나는 새가 될 수 있을 것 같았다. 그리고 그 옆엔 항상 나의 짝꿍이 함께 날고 있을 거란 확신이 든다.

• 눈만 떠도 행복하고 서로의 숨소리만 들어도 즐겁다.
산청에서 그리 멀지 않은 남해의 상주해수욕장에서, 찰칵.

도선

누구나 가슴에 상처 하나 안고 살아가듯 나 역시 그러했다. 어린 시절 순탄치 못한 생활로 인해 이미 내 몸 깊숙이 결핍이란 마음의 병이 퍼진 상태였고, 그것은 오랫동안 내 삶에 영향을 끼쳤다. 매일같이 내 심장을 쥐면서 삶을 헐떡이게 만들었다. 고삐 풀린 망아지처럼 울부짖게 했고, 도살장에 끌려가는 개처럼 움츠러들게 했다. 도무지 이 생활에서 벗어날 수 없을 거란 생각이 들었다. 오랜 시간이 지나고 '이게 내 삶인가 보다'라고 인정할 때쯤 아내를 만났다. 내 아픔을 안아주는 사람을.

그러나 운명의 장난인 걸까? 신혼의 단꿈이 채 가시기도 전에 아내에게 병이 생겼다. 아내가 암에 걸렸다.

진희

신혼 2개월, 눈만 떠도 행복하고 서로의 숨소리만 들어도 즐겁다. 정신없던 결혼식을 마치고 안정적인 새 삶을 시작하려는 찰나, 병원으로부터 청천벽력같은 소식을 듣게 되었다.

"환자분, 놀라지 마세요. 이건 단순한 요통이나 디스크 같은 게 아니에요. 종양입니다. 보이시죠? 이 흰 부분이 종양이에요. 이건 우리 병원에서 손 쓸 수가 없네요. 대학병원에 가셔야 합니다. 제가 추천서를 적어드릴게요."

'종양… 종양이 뭐더라? 그게 뭐였지?'

단순한 허리통증이라 생각하고 받아본 검사결과는 충격적이었다. '종양'이라는 단어는 드라마에서나 나오는 건 줄 알았다. 의사선생님 입에서 상상조차 해본 적 없는 말이 나오자 머릿속이 하얘졌다. 도대체 의사선생님이 무슨 이야기를 하는지 이해할 수가 없었다. 추천서를 받아들고 나와서도 그냥 아무 일도 없다는 듯 집으로 발길을 옮겼다. 살면서 뇌가 가장 느리게 반응한 날이었다. 한편 남편은 꽤 분주했다. 이곳저곳에 전화를 걸고 인터넷을 검색했다.

도선

신혼여행을 다녀와 가족들과 식사를 하고 여러 고마운 분들을 찾아뵙고 나니 한 달이 쏜살같이 지나갔다. 겨우 주말다운 주말을 보내고 있는데 아내가 "아이고 허리야"하며 일어선다. 늘 허리가 아프다고 했기에 이참에 병원을 데려가야겠다는 생각이 들었다. 물리치료를 꾸준히 받으면 나을 수 있는 단순한 디스크일줄 알았다. 그래서 찾아간 곳도 척추전문병원이었다.

MRI를 찍기 위해 촬영용 환자복을 입은 모습이 웃기다며 대기실에서 낄낄거리며 놀기까지 했다. 하하호호 웃는 도중 진료실로 들어오라는 방송이 나왔고 대수롭지 않게 결과를 들으러 방에 들어갔다. 의

사는 아직도 웃음기 머금은 나를 보며 '당신, 지금 그렇게 웃을 때가 아니야'라고 말하는 듯 힐끔 노려보고는 긴 숨을 내쉬며 입을 열었다.

뜻밖의 결과가 들려왔다. 아주 큰 크기의 종양이 발견되었으니 자세한 건 대학병원에 가서 검진을 받아보라는 말이었다. 둘 다 이게 어떤 상황인지 받아들이기가 힘들었다. 아내는 횡설수설했다.

"종양? 병원가야 해? 그게 뭐야? 대학병원은 어디로 가야하지? 나 어떡해? 이게 뭐야? 나쁜 거야? 나 어떡해?"

"괜찮아. 걱정 마. 더운데 일단 집에 가자."

아내는 끊임없이 질문을 했다. 귀로는 아내가 하는 말을 듣고 있었지만 아내의 감정이나 표정에 집중할 수가 없었다.

병원 주차장, 한낮에 뜨겁게 달궈진 차 안에서 나는 말없이 앉아있었다. 무엇부터 시작해야 할지 몰랐다. 어디에다, 누구에게 물어봐야 하는지조차 감이 오지 않았다. 뜨거운 차 안에 아내를 앉혀놓고 일단 스마트폰을 들고 나왔다.

'그래, 이러고 있을 때가 아니야. 정신 바짝 차리고 일분일초라도 빨리 의사선생님을 만나야해.'

의사의 조언에 충실히 따르기로 하고 검색창에 '대학병원'을 쳤다. 가까운 대학병원이 지도에 나타났다. 주소를 적어들고는 차로 돌아갔다. 그사이 아내는 마음을 다잡았는지 침착해진 모습으로 걱정 말라며 집에 가자고 했다.

"아니야. 지금 바로 병원에 가야해"라고 말하며 차머리를 집이 아닌 대학병원으로 돌렸다. 오진일 수도 있고, 아주 간단한 수술로도 치료될 수 있고, 악성종양일리는 전혀 없을 거야 라는 근거 없는 희망만 가슴에 품으며.

진희

병문안으로만 가보았던 대학병원에 처음으로 진료를 받으러 갔다. 의사선생님은 방긋 웃으며 "안녕하세요?" 하고 인사했다. 그리고 한참 어린 내가 아프면 얼마나 아프겠어라는 듯한 말투로 MRI 영상을 열어보며 중얼거리셨다.

"그래, 어디 보자. 어디가 아플까."

MRI 영상을 한참 살펴보던 의사선생님은 한동안 아무 말씀이 없으셨다. 십 분이 넘도록 방에는 침묵만 흘렀다. 동행한 남편의 마른 침을 삼키는 소리가 들릴 지경이었다. 머리가 하얘졌던 이틀 전과는 달리, 오늘은 심장이 미친 듯이 펌박질치고 있었다. 내심 '그제 갔던 병원에서 잘못 본 것이다, 아무 것도 아니니 집에 돌아가서 푹 쉬어라' 라는 말이 나오길 기대하고 있었다. 십여 분 만에 입을 뗀 선생님의 첫 질문은 "결혼했어요?"였다.

"네. 지난달에 했어요."

의사선생님은 대답 대신 긴 한숨을 내쉬었다. 그리고 말씀을 시작하셨다. 골반 바로 위 척추에 7센티미터 가량의 종양이 있고, 그것이 뼈까지 침투되어 있는 상황이라고 했다. 치료는 근육의 종양과 종양이 침투한 뼈를 제거하고, 골반의 절반 정도를 제거해 인공뼈를 삽입하는 방법으로 진행될 것이라고 말했다. 도대체 이게 무슨 상황인지 잘 파악이 되지 않았다.

"그러니까 이런 큰 수술을 꼭 해야만 한다는 거죠?"

"더 확인해봐야 정확히 알겠지만 재발확률이 높을 거예요. 완치를 위해서는 이런 수술을 감행해야 합니다."

"위험한 수술 아닌가요? 척추 뼈를 제거해도 사람이 정상적으로 살 수 있나요?"

"위험하긴 하지요. 아마 신경을 건드려도 하반신이 완전히 마비되지는 않을 거예요. 아마 발목 아래로 마비가 올 거 같은데요. 더 정확한 건 검사를 해봐야 해요."

몇 바늘 꿰매는 것도 아니고 반나절도 넘게 목숨을 걸고 수술을 해야 한다니 겁이 나기 시작했다. 당장이라도 눈물이 쏟아져 나올 것 같았지만, 내가 울기 시작하면 곁에 있는 가족의 마음이 무너질 것 같았다. 눈물을 참고 냉정을 유지하며 병원을 나섰다.

드라마나 영화를 보면서 '만약 저 주인공처럼 내가 큰 병에 걸린다면 어떻게 될까?'하는 상상을 했을 때는 의사선생님을 붙잡고 울며불며 매달릴 거라고 생각했다. 그러나 나는 이상하리만큼 태연하게 반응했다. 머리가 여전히 정상적인 속도로 반응하지 않는 것이 확실했다. 아니면 그냥 현실을 믿고 싶지 않아서 스스로 멍청해져, 상황에 둔감하게 반응하기로 한 것 같았다. 병원 문을 나서자 남편은 속상함이 분노로 바뀐 듯했다.

"남의 몸이라고 너무 쉽게 말하는 것 아니야? 저런 수술을 어떻게 쉽게 생각하고 쉽게 하자고 하는 거야? 하반신 마비는 위험하고 발목 마비는 괜찮다는 거야? 몸 어느 한 부분을 못 쓰게 되는 게 아무것도 아니라는 것 같잖아."

남편의 눈은 충혈 되어있었다. 남편도 아마 자기가 먼저 울면 내가 무너질 것이라 생각하고 참고 있는 것 같았다.

"다른 병원에 가자. 꼭 이 방법밖에 없을 리가 없어. 다른 방법도 찾아보자."

도선

다가올 미래를 생각하며 입을 굳게 다물었다. 평소에 힘이 잘 배분되지 않던 어금니의 어느 한 부분을 나도 모르게 턱이 '징'할 정도의 힘으로 깨물었다. 단순한 디스크인줄 알았던 아내의 허리통증 원인이 종양이라는 말을 듣는 순간까지 사태파악이 되지 않아 멀뚱멀뚱 듣기만 했다. 그 종양이 뼛속까지 전이 되었으며, 하반신이 마비될 수도 있는 큰 수술을 받아야 한다는 말과 악성일 수도 있다는 말이 나오고 나서야 몸과 정신이 반응하기 시작했다.

이런 환자들을 수없이 상대해왔기 때문인지 의사는 만에 하나 일어날 사고에 대해 대수롭지 않게 얘기했다. 처음 겪는 우리로서는 정신적 충격과 불쾌감이 상당했다. 위험한 수술을 하지 않고도 치료할 수 있는 방법이 분명 있으리라는 생각이 들어 좀 더 많은 의사들의 소견을 들어보기로 했다.

진료를 마치고 집으로 돌아오는 버스 안, 아내는 말없이 창밖을 바라보았다. 별일 없을 거야라는 말로 어깨를 토닥였지만 아무 반응이 없었다. 머릿속이 뒤죽박죽 엉켜버렸다. 어떻게 해야 할지 몰라 쭈뼛쭈뼛 아무 행동도 하지 못하는 내가 바보 같았다. 사실 아내가 허리에 통증을 느끼고 있으며, 허리의 한 부분이 볼록 튀어나왔다는 걸 안 건 한참 전의 일이었다. 그때 바로 병원으로 가서 진료를 받았어야 하는데, 단순한 디스크인줄 알고 바쁜 일을 핑계로 진료를 차일피일 미루다 결국 이렇게 됐다. 후회가 몰려왔다.

나 때문이라는 자책감이 들었다. '내가 좀 더 현명했으면, 내가 좀 더 현명했으면…' 하는 메아리가 버스 안을 가득 메웠다. 버스가 터널로 들어섰다. 어둠이 우릴 집어삼키고 긴 침묵의 시간이 날을 세우고 나를 베어갔다. 1분도 채 안 되는 시간이 억겁의 세월처럼 느껴졌다. 버스가 터널 밖으로 나와 투명한 햇살이 내리쬐어도 어둠은 계속됐다. 불행이라는 단어가 속수무책으로 스며드는 것 같았다. 버스에서 내려 집으로 터벅터벅 걸어가는 길, 나는 참지 못하고 울음을 터트렸다.

"미안해 여보, 내가 병원에 좀 더 일찍 데려갔으면, 조금만 더 일찍 데려갔으면 이런 상황까지 오지 않을 수도 있었을 텐데 미안해 여보…."

아내는 가던 길을 멈추고 7월의 애달픈 하늘아래 이리저리 찌그러져 나약해진 내 어깨를 감싸 안았다.

"아니야, 이제라도 병원에 가게 된 건 자기 때문인 걸. 미안한 건 나지. 결혼한 지 얼마 되지도 않았는데… 근데 있잖아, 우리 울지 말자. 까짓것 이겨내보자. 나 무섭지 않아."

그새 마음이 단단해진 아내는 눈시울이 붉어졌지만, 눈물을 보이지 않으려 참고 있었다. 순간 내 모습이 부끄러워졌다. 별다른 용기도, 위로도 못 주면서 질질 짜고나 있다니. 난 고작 이런 인간밖에 못 되나? 남편으로서 보일 수 있는 행동이 고작 이건가?

진희

가족을 제외하고 그 누구에게도 병에 대해 이야기하지 않았다. 그러나 나는 도움이 절실했다. 반드시 이 위험한 수술을 받아야 한다면, 위험 부담을 조금이라도 줄일 수 있도록 이 분야의 명의에게 수술받고 싶었다. 그런데 어느 분야의 선생님을 찾아가야 하는지조차 감을 잡을 수 없었다. 정형외과 아니면 신경외과, 그것도 아니면 종양내과? 하루종일 인터넷을 검색해도 답을 알 수가 없었다. 그래서 SNS에 글을 올려 도움을 청하기로 결심했다.

글을 올리자마자 수십 개의 댓글이 달렸다. "힘내"라는 응원의 메시지부터 병원에서 일하는 분들의 조언, 여러 의사선생님을 추천하는 메시지까지 다양한 글이 올라왔다. 지인들의 소개로 세 분의 선생님께 진료 예약을 했다. 워낙 유명한 선생님들이라 보통 6개월 정도 기다려야 진료를 받을 수 있는데, 정말 운 좋게도 가까운 시일 내에 진료예약을 할 수 있었다.

잠을 자려고 누워도 마음이 편치 않아 스마트폰을 만지작거리며 검색창에 '척추 종양'을 입력해보았다. 나를 좀먹고 있는 이 적을 알아야 싸움에서 승리할 수 있을 것 같았다. 하루종일 병에 대해 알아보고 있으니 의사가 다 된 것 같은 기분이 들었다. 겉으로는 지독히도 평화로운 하루하루를 보내고 있는 듯 보였지만, 속은 가뭄이 들어 쩍쩍 갈라진 땅 위에 탈수로 죽어가는 사자가 된 것 같았다. 금방이라도 타들어가 죽을 것 같지만, 조금만 더 가면 물을 찾을 수 있을 것 같은 희망이 있었다. 그러나 몸은 점점 더 기진맥진이 되었다. 병원에서 가져온 MRI 사진을 들여다보고 또 들여다봤다.

내 몸 안에 이런 것이 있을 리 없다고 부정하다가 또 들여다보고 자책하기를 반복했다. 돌이켜보니 몸은 내게 아프다고 돌봐달라고 여러 차례 신호를 보내고 있었다. 그런데 나는 그저 정신적 즐거움에만 몰두한 채 육체적 고통을 무시했다. 그리고 그 대가는 너무도 가혹하게 돌아왔다. 왜 이렇게 내 삶은 다사다난한지 곰곰이 생각해보았다. 그것은 아마 내가 스스로를 너무 믿었고 그 믿음이 지나쳐 오만했기 때문일 것이다. 난 고작 몇 센티미터의 세포덩어리도 이겨내지 못 하는 나약한 인간일 뿐인데, 내가 세상의 정답이라도 되는 것처럼 스스로 판단하고 건방지게 행동했었다.

더 낮아져야겠다고 다짐했다. 그리고 남들의 말과 몸이 하는 소리에 귀 기울이고 나 혼자 사는 인생이 아니라 남편과 가족, 지인, 세상의 모든 생명과 함께 사는 인생임을 기억하며 살자고 다짐했다. 이제는 내 몸을, 내 자신을 더 소중히 아끼고 살아야 한다.

도선

대학병원에서 처음 진료를 받고 돌아오던 날, 나는 소매로 눈물을 훔치며 앞으로 절대 이런 모습은 보이지 않을 거라고 다짐했다. 그리고 그날 집으로 돌아와 마음을 추스르며 열심히 병에 대해 검색하기 시작했다. 주위 지인들에게도 전화를 걸어 상황을 전하고 SNS에도 글을 올려 자문을 구하기도 했다. 그리고 몇 주 후 다른 병원에서 아내에게 맞는 전문의를 만났고 수술일정을 잡았다.

뼈에 있는 종양은 경과를 좀 더 지켜보고 당장 허리에 있는 종양만 떼어내기로 했다. 수술 날이 다가올수록 아내의 통증은 계속해서 심해져 갔다. 평소엔 주로 밤에만 아파했는데 날이 갈수록 밤낮 가릴 것 없이 통증을 호소했다. 어떤 날은 통증이 너무 심해 진통제를 몇 알이나 먹이고 잠을 재우기도 했다. 아내는 마음을 단단히 먹고 있다가도 가끔은 눈물을 보이며 무너져내렸다. 나 또한 가슴이 너무 아팠지만 전처럼 또 울 수는 없었다. 목구멍까지 차오르는 울음을 꾹꾹 누르며 몇 번이고 울음을 삼켰다. 그리고 평생 해본 적 없는 기도를 했다. 사실 매일 몇 번씩 하기로 마음먹어 놓고 자꾸 잊어버렸다. 익숙하지 않아서일까, 머리가 나쁜 걸까. 스스로를 자책하며 또 기도를 올렸다.

진희

서울대 병원에 이어 아산병원, 세브란스 병원까지 다녀오며 여러 의사선생님의 소견을 들었다. 모든 의사선생님이 공통적으로 수술은 불가피하다고 이야기해서 수술을 받기로 마음먹었다. 이제야 조금은 내가 처한 상황을 받아들일 수 있었다. 피해가고만 싶었던 그날이 이제 현실이 되어있었다. 수술 날짜를 잡고, 수술 전에 필요한 검사를 했다. 여러 가지 검사를 했는데 이상이 있다고 해 다시 병원에 방문했다. 이제는 '이상'하다는 말만 들어도 심장이 내려앉는 기분이었다.

어디까지가 '정상'이고, 어디까지가 '비정상'인 건지, '이상'하다는 것은 무엇을 의미하는지, 누가 그 잣대를 만들었는지 궁금했다. 그 모호한 정체와 싸워야 한다는 것이 두려웠다. 수술대에 오르면 과연 정상이 될 수 있는 건지 의심스럽고 두려운 상황이지만, 지금으로서는 '정상'이라는 존재를 믿고 그렇게 만들어줄 의사선생님을 따라 움직일 수밖에 없었다. 나는 혼자가 아니니까, 가족과 나를 사랑해주는 많은 사람이 있으니까, 나와 그들을 위해서 정상의 범주에 들어가야만 했다. 가까스로 수술 전 검사에 다 통과하고 나니 수술이 정말 코앞까지 다가와 있었다. 일주일 동안 나는 거의 10년간 찾지 않았던 성당에 들어가 무릎을 꿇고 기도했다.

"제발, 살려주세요. 우리 남편을 생각해서라도 저 좀 살려주세요."

아무도 없는 어두운 성당에 내 울음소리만 울려 퍼졌다. 스테인드글라스 사이로 들어오는 빛이 십자가상의 예수님 얼굴을 푸르게 비췄다. 야위고 창백해보였다. 어디라도 붙잡고 애원할 수 있는 존재마저 파랗게 질려버린 것 같았다. 그래도 어디에 애원해야 하는지조차 알 수 없는 내겐 이곳이 유일한 구명줄이었다.

진희

입원을 했다. 이제는 내 이름 옆에 중증환자라는 꼬리표가 붙었다. 백만 원 가까이 나오는 검사비용이 반도 안 되게 확 줄어든 것은 고마운 일이었지만, '중증'이라는 단어가 주머니에 쇠망치를 넣고 다니는 것처럼 무겁게만 느껴졌다. 다음 날 있을 수술을 위해 여러 정밀검사를 했다. 무거운 마음이 훨씬 가벼워질 만한 이야기를 들었다. 일단 수술을 집도해봐야 정확하게 나오겠지만, 촬영한 것으로 미루어 보아 척추적출은 하지 않아도 될 것 같다는 이야기였다. 그 말 한마디만으로도 나는 죽음의 구렁텅이에서 건져진 것만 같았다. 목숨을 건 수술이 아니라 몇 바늘 꿰매는 수술을 받는 걸로 느껴졌다. 기도한 것들이 효과가 있었나 싶어 다시 더 욕심을 내보았다.

'제발 악성종양이 아니기를. 한 번 수술하고 다시는 병원에 오지 않

기를….'

시간이 다 되자 흰 수술복을 입고 머리에 모자를 쓴 뒤 침대에 누워 이동했다. 천장의 조명이 하나씩 스쳐 지나갔다. 손을 잡고 빠른 걸음으로 나를 따라오는 남편의 눈에서 눈물이 쏟아지고 있었다. 울고 싶지 않아 빠른 속도로 지나가는 천장 조명을 바라봤다. 문이 열리고 우리의 잡은 손끝이 점점 멀어져갔다. 그리고 몇 시간 후 큰 탈 없이 수술실에서 나왔다.

처음 찾아갔던 병원에서 20시간이 넘는 수술을 할 것이라는 말을 들어서였는지 정말 짧은 시간 동안 수술을 한 것 같았다. 종양이 신경과 닿아있지 않아 신경을 건드리지 않고 제거하는 수술을 받았다. 떼어낸 종양은 조직검사실로 보내졌고 뼈는 제거하지 않고 조직검사만 했다. 이제 남은 것은 기다림뿐이었다.

도선

퇴근 후 술 한 잔 하자는 동료들을 뿌리치고 다닥다닥 낡은 건물들이 즐비한 골목골목을 자전거로 쏜살같이 달려간다. 저 멀리 우리 집 창문에 불빛이 새어 나오는 게 보이면 더욱 속력을 낸다. 자전거를 세우는 둥 마는 둥 대충 건물 옆에 내팽개치고 집으로 뛰어 올라간다.

'띵동'

1초, 2초, 3초. 드디어 문이 열리고 앞치마를 한, 얼굴에 한가득 미소를 머금은 아내가 나를 맞이한다. 세상 그 어떤 것보다 이 순간이 좋다. 아내의 미소, 집안 가득한 아내의 냄새, 아내가 차려 놓은 밥상. 매일 경험해도 매번 행복한, 마치 순정만화에서나 볼 법한 아름다운 순간들이 내게도 펼쳐지고 있었다. 비록 그 행복은 얼마가지 않아 절망과 슬픔으로 바뀌었지만 말이다.

그렇게 매일 내게 미소를 지어주던 아내는 굳은 표정으로 간이침대에 누워 수술실로 들어갔다. 마지막까지 잡고 있다 떼어진 손, 나도 모르게 눈물이 왈칵 쏟아졌다. 수술실 문이 닫히고 전광판에 수술중이라는 글이 떠올랐다. 복식호흡으로 마음을 가다듬어 봤지만 별다른 효과는 없었다. 막연한 불안감이 끊임없이 나를 괴롭혀 안절부절 못하게 만들었다. 내가 얼마나 나약한 존재인지 다시 한 번 실감했다. 아내는 마취가 풀리지 않아 잠든 모습으로 정확히 다섯 시간 후에 수술실 밖으로 나왔다. 의사의 말로는 수술이 성공적이라고 했다.

"고맙다 진희야, 정말 고맙다!"

대답이 없는 아내의 손을 꼭 붙잡고 병실로 가는 내내 중얼거렸다. 아내는 한참 후에야 깨어나서 나를 보고 웃어 보였다. 들릴 듯 말 듯 나지막하게 "나 이제 괜찮은 거지? 나 살아있는 거지? 사랑해"라고 속삭였다. 그러고선 환부가 눌리게 되면 통증이 더 심하다며 옆으로 돌아누워 잠이 들었다. 몸을 겨우 90도 돌리는데 온갖 고통의 신음소리가 다 나왔다. 힘든 하루가 고스란히 드러나는 아내의 뒷모습을 바라보다 나도 이윽고 긴장했던 몸을 뉘었다. 눈을 감으니 숨 막혔던 하루가 파노라마처럼 흘러갔다. 내 생애 이렇게 간절했던 날이 있었을까, 간사하게도 나는 평소에 믿지도 않았던 신을 수천 번, 수만 번 찾았던 것 같다.

진희

결혼을 하면 건강은 의무라는 말을 들었다. 물론 결혼을 하지 않았더라도 건강은 당연히 의무다. 그러나 결혼을 하면 그보다 더 큰 책임이 따른다. 가정을 꾸린다는 것은 단순히 같이 생활한다는 것을 뛰어넘어, 나의 삶뿐만 아니라 상대방의 삶까지도 책임을 지겠다는 무언의 약속이기 때문이다. 가족의 삶을 위해서라도 반드시 건강하게 살아야 한다.

수술을 마친 밤, 남편은 불편한 병실 간이침대에 눕지도 못하고 앉은 채로 내 손을 잡아주고 있었다. 나는 결혼을 안 했더라면 차라리 나았을 것을, 몇 달만 미루었다면 이 무거운 짐을 남편에게 안겨주지 않았을 텐데 하고 생각했다. 결혼이 얼마나 중대한 일인지 그제야 어른들의 말을 실감할 수 있었다. 결혼을 안 했더라면 온전히 나 혼자의 고통이었을 이 일이 이제는 나뿐만 아니라 우리의 고통이 되어버렸다.

몸의 고통보다도 마음의 짐이 더 무겁고 크게 느껴졌다. 좁은 간이침대에서 생활하며 내 병간호를 하다 출근하는 남편을 보면서 내가 왜 병든 몸과 마음으로 결혼을 했을까 하는 후회가 들기도 했다. 그런데 남편은 나를 전혀 원망하지 않았다. 오히려 더 빨리 병원에 데려가지 못해 미안하다고, 이제라도 수술하게 되어 다행이라고, 이제 건강해져서 잘 살 일만 남았다고 나를 다독여주었다. 그 말을 듣고 나는 진짜 신이 존재한다고, 아마 나를 지켜주기 위해 남편을 내 곁에 보낸 건지도 모른다고 생각했다.

남편이 없었더라면 나는 마음이 쉽게 약해져, 이 두려움을 떨쳐내지 못하고 웅크리고 살았을지도 모르겠다. 그런데 지금은 어떻게든 건강하게 잘 살아야 하는 분명한 이유가 생긴 것이다. 남편의 지친 얼굴을 바라보고 있노라면, 내게 두려움이 찾아와도 웃으며 멀리 쫓아 보낼 용기가 생겨났다. 이게 아마 남편이 내게 준 가장 큰 선물일지도 모르겠다. 바로 삶에 대한 애착과 긍정.

도선

한동안 낮에는 일하고 밤에는 간병을 하는 생활이 지속됐다. 아내는 빠르게 회복되었고 모든 게 정상으로 돌아가는 듯했다. 조직검사 결과가 남았지만 왠지 모르게 걱정이 되지 않았다. 막연하게 양성일 거라는 확신이 들었다. 그리고 조직검사 결과가 나오는 날이 되었다. 그날도 여느 때와 같이 일을 하고 있었다. 이제 별일 없으니 퇴원해도 좋다는 말을 들을 수 있겠거니 예상하며 종일 콧노래를 부르고 있었다. 어머님에게 전화가 왔고, 나는 반가운 마음에 큰소리로 "어머님!"

을 외쳤다. 한데 수화기 너머 어머님의 목소리가 들리지 않았다.

"어머님 안 들리세요? 어머님 말씀하세요."

나는 수신상태가 좋지 않은 줄 알고 계속해서 어머님을 불렀다.

"후…."

수화기 너머로 긴 한숨소리가 들렸다. 순간 내 몸은 얼음장처럼 굳어졌고 불안감이 엄습했다. 하지만 호흡을 가다듬고 다시 말을 건넸다.

"어머님, 무슨 일이에요. 말씀하세요. 어머님."

"저기 도선아 어떡하니. 진희가 악성이란다. 미안하다 얘. 미안해서 어떡하니 도선아…."

망치로 귀를 얻어맞은 듯 정신이 멍해졌고 호흡은 끊어질 것처럼 가빠져갔다. "어머님, 그게 무슨 말이에요. 정말이에요? 장난하시는 거죠?"라는 말을 내뱉으려 했지만 입이 떨어지지가 않았다. 수화기너머 어머님은 미안하다는 말을 반복하시며 서글피 울고 계셨다. 힘을 짜내 간신히 말을 이어나갔다.

"어머님 제가 지금 병원으로 갈게요. 울지 마시고요."

병원으로 가는 30분, 나는 세 가지 질문을 수천 번 되뇌었다.

'왜 제게 이런 일들이 생기나요.'

'왜 제게 매번 고통만 주시나요.'

'이제 어떻게 살아야 하나요.'

뼈를 제거하지 않았다는 사실만으로도 감사하고 또 감사하며 몸을 추스르고 있었는데, 결국 또 한 번의 위기가 찾아왔다. 조직검사 결과 내가 앓고 있는 병은 악성종양으로 판정되었다.

"악성이면 암이에요?"

의사선생님은 아주 짧게 고개를 끄덕이고 내 손을 잡아주었다.

"다 잘 될 거예요. 최선을 다할 거니까 너무 걱정 말아요."

선생님의 뒷모습을 보자 그제야 눈물이 쏟아졌다. 남편은 출근을 했고 엄마도 집에 계셨다. 병실엔 많은 환자들과 보호자들, 그리고 방문객들이 끊임없이 오가고 있었다. 오늘은 정말 정신이 나간 것처럼 몸부림치고 소리 지르며 울고 싶었다. 그러나 태연한 척 했다. 잠이 든 척 이불을 뒤집어쓰고 어깨조차 흔들리지 않으려 조심스럽게 울었다. 목이 메었다. 이런 상황에서 어떻게 감정을 표현해야 하는지 상상도 해본 적이 없었다. 우는 방법조차 잊어버린 것 같았다.

나중에 병원에 오신 엄마는 "에휴, 불쌍한 내 새끼"라는 말을 남기고 한 시간가량 밖에서 시간을 보내고 돌아오셨다. 아마 엄마도 어떻게 감정을 표현해야하는지 모르셨을 것이다. 엄마는 따끈한 설렁탕 한 그릇을 사오셨다.

"밥 먹자."

엄마와 나는 울다가 밥 한 숟가락 먹다가 울다가 또 먹기를 반복했다. 이런 불효녀가 또 있을까 싶었다. 나는 힘든 상황에서도 엄마가 존재한다는 것만으로도 힘이 났다. 남편에게는 일하는데 놀랄까봐 말하지 않았는데 엄마가 전화를 한 모양이었다. 남편은 부리나케 병원으로 달려왔다. 그리고 말없이 나를 안아주었다. 고통이 눈 녹듯 사라졌다. 모든 고통으로부터 절대적으로 안전한 곳에 들어가 있는 것 같았다.

'나에게 남편이 있잖아. 두려워하지 말자. 더 기운내서 함께 행복한 날을 만들어야지.'

따뜻했다. 엄마의 눈물 한 스푼 담긴 설렁탕과 남편의 어깨. 나에게는 좌절하지 말아야 할 이유가 분명히 존재했다.

도선

아내의 얼굴은 의외로 담담했다. 괜찮은 척 웃어 보이는 얼굴을 보니 처음엔 마음이 미어지다가 서서히 슬픔이 가라앉았다. 이런 상황에서 내가 해줄 수 있는 일은 안타깝게도 안아주는 일밖에 없었다. 한참을 안아주고 나서 아내를 보니 이제는 또 너무나 해맑게 웃고 있다. 예상했었던 것일까? 아니면 이런 상황에서도 나를 걱정해 나오는 행동일까?

나는 앞날의 걱정은 지워버리고, 현재의 고통은 던져버리기로, 곱디고운 저 사람을 더 사랑하기로, 어떤 역경이 오더라도 저 손을 놓지 않기로, 그리고 이 병을 함께 견뎌내기로 마음속으로 굳게 다짐했다.

진희

주치의 선생님은 만약의 사태를 위해 방사선치료를 받았으면 좋겠다고 판단하셨고 나를 방사선과로 보냈다. 야윈 몸, 빠진 머리를 감추기 위해 쓴 모자, 휠체어…. 드라마 같은 매체에서 흔히 묘사되는 모습의 환자들이 대기실에 기력 없이 앉아있었다. 대기실의 풍경을 보자 새삼스레 내가 암환자라는 게 실감났다. 내 이름이 호명되어 방 안으로 들어가자, 여의사선생님이 앉아계셨다. 차트 한 번, 나 한 번 계속해서 번갈아 가며 보시더니 조심스럽게 말문을 여셨다.

"젊네. 결혼했어요?"

"두 달 됐어요"라고 대답을 하고 나니, 나는 그제야 방사선치료를 받기 싫다는 마음이 차오르기 시작했다.

"아기는요?"

"선생님… 저 아기 갖고 싶어요. 저 정말 진심으로 아기 갖고 싶어요. 어떻게 안 될까요?"

그 말과 함께 눈물이 쏟아졌다. 중년의 여자 의사선생님이라 그랬는지, 정말로 이게 최선의 길이었는지는 모르겠으나 그 순간 내게 기적이 일어났다.

"차트로만 보면 방사선치료를 하는 게 맞다고 판단돼요. 그래서 스케줄 잡게 오라고 했어요. 그런데 이 뼈에 있는 종양은 방사선치료로 작아지게 하거나 없앨 수가 없어요. 환자분 병은 항암치료나 방사선치료 효과를 거의 볼 수 없는 병이에요. 지금 바깥쪽 종양을 잘 떼어

내긴 했지만 눈에 보이지 않는 세포가 남아 있을 수 있으니까 재발을 막는 차원에서 방사선치료를 하자는 거였어요. 그런데 진희 씨 직접 보니까 너무 젊네.

환부가 자궁 바로 위예요. 그래서 이거 방사선치료하면 자궁이 오염될 수밖에 없어요. 그러면 아기를 갖는 게 힘들어지겠죠. 그래서 나는 재발의 위험은 좀 있지만 이거 받는다고 뼛속 종양이 없어지는 게 아니니까 지금 빨리 아이를 갖고 재발이 되면 그때 나머지 할 수 있는 치료를 다 해보는 게 좋겠다고 생각해요."

의사마다 병을 치료하는 방법과 환자를 대하는 시선이 다를 수밖에 없다는 것을 안다. 모질게 들리겠지만 강경하게 뜻을 전해야 하는 경우도 있고, 환자의 마음과 상태를 먼저 헤아려야만 하는 경우도 있을 것이다. 그런 점에서 보면 나는 그저 축복 받았다는 말로밖에 설명할 수 없을 것이다. 내 삶이나 입장 같은 것은 제쳐두고 병 그 자체만을 보는 의사선생님이었다면 이런 결과가 일어나지 않았을 것이다. 손 쓸 수 있는 방법을 다 해보고 나아지기를 기다리는 것이 옳을 수도 있다. 그러나 나는 확률이 적은 독한 치료방법에 몸을 맡기지 않기로 결심했다. 꼭 아기를 갖기 위해서가 아니라 나아질 확률도 없는 치료제에 몸을 오염시키기보다는 자연치유의 힘을 믿기로 한 것이다.

나는 분명 암덩어리를 잘라낸 환자였지만 아무런 약도 치료도 받지 않았다. 이제는 병원에서 할 수 있는 일이 더 이상 남아있지 않았다. 정기적으로 재발과 전이 여부를 확인하고 뼛속 종양의 크기를 관찰하는 것만이 남았다. 주치의 선생님은 아무 손도 못쓰고 환자를 집으로 돌려보낼 생각에 마음이 편하지만은 않으신 것 같았다. 계속해서 방사선을 받아보자고 하셨으나 나는 거절했다.

도선

의사선생님은 우리에게 유예기간을 주셨다.

"만약에 뼈에 있는 종양의 상태가 더 안 좋아지면 전에 말했던 큰 수술이 필요해요. 항암치료까지 하게 되면 환부가 자궁 근처에 있어 아이를 못 가질 거예요. 그 상태가 되기 전에 먼저 아이를 낳으세요."

퇴원. 전에는 이 말이 굉장히 반가울 줄 알았는데 막상 듣고 나니 전혀 다른 느낌이 들어 곤혹스러웠다. 아내는 말없이 주섬주섬 옷가지들을 챙겼다.

집으로 돌아가는 길, 평소에는 관심도 없었던 아이들의 모습이 자꾸 눈에 들어왔다. 아내의 눈치를 살피니 마찬가지인 것 같았다. 아이들이 보일 때마다 아내의 관심을 돌리려 말을 걸어 봤지만, 아내는 그때마다 대답만 할 뿐 시선은 계속 아이들을 향해 머물러있었다. 아내는 평소에도 아이들을 무척이나 좋아했다. 단순히 좋아하는 것이 아니라 아이의 눈높이에 맞춰 함께 놀아주는 사람이었다. 놀아준다는 것보다 '함께 논다'라는 표현이 더 맞을 수 있겠다. 가끔 보면 누가 아이고 누가 어른인지 분간이 되지 않을 정도였다. 아내는 항상 진심으로 아이들을 사랑했다. 그런 아내에게 아이를 갖지 못할 수도 있다는 말은 자신이 암환자라는 사실보다 더 큰 상처였을 것이다.

진희

퇴원한 지 4개월이 흘렀다. 요양을 하는 것은 분명한데 약도 치료도 아무것도 하지 않으니 그저 빈둥거리고 있는 것만 같았다. 병원에 있을 때는 잘 먹고 잘 쉬는 것이 치료와 회복의 일부라는 생각이 들었는데, 치열한 현실세계로 돌아오니 쉬는 게 쉬는 것처럼 느껴지지 않았다. 마치 도깨비 상자 안에 들어가 있는 것 같았다.

내가 앉아있는 의자는 가만히 있는데 곁에 싸여진 도깨비 상자는 빠르고 요란하게 돌아가고 있었다. 가만히 앉아 세상을 보면 어지럽기만 했다. 나도 그 속도에 맞춰 돌아야 덜 어지러울 것 같았다. 특히 함께 공부했던 친구들이 학교에서 일하는 이야기를 들려주면 애써 누르고 있던 욕구가 뿜어져 나왔다. 때로는 아이들이 사고를 쳐 골머리를 앓기도 하겠지만 아이들의 웃음소리와 "선생님 사랑해요"하고 외치는 소리를 들으면 세상만사가 다 내 것일 것 같았다.

하고 싶은 일을 하지 못한 채 시간만 무료하게 흘러간다는 생각이 자꾸만 나를 괴롭혔다. 언제가 될지 모르는 때를 기다려야 한다는 것이 마냥 속상하게 느껴졌다. 이렇게 생산적이지 않은 하루를 소비하는 것보다 그 어떤 노동이라도 하는 것이 더 값진 것임을 새삼 깨달았다. 어느 장소에서 어떤 일을 하든 노동을 하는 것은 삶을 더 가치 있게 만든다는 생각이 들었다.

그러다 일에 치여 지친 사람들의 얼굴이 떠올랐다. 그들은 단 하루만이라도 나처럼 쉬고 싶어 할 것이라 생각하니 나를 처량하다 여겼던 마음이 미안해졌다. 누군가에게는 절실하게 그리운 노동이 어떤 이에게는 단 하루만이라도 벗고 싶은 짐이 될 수도 있는 것이었다.

모든 것에는 이중적인 단면이 존재한다. 모든 사람들이 좋아하는 일을 기꺼이 즐겁게 하면 좋겠지만, 대부분 생존을 위해 어쩔 수 없이 일을 선택하고 있을 것이다. 좋아하는 일을 찾기 위해 몇 년을 노력했지만 그 일을 할 수조차 없는 사람이 있는 반면, 좋아하는 일을 생각해볼 겨를도 없이 생존을 위해 이른 새벽길을 나서야 하는 사람도 있다. 이들 중 누가 옳고 그르다고 재단할 수는 없다. 삶의 모양이 어떠하든 우리는 이 땅에서 생을 살아가고 있다는 그 사실만으로도 충분히 아름답고 가치 있기 때문이다.

슬픔, 고됨, 기쁨, 행복, 그 어떤 감정이 지금의 나를 이루고 있든지간에 이 삶을 있는 그대로 받아들이기로 했다. 가끔은 먹구름이 껴 슬픔이 주된 감정선을 이루고 있더라도, 이것 역시 내 삶이고 이 속에서도 마음의 새싹은 자라나 언젠간 꽃을 피울 것이라고.

도선

오랜만에 돌아온 동네는 예전과 달라진 것이 없었다. 희뿌연 하늘, 메마른 얼굴로 각자 어디론가 향하는 사람들, 틈만 나면 동네가 떠나갈 듯 싸우는 건넛집 부부, 거의 날마다 주차문제로 언성을 높이는 앞집 어르신, 매일같이 날아오는 각종 고지서들. 이것들을 멍하니 바라보다 순간 우리를 둘러싼 모든 굴레들이 지긋지긋하다는 느낌을 받았다. 더욱이 아내가 발병한 후 삶은 돌이킬 수 없는 일의 연속이라는 것, 언제 무슨 일이 생길지 몰라 늘 불안하고 불안정하다는 것을 절실히 느끼게 되었다. 그리고 삶에 있어 인간은 한낱 나약한 존재라는 것을 어렴풋이나마 알게 되었다.

나는 항상 가슴속에 어떻게 살아야 하는 지에 대한 의문이 있었고 이로부터 한시도 벗어나 본 적이 없다. 현실은 나를 끊임없이 괴롭혔다.

'어떻게 살아야 행복할까?'

2장

중력을 벗어던지다

다들 어디로 향하는 것일까?

진희

어느 날 다소 지친 표정으로 돌아온 남편이 지금 하고 싶은 게 무엇이냐고 물었다.

“지금? 아이들을 가르치면 좋겠지만 그럴 상황인가? 지금은 딱히 별로 하고 싶은 게 없네. 왜? 당신은 뭐 하고 싶은 거 있어?”

“아니, 아무것도 없어. 아무것도… 그게 심각한 문제야.”

남편의 대답을 듣는 순간 둔탁한 것에 머리를 얻어맞은 듯한 기분이 들었다. 며칠 전까지 아니 어제까지만 해도 하루를 버릴 수 없으니 최선을 다해 살자고 말해놓고선 그냥 그렇게 되는대로 지내고 있었던 것이다. 남편은 말을 이어갔다.

“당신이 아프고 난 뒤 하루하루가 얼마나 소중한지 깨달았어. 사람 일은 코앞을 알 수 없잖아. 내일 일뿐만 아니라 당장 5분 후의 일도 예상할 수 없는데…. 이 금같은 시간을 이렇게 무기력하게 버리고 싶지 않아. 우리 둘이 하고 싶은 게 있다면 그걸 하면서 살자. 이렇게 마주할 수 있을 때 함께 할 수 있는 시간을 더 많이 만들어보자.”

우리는 지금 이 순간이 아니면 안 될 것처럼 우리를 함께 움직일 수 있게 하는 것이 무엇일지 고민하기 시작했다. 남편을 만난 지 얼마 되지 않았을 무렵, 각자 그려온 미래에 대해 이야기한 것이 떠올랐다.

"나는 〈Ruby Tuesday〉 노랫말처럼 살고 싶어. 가사 중에 '아무것도 얻을 게 없고 잃을 게 없는 세상에 얽매일 수 없어. 허비할 시간이 없어. 꿈이 사라지기 전에 잡아. 항상 죽어 가는데 꿈마저 잃어버리면 미쳐버리게 될 거야' 이런 말이 있어. 나도 내가 원하는 꿈을 향해 나아가는 삶을 살고 싶어. 꼭 집을 떠나 세상을 떠돌아다니며 살겠다는 게 아니야. 남들이 하니까 똑같이 따라서 적당한 집을 사고 적당한 회사를 다니며 살고 싶지는 않다는 거야. 여행을 가고 싶으면 가고 일을 하고, 싶으면 하고, 집을 만들고 싶으면 만들고, 내 마음이 진정으로 원하는 게 있다면 그걸 하며 살고 싶어."

"나도 마찬가지야. 나는 무라카미 류같이 살고 싶어. 많은 사람들을 만나며 다양한 경험을 쌓고 싶어. 그리고 내가 가고 싶은 길이 있으면 좀 힘들어도 가볼 거야. 갔는데 끝에 절벽만 남아있다면 그냥 돌아오면 되니까. 내가 이런 이야기를 했더니 사람들은 철이 없다고 하더라. 그런 모험은 아주 어릴 때나 꾸는 꿈이라고. 안전한 길로 나아가도 세상은 힘든 곳이라고…."

가고 싶은 대로 가고, 하고 싶은 대로 하는 것. 이게 우리가 지향하는 삶의 가치관이다. 그렇게 원하는 방향으로 걷다 어딘가 오래 머물 만한 곳이 생기면 그곳에 자리를 잡고 작은 서점을 차린다. 사랑하는 사람들과 '영원히 죽지 않는 정신이 담긴 책'에 대해 이야기한다. 나는 아이들을 모아 함께 뛰놀고 서로 배우며 올바른 가치관이 말하는 대로 움직인다.

이것이 우리가 세운 구체적인 삶의 모형이다. 예전에 나눴던 이 대화를 회상하며 이야기하다 남편은 생각에 잠겼다. 그리고 얼마 후 조심스레 말문을 열었다.

"우리 여행 떠날래?"

우리가 꿈꾸는 삶에 여행이 있긴 해도 이건 너무 갑작스러웠다. 온갖 생각이 머리를 스쳤다. 나는 몸이 아픈 사람이고, 앞으로 수술을 더 하려면 돈도 모아야 하고, 남편이 좋아하는 서점을 그만두면 다음엔 무슨 일을 할 것이며, 여행을 가면 우리 집 고양이는 누가 돌볼 것이며, 부모님께는 뭐라고 말씀을 드릴 것인지….

"안 돼."

어느새 나는 현실과 타협하고 있었다. 지금 당장 만족스럽진 않아도 나쁘지 않게는 살고 있으니 그냥 그런대로 잘 버티면 된다고 스스로에게 속삭이고 있었다. 그러나 얼마 지나지 않아 죽은 줄 알았던 오랜 열망의 불씨에 불이 붙었고 서서히 타오르기 시작했다. 나는 그날 밤 잠을 한숨도 이루지 못했다. 며칠을 고심한 끝에 결론을 내리고 남편을 불렀다.

"난 병과 함께 살아가게 됐지만 곧 죽지는 않을 거야. 하지만 항상 죽음을 의식하며 살고 있어. 그래야만 이 순간을 최고의 순간으로 살 수 있으니까. 나 말이야, 앞으로도 내게 수십 년의 생이 더 펼쳐질 거라 확신해. 그래도 삶이 어떻게 변할지 모르니까 지금 아니면 안 되겠어. 더 늦으면 영원히 이룰 수 없을 것 같아. 가자. 언젠가 내가 침대에만 누워있게 되었을 때, 이 기회를 놓친 걸 후회하고 싶지 않아."

어쩌면 이것이 떠날 수 있는 마지막 기회일지도 몰랐다. 몸이 힘들더라도 잡고만 싶었다.

도선

아내의 답을 듣고 난 후 사표를 썼지만 하루 이틀 품에 넣고 다녔다. 아내에게 당당하게 제출하고 오겠다며 큰 소리를 쳤지만 출근 후 캄캄한 서점에 불을 켤 때마다 묘한 기분이 들었다. 멍하니 서점을 둘러보았다.

춤을 추며 책을 읽는 손님, 잡지 정가가 올랐다고 욕 하셨던 손님, 매장을 하루 종일 빙글빙글 돌기만 하는 손님, 빨간 미니스커트만 입고 오는 손님, 어깨 위에 앵무새를 달고 오는 손님, 괄약근 조절이 되지 않는 걸까? 시종일관 방귀를 뀌는 손님, 집안에 공통된 징크스가 있는 걸까? 손톱을 10센티미터 가량씩 기른 엄마와 아들 손님, 5년 동안 한결같이 퀵보드를 타고 출근하는 꼬마 손님, 정수기 물을 털어가는 손님, 직원용 커피를 몰래 빼 먹곤 들키면 세상에서 가장 환한 미소를 짓는 손님, 《정글만리1》을 구입해서 보시고 2권으로 교환한뒤 다시 3권으로 교환하려는 손님, 책장을 고이 접고 이따 와서 보겠다는 손님, 잘 곳이 없었던 걸까? 매일 매장으로 와서 잠만 주무시다 나가는 손님, 도대체 왜 서점에 오는 걸까? 틈만 나면 서점으로 와서 스마트폰만 하는 손님(와이파이도 없는데 말이다), 1년 내내 서점에서 공무원 시험 준비하는 손님, 책에 코딱지 붙이는 손님, 매일 책만 보고 가서 미안하다며 요구르트 사오는 손님, 매번 책 추천 고맙다며 사위 삼겠다는 손님, 아흔이 넘은 연세에도 존 그리샴 신간 찾아달라는 손님, 동네에 서점이 있어서 너무 좋다면서 폴짝폴짝 뛰는 꼬마 손님, NT노블만 보다가 세월이 지나 점점 고전소설, 나중엔 인문고전을 살펴보는 고딩 손님, 서점의 존재 자체로 위로가 된다며 고맙다고 말하는 손님.

이분들이 텅 빈 서점에 빼곡히 들어와 내게 인사를 하고 있었다. 매일같이 그들과 웃고 울었는데 이제 못 본다고 생각하니 아쉬움과 씁쓸함이 밀려 들어왔다.

서점은 작은 우주와 같았다. 다양한 손님들을 상대하면서 매일같이 생겨나는 소소한 에피소드들, 때론 가슴이 미어지도록 아픈 이야기들도 있지만 대체적으로 서점 안에서 일어났던 사건들은 나를 미소 짓게 만들었다. 세상 어느 직장에서도 이런 재미와 감동을 느낄 순 없을 것 같았다. 나에겐 서점이 일터가 아니라 삶 자체였다. 난 이런 에피소드들을 서점 페이스북 페이지를 통해 독자분들과 공유하며 함께 웃고 즐기기도 했다.

얼마 되지 않은 페이스북 팬 수에도 불구하고 매번 수백 개씩 '좋아요'가 달리곤 했었다. 어쩌면 "뭐 저런 사람이 다 있어?" 하고 지나칠 수도 있는 부분들이지만 서점에 무한한 애정이 있는 나로서는 그냥 흘려지지가 않았다. 매일 유심히 관찰하고 기록하며 서점을 잊은지

진주문고
1월 8일 · 수정됨 ·

#황당폭소경악그리고눈물의서점이야기 5

손님 : 이 책 좀 환불 하려고요(노르웨이의 숲)

점원 : 아, 손님 무슨 일로 환불 하시는 거죠?

손님 : 이상한 게 예전에 읽었던 상실의 시대와 내용이 비슷한 것 같아요~
환불해주세요!

점원 : ......

• 소통을 위해 운영 중인 서점 페이스북.
서점에서 일어나는 사소한 이야기들을 연재하고 있는데, 꽤 인기가 좋다.

오래된 사람들에게 보여주고 싶었다. 오프라인 서점에서만 느낄 수 있는 정서, 매력, 그리고 존재의 이유에 대해. 그런 마음이 독자분들에게 잘 전달되었는지는 모르겠다. 하지만 나에게 서점의 의미가 점점 더 커지는 것이 사실이었다.

서점에서 제일 좋아하는 시간이 있다. 오픈 한 시간 전, 캄캄한 서점 안에 홀로 있는 시간이다. 간밤에 그윽하게 토해낸 책 내음, 심연과도 같은 적막함, 흐트러진 책들을 보고 있노라면 삶과 죽음과 존재를 초월하는 압도적인 무언가가 아우르는 느낌이었다. 다른 어떤 것도 침범할 수 없는 나와 책, 둘 만의 시간, 베인 마음을 다듬는 시간, 내 몸에 축복을 축적하는 시간…. 이 시간만큼은 내가 세상에서 제일 행복한 사람이 된 것만 같았다.

내게 서점은 치유와 위로의 장소였다. 이런 내가 서점을 그만둔다는 것은 쉬운 결정이 아니었다. 하지만 내가 내린 결정에 후회는 하지 않았다. 어떤 방식으로든 다시 서점으로 돌아올 것이라는 것을 이미 알고 있었는지도 모르겠다.

진희

남편이 회사에 사직서를 제출했다. 며칠 동안 말할 기회를 놓쳤다며 서점 분위기를 살피고 있었던 모양이었다. 그러다 정말로 제출하고 돌아왔다.

"섭섭하지?"

"아니, 아이고! 속이 다 시원하다!"

말은 그렇게 했지만 남편은 여행책자에는 눈길도 주지 않고 그동안 운영해왔던 서점 페이스북 페이지를 처음부터 끝까지 들여다보고 있었다.

"이때는 좋아요를 눌러준 팬이 50명도 안 됐어. 내가 일일이 메시지를 보내가면서 그리고 좋은 책 정보를 올리면서 이제 간신히 4,000명까지 늘렸는데…. 내가 이제 글을 안올리면 이분들 다 떠나갈까?"

남편의 애정이 어느 정도인지는 페이스북 페이지를 만들 당시부터 마지막 순간까지 지켜봤기에 잘 알고 있었다. 남편은 연애초기에 데이트를 하면서도 스마트폰을 손에서 놓지 않았다. 나는 그 모습을 이해할 수 없었다. 내가 하루 종일 겪었던 일을 이야기할 때는 건성건성 듣는 듯하면서 자신이 서점에서 있었던 일을 이야기 할 때는 눈빛이 또렷해지는 것 같았다. 섭섭한 나머지 '스마트폰 중독자'라고 매도하며 폰을 없애든지 나와 헤어지든지 정하라고 말하고 방문을 잠가 버린 적도 있었다. 굳게 닫은 문 너머로 남편의 목소리가 들려왔다.

남편은 대학 졸업 후 직장이 아닌 사업을 택했고 초창기에는 무서울 것이 없을 정도로 장사가 잘 되었다고 했다. 그러나 지역사회의 경기가 불안정해지면서 사업에도 타격을 받기 시작했고 결국 정리를 할 수 밖에 없었다. 벌 때는 돈 귀한지 몰랐으나 벌지 않을 때는 그 빈자리가 더 크게 느껴졌을 것이다. 남편은 배고프고 힘든 생활을 하다 다시 책을 통해 위로 받기 시작했다. 혼자 외롭게 누워 있는 단칸방까지 위로를 하러 올 사람은 없었지만 책은 장소를 가리지 않고 남편에게 다가가 말을 걸었다. 남편은 그렇게 책을 통해 위로를 받았고 다시 일어나는 법을 배웠다. 그리고 마침내 문을 박차고 나가 서점에서 일을 하기 시작했다.

위대한 정신들이 가득한 공간에서 일하게 되어 기쁜 것도 잠시, 책이 한낱 종이뭉치에 불과한 상품으로 취급받는 것을 알게 되었다. 무거운 책을 짊어지고 계단을 오르내려야 했고, 도무지 이해할 수 없는 손님들을 상대해야 했다. 남편은 책의 가치가 떨어지고 독서가 마치 고급문화인 것처럼 포장되는 모습을 생생하게 목격했다. 그리고 그 가치를 다시 올려놓고 싶었다고 한다. 책이 가진 위대한 힘을 느껴보았기에 자신이 그러했던 것처럼 다른 사람들도 책으로 위로받고 소통하는 계기를 가지길 희망했다. 그래서 남편은 소통하는 공간에 매달렸던 것이었다.

이야기 끝에 데이트 시간만큼은 나를 위해 할애하겠다는 다짐을 덧붙였다. 그제야 나도 닫힌 문을 열고 남편을 토닥여주었다.

속이 시원하다는 말에 담긴 섭섭함을 잘 알고 있다. 여행도 늘 꿈꿔왔던 것이지만 서점도 늘 곁에 존재했던 것이기에 어느 하나를 내려놓는다는 건 고통이었을 것이다.

"사람들이 다 떠나가지 않을 거야. 여행을 하는 것이지만 책이나 서점에 대해 더 배우러 간다고 생각하자. 사람들은 더 깊이 있는 책 이야기를 기다리고 있을 거야."

"그래, 이게 끝이 아니잖아!"

남편이 방긋 웃었다.

도선

내 아버지는 20대 때 외양선을 타고 틈틈이 세계일주를 하셨다. 그 당시 공산국가를 제외한 거의 모든 국가를 다녀보셨다고 했는데, 지금처럼 인터넷 정보나 먼저 다녀간 선례가 없었던 것을 감안하면 가히 대단한 도전이었다. 아버지의 그런 경험들은 평생 당신의 커다란 자랑거리셨고, 끝없이 이어지는 모험담을 어린 내게 펼쳐 놓을 때면 마치 그 시절로 돌아간 듯 즐거워하셨다. 먼 곳을 응시한 채 기억을 더듬는 모습들이 지금도 눈에 선하다.

아버지가 들려주는 이야기는 그 어떤 판타지 소설보다, 그 어떤 무협지보다, 그 어떤 여행서보다 더 큰 즐거움을 주었다. 그리고 그것들을 듣는 날이면 나는 매일같이 꿈을 꾸었다. 본 적도 없는 미지의 세계에 발을 내딛는 꿈을.

여행을 하기로 결정하고 사표도 낸 상황에서 제일 큰 난관은 부모님을 설득하는 일이었다. 다니던 직장을 그만두고 환자인 아내와 여행을 가겠다는 것이 보통 부모님으로서는 이해할 수 있는 일이 아닐 것 같았다. 걱정부터 앞섰지만 부모님을 설득하는 일은 의외로 쉬웠다.

"아빠, 아빠에게 젊은 시절의 세계일주는 어땠어? 행복했어?"

"당연하지. 내 생애 제일 행복했던 시간들이었지. 그때의 기억과 추억으로 지금도 열심히 살아가고 있는 걸."

"아빠, 그 행복, 그 추억 우리도 가져보려고."

우린 앞으로의 계획을 부모님께 말씀드렸다. 오래전부터 꿈꿔 왔던 것이고, 지금 아니면 할 수 없을 것만 같다고, 아버지가 행복했던 것처럼 우리도 지금 행복하고 싶다고. 아버지는 몇 초를 곰곰이 생각하시더니 이렇게 말씀하셨다.

"그래 다녀와라! 단 도선이 니가 진희를 단디 챙겨야 된다. 말도 안 되는 어려운 일들이 속수무책으로 터질 거다. 단디 안하면 언제 일이 터질지 모른다."

난 아버지와 어머니께 굳게 약속했다. 사랑하는 아내를 단디 챙길 거라고. 여행에서뿐만 아니라 영원토록.

진희

여행에 대해 말씀드리기 위해 친정집에 갔다. 나는 우리 부모님은 내가 잘 설득할 수 있으니 너무 염려 말라고 말했지만 남편은 현관문을 나서는 순간부터 내내 식은땀을 흘리고 있었다. 엄마는 아들, 딸이 온다며 잔칫상을 방불케 하는 밥상을 차려놓으셨다. 남편은 밥상을 보니 더 죄송한 마음이 들었던 모양이다. 밥을 코로 먹는지 입으로 먹는지 평소와는 달리 말없이 밥만 밀어 넣고 있었다. 그 모습이 안타까워 나는 쇠뿔을 당겼다.

그때까지도 여행을 합리화시킬 핑곗거리를 찾지 못했다. 아무리 봐도 환자가 나가는 건 위험이 따른다고 생각할 것 같았다. 머리를 굴리고 굴려봐도 그럴싸하게 포장할 말이 없었다. 그래서 그냥 단도직입적으로 결론을 말했다.

"엄마, 아빠. 나 여행 좋아하는 거 알죠? 남편도 그렇거든요. 뼛속에 있는 종양이 더 커지면 그땐 정말 아무것도 못할지 모르니까 지금 다닐 수 있을 때 다녀보려고요."

부모님은 마치 1박 2일로 가까운 해변이라도 놀러간다고 할 줄 아셨던 모양이었다. 흔쾌히 그러라고 답하셨다.

"그래서 말인데, 다음 번 병원 가기 전까지 여행 좀 다녀오려고요. 한 7개월 정도 될 것 같아요."

그제야 두 분은 수저를 내려놓으셨다.

"너 혼자 간다고?"

"아니요. 둘이 간다고요."

"아~ 그럼 됐어. 나는 혼자 간다는 줄 알고 깜짝 놀랐네. 도선아, 너 힘들겠다. 얘랑 하루종일 붙어 다니려면."

엄마는 남편이 고생길에 접어들었다고 놀리며 웃으셨다. 아버지께서는 보호자 역할을 남편에게 위임하시며 당부의 말씀을 하셨다.

"정 서방, 진희 잘 부탁하네. 혹시나 무슨 일이 생기면 바로 들어와야 해. 첫째도 건강, 둘째도 건강이야. 아프지 않게 서로 잘 챙기면서 다녀."

입장을 바꿔놓고 두 분의 마음을 생각해보려 해도 사실 잘 이해가 되지 않는다. 단 몇 초도 망설이지 않고 아픈 딸의 여행을 허락해준다는 게 결코 쉬운 일은 아니기 때문이다. 가지 말라고 말해봤자 소용없을 거라 생각해 체념하신 것이 아니었다. 우리의 독립적인 삶을 인정해주면서도 뒤에서 끝까지 응원하고 계셨다. 부모님께서는 늘 그랬다. 품에 품고 앞으로 나가는 길을 닦아주기보단 등을 밀어 힘들더라도 어떤 길이든 가게 하셨다. 그러나 아주 힘이 들 때 돌아보면 기대 쉴 수 있도록 뒤를 든든히 받쳐주고 계셨다.

"엄마가 해주지 못하는 부분, 보여주지 못하는 부분들, 많이 보고 더 커서 돌아와라. 선물은 됐다."

"선물 사 오란 것 같잖아."

남편과 나는 부모님께 연신 이해해주셔서 고맙다는 말을 되풀이했다. 세상에서 가장 든든한 지원군이 이렇게나 많으니 두려울 게 없었다.

도선

몇 번이나 배낭을 다시 쌌다. 옷가지 몇 벌, 화장품, 간단한 식료품, 침낭 등 필요한 것들만 최대한 추려서 넣고 불필요한 것들은 뺐는데도 불구하고 무게가 제법 나갔다. 뺄 것들이 또 있나 다시 점검했다.

"양말은 서너 켤레면 되겠어. 몇 개 더 빼자."

"헤드폰? 이어폰으로 들어도 되잖아. 빼자."

"우산 대신 우비로 가져가자."

이렇게 뺄 물건들을 정리하고 다시 배낭을 싸니 내 배낭은 17킬로그램 정도, 아내의 배낭은 12킬로그램 정도가 됐다. 구석에 놓인 우리의 배낭을 보니 떠난다는 것이 실감났다. 그리고 만감이 교차했다. 저 배낭을 메고 이러저리 자유롭게 여행하고 있는 우리의 모습을 상상하며 미소를 짓다가도 한편으로는 암환자인 아내를 데리고 여행을 무사히 마칠 수 있을까, 더 아파지진 않을까, 이 여행이 혹여나 돌이킬 수 없는 문제가 되진 않을까 하는 불안한 마음이 드는 것도 사실이었다. 하지만 미래에 대한 막연한 두려움으로 현재의 행복을 저당잡히고 싶진 않았다. 한 번뿐인 삶이라는 것을, 길지 않은 생이라는 것을 잘 알았기에, 그리고 이 여행은 단순한 여행이 아니라 치유와 희망의 여행이 될 것이라는 것을 굳게 믿고 있었기에.

떠나기 전날 밤 모든 준비를 마치고 아내와 동네를 산책했다. 이제 한동안 이 거리를 지나다닐 일이 없겠구나 생각하니 평소에는 잘 보이지 않았던 담벼락 구석구석 조그만 틈까지 눈에 크게 들어왔다. 손님이 없어 지겹도록 밖에서 담배만 태우시는 이용원 아저씨의 손가락 한 부분이 허전하다는 것, 매일같이 주차문제로 언성을 높이던 앞 집 마당에 자그마한 개집 하나가 생겼다는 것, 인건비도 안 나온다며 오래도록 그늘진 얼굴을 하고 있던 편의점 주인이 다른 젊은 부부로 바뀌었다는 것, 그리고 전 주인을 매일같이 따르던 동네 길고양이가 더 이상 편의점 앞에 상주해있지 않다는 것…. 이 모든 것들을 떠나기 전에야 알아차리게 되었다.

몸에 짙게 배어 있는 서로에 대한 무심함은 어떤 심경의 변화나 물리적, 공간적 변화에 의해 각성이 되나 보다. 그렇다면 무엇이 나와 이 도시를 그리고 서로를 이렇게 무심하게 만들었을까. 나는 이런 것들에 염증을 느끼면서도 또 그렇지 않은 삶을 갈구하면서도 약간의 노력이라도 했었나. 쉽게 대답할 수는 없을 듯하다. 어쩌면 이 여행을 통해 내가 원하고 바라는 세상을 만들기 위해 한 발짝 더 내딛을 수 있지 않을까 자위해보았다.

이번 여행이 나와 우리를 어떻게 변화시켜 줄까. 우리 삶은 또 어떻게 변할까. 가슴속에 무한한 기대와 열정을 품은 채 그렇게 우리는 긴 여정의 출발선상 앞에 서게 되었다.

진희

떠나기로 마음은 먹었지만 정말로 목적지를 향해 날아갈 것이라고는 상상하지 못했다. 언제나 떠나자 마음만 먹었지 실천을 하진 못하고 있었다. 이번에도 예상치 못하게 포기를 해야 하는 상황이 벌어질 것이라 생각했다. 그러나 계획대로 200일간의 긴 여행이 시작되었다.

설레면서 두려울 줄 알았는데 솔직히 아무런 느낌이 없었다. 무척 익숙하고 덤덤한 기분이 들었다. 그냥 잘 아는 동네로 잠깐 며칠 바람 쐬러 가는 기분이었다.

비행기 안에는 백 명 가까운 사람들이 비좁게 들어서 있었다. 하루에도 수많은 사람들이 이 땅을 떠나기 위해 공항으로 몰려들었다. 여행에 대한 기대로 한껏 부푼 사람들이 수다스럽게 들뜬 감정을 표출했다.

다들 어디로 향하는 것일까? 왜 사람들은 비싼 비용을 치르고 고생을 감내하면서까지 먼 곳으로 향하고 싶어 하는 것일까? 익숙한 삶의 터전에선 얻을 수 없는 것들이 목적지에는 존재하고 있을까? 자기 자리에 돌아오기 위해 떠나야 하는 것일까? 여행이란 무엇일까? 여행을 하면 이 물음의 답을 구할 수 있을까? 이 긴 여행의 끝에는 무엇이 기다리고 있을까? 아니, 이 긴 여행의 시작에는 무엇이 기다리고 있을까?

답을 내릴 수 없는 질문들이 머릿속을 가득 채웠다. 이런 상념에 빠질 수 있다는 것, 아마도 그것이 여행이 주는 첫 번째 선물인 듯했다. 두렵지만 자신 있고, 설레지만 익숙한 그런 마음으로 새로운 땅에 도착할 것이다.

3장

길 위의 고향

지금이 내 삶에서
가장 특별한 순간이야!

진희

여행은 방콕행 편도 티켓으로 시작되었다. 한 번도 편도입국을 해 본 적이 없어 조금 걱정이 됐다. 역시나 체크인 카운터에서부터 문제가 생겼다. 편도입국은 허용되지 않는다고 했다. 그래서 부랴부랴 예전에 구매취소를 하지 못해 갖고 있던 쿠알라룸푸르 아웃행 티켓을 보여주며 그곳에서 한국으로 돌아올 거라고 했다. 승무원은 태국비자는 3개월 동안만 인정되는데 돌아오는 날짜가 6개월 후라 불법체류 가능성이 있어서 티켓 발행을 할 수 없다고 했다. 태국에서 3개월, 말레이시아에서 3개월 있다 돌아올 예정이며 육로로 이동할 것이라고 했더니 기차표를 보여 달라고 요구했다. 곧 여행을 시작하나보다 했던 마음에 자꾸 찬물을 끼얹었다.

'비행기도 못 타보고 집으로 돌아가야 하나, 가뜩이나 돈도 부족한데 비싼 표를 새로 사야하나?' 이런 생각이 들자 마음이 다급해지고 손에 진땀이 흐르기 시작했다. 여행을 오래한 사람들은 이런 문제들이 별거 아님을 잘 알겠지만 이제 막 시작하는 초짜 여행자들에게는 식은땀 흐르는 무시무시한 과정이었다. 승무원은 이곳저곳에 연락을 하기 시작했다. 티켓을 발권하네 마네 실랑이를 벌이더니 최종담당자의 확인을 받은 후 티켓을 발권해줬다. 어쨌든 한국행 티켓이 있어서 다행이었다.

첫 여정이라 단단히 마음을 먹고 있었지만 다음번 이동할 때 또 이런 일이 벌어질까 벌써부터 걱정이 앞섰다. 그러나 이런 일들이 관문을 하나하나 통과해야 하는 서바이벌 게임 같다는 생각이 들었다. 이런 게 여행의 묘미 아닐까? 여러 관문을 통과해 마침내 내가 원하는 곳까지 도달했을 때의 쾌감을 빨리 느껴보고 싶었다.

계속 여행을 하다보면 지금은 두려웠던 일들도 능숙하고 가볍게 넘길 수 있는 길이 열릴 것이다. 더 큰 세상으로 나가보면 우리가 심각하게 생각했던 문제들도 작게만 느껴질 것이다. 그러니 걱정하지 말고 두려움도 즐겨봐야겠다. 어쨌든 나는 무사히 첫 번째 비행기 티켓을 손에 넣었으니까!

늦은 시간에 도착하기 때문에 미리 공항 근처에 숙소를 예약해 놓았다. 아직까지도 실감이 나지 않았다. 태국은 벌써 여러 번 여행을 해봤기에 공항도 익숙한데다 픽업차량 덕분에 편안하게 이동할 수 있었다. 마치 신혼여행을 온 것 같았다. 고생의 시작을 알리는 배낭여행의 신호는 어디에서도 잡히지 않았다.

새로운 날이 밝았다. 오늘은 어디서 자야할지를 정하는 게 하루 중 가장 큰 일인 길 위에서의 삶이 시작되었다. 육중한 배낭이 문 앞에 떡 하니 서서 이제는 피해갈 생각을 말라며 발목을 잡았다. 줄이고 또 줄여 최대한 가볍게 싼 짐이건만 배낭을 메니 새삼 내가 살아가는데 필요한 것들이 나를 이렇게 무겁게 짓누르고 있었나 하는 생각이 들었다. 이제 배낭을 짊어졌다. 그리고 걸었다. 오늘 나를 지켜줄 공간과 양식을 찾으러!

도선

태국 카오산의 새벽은 낮보다 더 활기차다. 다양한 옷차림과 외모, 알 수 없는 각자의 언어들로 무장한 세계의 배낭여행객들이 거리를 꽉 메우고 있었다. 가만히 보고만 있어도 그들에게서 뿜어져 나오는 에너지들이 내게 전달돼 두 눈이 초롱초롱해진다.

아이를 업은 채 쉴 새 없이 음식을 만들고 있는 아주머니에게 팟타이를 하나 사서 길모퉁이에 철퍼덕 앉았다. 얇고 넓적한 면발에 숙주나물과 각종 채소 그리고 땅콩가루를 넣어서 만든 이 요리는 내가 태국에서 가장 사랑하는 음식 중 하나다. 고소하면서 쫄깃한 식감이 일품인데다 가격까지 저렴해 그야말로 배낭여행자용 음식이다. 한참을 정신없이 먹고 있는데 우리가 앉은 자리 앞으로 근처에서 음료를 팔던 머리 벗겨진 아저씨와 서양의 스포츠 스타들이 프린트 된 티셔츠를 파는 젊은 아가씨, 파인애플을 비롯한 열대과일을 팔던 태국인들이 모여 각자 악기를 꺼내 연주를 시작했다.

기타, 베이스, 젬베와 보컬 한 명이 꽤나 좋은 사운드를 냈다. 한두 번 맞춰본 솜씨가 아니었다. 우리는 자연스레 그들의 첫 번째 관객이 되었다. 연주곡들이 대부분 익숙한 팝음악들이라 따라 부르기도 좋았다. 조금씩 흥이 올라왔다. 처음엔 가볍게 리듬을 타거나 따라 부르는 정도였지만 곧이어 일어나 덩실덩실 춤을 추면서 그들과 호흡하게 됐다. 분위기가 점점 익어가면서 우리 같은 관객들이 셀 수 없을 정도로 늘어갔다. 연주자들을 빙 둘러앉은 수많은 사람들이 함께 떼창을 했다. 다들 처음 보는 얼굴들이었지만 누가 먼저랄 것도 없이 인사를 나누고 술잔을 부딪쳤다. 이윽고 모두가 어깨동무를 한 채 노래를 부르기 시작했다. 연주를 하던 태국 친구들은 사람들이 모여들자 더욱 신이 나 목청을 높였다. 그 짧은 시간에 음악이라는 놀라운 도구로 인해 모두가 하나가 되었다. 그리고 하나같이 이 말을 내뱉는다.

"It's a real Khaosan!"

가슴이 뜨거워졌다. 해방감 같은 감정이 깊숙한 곳에서부터 올라와 온몸에 전율이 일더니 약간이나마 남아있던 경계심마저 부숴버렸다. 연주를 듣는 틈틈이 서로에 대한 이야기를 나눴다. 체코, 캐나다, 알제리, 대만, 러시아 등 출신들이 다양하기도 하다. 새로 오는 친구들도 마찬가지로 국적이 다양했다. 거의 모든 대륙의 친구들이 다 있는 것 같았다. 딱 한 대륙, 남미 친구만 빼고.

"여보, 근데 있잖아. 난 아직 여행지에서 남미 친구들은 보지 못한 것 같아. 여기서도 다른 대륙 친구들은 다 있는데 남미 친구들만 없어. 왜일까? 남미 친구들도 만나보고 싶어"라는 말과 동시에 국적을 유추할 수 없는 소녀 하나가 우리 자리 앞에 앉았다. 그리고 곧바로 우리에게 자기소개를 한다.

"안녕? 난 칠레에서 온 파울리나야. 너희 혹시 한국인이니? 내가 한국을 무척이나 좋아하는데 아직 한국인을 만나본 적이 없어. 한국인 친구를 만드는 게 현재 내 소원이야."

마치 트루먼 쇼 같은 느낌이 들었다. 나와 아내는 너무 놀라 잠시 말을 잇지 못하다 둘 다 동시에 소리를 지르며 파울리나를 끌어안았다.

"반가워. 우리 한국인 맞아! 우리도 너랑 친구가 되고 싶어."

우리는 마치 오래된 친구처럼 함께 노래를 부르고 춤을 추며 동이 틀 때까지 카오산을 즐겼다. 파울리나는 우리와 있는 내내 이렇게 말했다.

"지금이 내 삶 중에서 가장 특별한 순간이야. 너희들을 만난 게 너무 행복해."

우리도 마찬가지였다. 특별한 선물을 선사해준 그날의 공연, 그날의 기억, 그날의 친구들. 우린 숙소로 돌아와 오늘 있었던 일들을 떠올리며 잠이 들었다.

"이게 정말 카오산이야"라는 말을 중얼거리며.

진희

책자에 적힌 대로 여행하고 싶지 않아 발길이 닿는 대로 돌아다니기로 했다. 먼저 수상버스 터미널에 가 아무 역이나 짚고 표를 끊었다. 타는 곳을 잘 찾아 수상버스에 올랐는데 한참을 가고 나서야 반대

방향으로 탔다는 것을 알아차렸다. 종점이 꽤 멀기에 어딘지도 모르는 정류장에 다짜고짜 내려버렸다. 엄마를 기다리는 아이들, 사람들을 기다리는 오토바이 택시기사들, 버스를 타고 이동하려는 사람들, 벤치에서 낮잠을 자는 할아버지, 그 옆을 지키며 졸고 있는 강아지. 관광객이 즐비한 동네에서는 볼 수 없는 지극히 평범한 사람들의 일상이 펼쳐지고 있었다. 우리는 망설임 없이 서로에게 말했다.

"우리 이 동네 구경하자."

학교를 지나 작은 시장을 지나 상점이 모여 있는 거리를 지나 사람들이 사는 주택가까지 계속해서 걸어갔다. 외국인이 드문 동네에 등장한 행색이 독특한 두 남녀를 보니 신기한지 사람들은 우리를 빤히 쳐다보기 시작했다. 그러다 눈이 마주치면 마치 유명한 연예인이라도 본 듯 "꺄약!"하며 소리를 지르고 발을 동동 구르며 부끄러워했다. 먼발치로 멀어지다 뒤를 돌아보면 잘 가라고 손을 계속 흔들어주고 있었다. 한 청년은 계속 뒤를 돌아보며 걷다 벽에 부딪히기도 했다. 한적한 골목길에서 자전거를 타던 아이는 우리를 보는 순간 얼음이 되어 그 자리에 서버렸다. 동그란 눈에 비친 우리 모습은 흡사 외계인 같았던 모양이다.

하늘은 몹시 푸르렀고 파스텔 톤으로 색칠된 집들 사이로 녹음은 우거지고 색색의 꽃은 흔들리고 있었다. 사람들은 순수한 눈으로 우리를 바라봤고 구수한 향기에 이끌려 기웃거린 방앗간에서는 음식을 나누어 주었다. 갓 지은 떡이 손바닥에 온기를 전했다. 사람들의 미소와 온기, 나는 이것이 순수함의 색과 맛이라 믿고 싶었다.

도선

카오산을 한마디로 표현하면 카오스. 처음 접하는 여행객의 혼을 쏙 빼놓는다. 사방에서 꾸역꾸역 몰려드는 가히 상상도 못할 규모의 여행객들과 그들을 능수능란하게 받아 내는 현지인들. 잡음 없이 이 모든 게 정상적으로 돌아간다는 게 그저 신기할 따름이다.

모든 것들을 뒤로 하고 가만히 누워 세상의 맥박을 느낀다. 여행자들의 바쁜 발자국 소리, 지저귀는 새소리, 지글지글 생선 굽는 소리, 보채는 아이와 일하기 바쁜 엄마의 소리, 나즈막이 들리는 국적 모를 음악 소리, 지나간 시간과 지나온 장소의 소리, 게스트하우스 작은 창문 넘어 살갗에 닿는 바람, 천장 위 정신없이 돌아가는 팬, 벽 틈으로 빼꼼 머리를 내미는 작은 도마뱀까지. 세상 속에 살아 움직이는 모든 것들과 함께 호흡하자니 이내 가슴이 부풀어 올랐다.

시간 밖에서 살고 있는 느낌이었다. 정해진 식사시간도 없다. 어둑어둑해지면 집으로 들어오거나 나가면 된다. 무언가를 제 시간에 꼭 해야 한다는 강박관념도 없어진다. 손목에 수갑처럼 차던 시계를, 한시라도 떨어져 있으면 큰일 나는 줄 알았던 스마트폰을 놓으니 몸과 마음도 편안해진다. 이것들에게 조종당했던 시간의 굴레에서 벗어나니 비로소 진짜배기 여행자가 된 듯한 느낌이다.

나온 지 얼마 되지도 않았지만 서울에서의 삶이 희미해져만 갔다. 매일 쫓기듯 사는 삶, 똑같은 시간인데도 불구하고 항상 모자란 것만 같았던 시간, 무언가를 항상 배워야 할 것만 같은 압박감, 자꾸만 남들과 비교하게 되는 생활까지도. 도저히 벗어날 수 없을 것만 같던 삶의 패턴들과 순간들이 요 며칠 사이 당황스러울 정도로 빠르게 희미해져 갔다.

아내는 자기가 환자라는 사실을 잊어버릴 만큼 여행에 푹 빠져 있었다. 얼굴은 항시 웃음으로 가득 차있고 굉장히 능동적인 자세로 하루하루를 보내고 있다. 사람들은 모두 놀라워한다. 아내가 불과 몇 달 전에 큰 수술을 받았다고 얘기하면 말이다. 여행 내내 이런 감정들이 계속된다면 아내는 정말 괜찮아질 것 같다. 나는 매일 잠자리에 들기 전에 생각했다. 여행, 정말 잘 나왔다고. 여행과 삶은 정말 찬란하다고.

진희

나는 결혼 전에 태국을 5번 이상 다녀왔다. 첫 목적지로 태국을 선택한 이유는 익숙한 곳에서 시작하면 처음 겪는 긴 여행의 긴장을 조금이라도 덜 수 있을 것 같았기 때문이었다. 그리고 또 다른 이유는 내 오랜 소망이었던 '사랑하는 사람과 빠이에 가기'를 하고 싶었기 때문이었다.

방콕은 남편에게 큰 호응을 얻지 못했다. 아마 너무 시끄럽고 유흥문화가 팽배했기 때문일 것이다. 유러피언 친구들을 사귀어 함께 술을 마시지 않으면 조금은 심심한 듯한 동네였다. 그래서 우리는 서둘러 빠이로 이동하기로 결정했다.

나는 태국을 여행할 땐 늘 방콕에 들렀다가 북쪽으로 이동해 치앙마이 옆의 작은 마을 빠이에 머물렀는데, 이번에는 조금 다른 길로 가고 싶었다. 그래서 남편에게 치앙마이로 가는 기차를 타고 가다 중간에 아무 도시나 내려 들러 보자고 제안했다. 남편은 좋다고 했고 우리는 커다란 태국 전도를 꺼내 "여기가 방콕, 이 길로 가면 치앙마이, 중간에 이 도시도 있고 저 도시도 있고…" 그러다 손으로 콕 짚은 도시가 바로 람빵이었다.

람빵은 가본 적도, 들어본 적도 없는 도시였다. 우리는 치앙마이로 가기 전 람빵이라는 곳에 들르기로 했고, 그전에 남편이 무척이나 가고 싶어 했던 수상시장 마을도 가보기로 했다. 그리하여 첫 이동의 그림이 그려졌다.

방콕 → 방콕 근교의 암파와 수산시장 → 람빵 → 치앙마이 → 빠이

내일이면 배낭여행의 참된 의미를 느낄 수 있는 이동이 시작된다. 우리는 또 어떤 인연들 앞에 서게 될까? 삶의 무게를 얼만큼이나 줄여야 할까? 얼마나 무거운 짐을 짊어지게 될까? 무엇보다 얼마나 더 서로를 사랑하게 될까? 한치 앞도 모르는 낯설고, 설렘으로 가득한 이 길 위에서. 끊임없이 흘러가는 이 시간 위에서.

진희

기차표를 예매하기 위해 한인여행사에 들렀다. 표를 기다리는 동안

• 암파와에서 사원을 투어하다가 더위에 지쳐 그늘에 앉아 쉬고 있었다.
다정한 모습이 좋아 보인다며 태국 친구가 사진을 찍어줬다.
더 다양한 포즈를 취해보라기에 과감하게 사원에서 뽀뽀를 하는 사진을 찍었다.
태국 친구는 "love, love"를 연발하며 엄지손가락을 치켜들었다.

여행사 아저씨께서 지금 시내에서 총격전이 벌어지고 있으니 가급적이면 그쪽으로 가지 말라고 조언해주셨다. 태국은 격렬한 시위가 한창이었다. 시위 열기가 가실 줄 모르고 더 거세지자 진압을 위해 경찰이 총을 들었다. 여행사로 향하는 길에 보았던 다급하게 달려가던 몇 대의 앰뷸런스가 시위현장으로 가고 있던 것이라 생각하니 사태가 더 심각하게 느껴졌다. 여행사 아저씨는 시위진압 때문에 교통체증이 심해질 것이니 평소보다 한 두 시간 미리 출발하라고 조언하며, 웬만하면 카오산에만 있으라고 당부했다.

태국인들이 도대체 왜 이렇게 피를 흘려가며 거리로 나왔는지 궁금했다. 자신의 신념에 반하는 정책에 맞서 싸우는 사람들, 그리고 이 저항을 막기 위한 경찰들. 이들이 서로 물러서지 않자 이토록 많은 사람들이 다치게 된 것이었다. 싸움이란 편을 갈라 자신의 생각만을 관철시키기 위한 과정일 수도 있으나 그 근본에는 결국 더 좋은 세상을 만들고 싶어 하는 사람들의 선한 마음이 존재한다. 선한 마음들이 왜 피로 얼룩져야만 하는지 생각하니 마음이 착잡했다.

누군가는 총에 맞아 죽고 누군가는 세상에 할 말을 하기 위해 불을 지르는 동안 우리는 여유롭게 여행을 하고 있다는 것이 마음을 어지럽혔다. 세상을 바꾸기 위해 죽음까지 각오하고 목소리를 높여 살벌한 전선에 뛰어 드는 사람들이 있기에 다른 한편에서는 나처럼 삶을 즐기는 사람이 존재할 수 있는 것 같았다.

내가 할 수 있는 건 그저 그들의 목소리에 귀를 기울이는 것이다.

싸우는 사람들 중 누가 옳은지는 알 수 없다. 어쩌면 가치에 있어서 옳고 그름 자체가 존재하지 않는 것일지도 모르겠다. 그들의 목소리를 들을 때는 옳은지 그른지를 판단하기 보다 왜 여기까지 나와서 소리를 내는 것인지 그 이유에 관심을 가져주는 것이 우선일 것 같다는 생각이 들었다.

수많은 사람들이 서로 다른 가치관을 가지고 살아가기 때문에 수없이 부딪히게 되고 그 과정에서 끊임없이 거짓과 오해를 양산한다. 때때로 극단의 모퉁이로 상대를 몰아세우기도 한다. 모순과 위험 속에 사는 모습은 한국이나 태국이나 그 어디나 똑같은 모습이었다. 누구에게나 삶은 치열하고 소중하다. 서로 간의 오해로 발사된 총에 삶이 얼룩지게 해서는 안 될 것이다. 우리는 언제나 상대방의 말에 귀를 기울여야만 한다.

진희

아침녘의 암파와. 관광객은 거의 없었고 상점도 거의 문을 열지 않았다. 장사를 준비하는 상인들만 분주히 마을 입구에서 자리를 펴고 있었다. 마을 전역에 축축한 물 냄새가 났다. 수로같이 마을을 이리저리 지나가는 강, 배는 아주 좁은 틈으로도 지나갔고 곳곳에는 다리가 놓여 있었다. 몇 개의 다리를 건너고 또 건너고 늪을 지나고 또 좁은 골목을 지나 숲을 만날 때까지 우리는 그렇게 마을을 느끼며 이곳저곳을 걸어 다녔다.

아름다웠다. 세련되진 않았지만 사람들의 오랜 숨결과 땀이 배어 있었다. 투박하고 낡은 나무 집 아래로 흐르는 강물, 시장으로 가는 꽃 파는 아낙네의 외침, 강에서 갓 잡아온 생선에 꼬이는 파리를 쫓는 부채질 소리, 미적인 요소보다는 지극히 일상적인 생활들이 내는 소음의 하모니, 그 화음의 완벽한 조화. 하나의 거대한 오페라를 보는 것 같은 기분이 들었다.

점심시간이 되자 좁은 골목길을 비켜서서 걸어야 할 정도로 관광객이 많이 몰려 왔다. 역시 관광객이 많아지자 아침녘의 암파와와는 달리 여유를 느끼긴 힘들었다. 그나마 조금 반가웠던 것은 이 관광객들의 대부분이 현지인이라는 것이었다. 외국인보다 내국인들이 더 많이 찾는 마을이라고 했다. 상인들의 손은 더 바빠졌고 생선을 튀기는 기름 소리와 맛있는 냄새가 마을 곳곳에 퍼졌다.

우리는 민박집에서 우리처럼 놀러온 태국인 친구들을 만나게 되었다. 주말을 맞아 놀러왔다는 두 쌍의 커플. 8시 막차가 떠나고 나자 상점들은 하나 둘씩 문을 닫고 상인들도 삼삼오오 모여 앉아 맥주잔을 기울였다. 우리도 민박집 친구들과 강가에 마주 앉아 맥주를 마셨다.

건너편 집의 불빛이 강에 반사되어 마을이 크리스마스 트리 속에 들어가 있는 것 같았다. 오늘따라 달도 유난히 밝았다.

도선

방콕 남쪽에 있는 암파와라는 마을에서 하루를 보냈다. 방콕에서 태국 북부로 이어지는 우리 여정에 반대 되는 루트였지만 번거로움을 무릅쓰고 갈 만한 어떤 기대감이 있었다. 아니나 다를까 암파와에 도착하자마자 미소가 절로 나왔다.

강과 어우러진 예쁜 수상가옥들, 풍부하고 맛있는 해산물, 밤에는 반딧불이가 나무 사이에서 숨바꼭질하는, 마치 동화 속에 나오는 마을 같았다. 번잡한 방콕 시내와는 달리 여유로움이 넘쳤고 타 지역의 태국인 관광객들이 많은 점도 흥미로웠다. 우린 게스트하우스가 아닌 현지인 숙소에 머물게 되었다.

거기에는 우리를 비롯한 태국 각지에서 온 태국인 여행객들과 미국인 여행객들이 함께 묵었는데, 저녁이 되자 스스럼없이 삼삼오오 모여 강물에 비친 아름다운 암파와를 안주 삼아 맥주를 마셨고 서로의 여행에 대해 이야기꽃을 피웠다. 흥이 난 나는 가방에 있던 소주를 꺼내 친구들에게 쏘맥을 말아주기도 했다. 꽤 오랜 시간 서로에 대해 이야기를 나눈 우리는 금세 또 정이 들어 다음 날 템플투어를 함께하기로 약속했다.

진희

야간기차로 람빵까지 이동해야 하는 날이다. 이곳에서는 기차를 탈 수 없으므로 다시 방콕으로 가야 했다. 오후까지는 여유가 있어 민박집 친구들과 배를 빌려 암파와 사원투어를 했다. 9개의 사원을 돌며 기도하고 둘러보는 일정이라 한두 시간이면 끝날 거라 생각했다. 그러나 태국인들의 불심은 깊었다.

우리는 사원을 휙 둘러보고 꽃 한 송이 봉양하며 소원을 비는 게 다였는데 태국 친구들은 모든 사원에서 열심히 절하고 기도했다. 스님들에게 축복을 받기도 했다. 한 친구는 서툰 영어로 사원에서 기도하는 방법과 의미를 설명해주기도 했고 절에 얽힌 특별한 사연을 들려주기도 했다. 눈으로 대강 살펴보고선 결코 알아낼 수 없는 것들이었다. 의미를 알지 못한 채 눈으로 사물을 바라보고 그것을 잘 안다고 할 수 있을까?

나는 이곳을 오래 여행했지만 알지 못하는 게 많았고 내 마음대로 평가했던 것이 많았다. 내가 살고 있는 땅에 대해서도 잘 알지 못하는 게 많은데 타국은 오죽할까. 나에 대해서도 평생 알아가고 있는데 타인에 대해서는 오죽할까. 겉핥기로 사물을 바라보고 그것을 진리로 받아들이는 경우가 대부분이었다. 직접 듣지 못하고 경험하지 못하면 그 가치는 결코 인정받지 못한다. 그런 의미에서 깊이가 있건 없건 하고 싶거나 알고 싶은 것은 부딪쳐 볼 필요가 있는 것이다.

예상보다 사원에서 많은 시간을 써 오후 3시가 돼서야 숙소에 도착했다. 그래도 아직 여유는 있었다. 야간기차였기 때문에 지금 출발해도 충분하다 여겼는데 친구들이 발을 동동 굴렀다. 이유인즉슨 하필이면 그 시간에 태국 공주가 암파와에 방문하기로 했다는 것이다. 그래서 전 구간 교통통제에 들어갔다고 했다. 두 시간을 기다려야 통제가 풀리는데 그러면 기차를 놓치게 된다는 것이었다.

친구들은 이곳저곳에 전화를 했고 민박집 아주머니는 이리저리 바쁘게 왔다 갔다 하셨다. 그리고 겨우 오토바이 택시를 부를 수 있었다. 친구들은 오토바이에 오르는 그 순간까지 내일가면 안 되냐고 되물었다. 눈에 눈물이 글썽글썽한 친구도 있었다. 우리는 이 순간을 잊지 않게 단체사진을 찍고 하나하나 포옹을 하며 고맙다, 만나서 반가웠다, 또 보자며 작별을 고했다. 한 오토바이에 기사님, 나, 남편, 그리고 거대한 백팩 두 개까지 올라섰다. 서있기에도 불안정해 보이는 이 아찔한 주행은 능숙한 기사님 덕분에 성공적으로 이루어졌고 우리는 옆 마을 시외버스 정류장까지 제시간에 도착할 수 있었다.

각박한 현대사회에서 말도 잘 통하지 않는 사람들과 단 하루를 같이 보냈다고 이렇게까지 마음을 쓸 수 있을까? 1년을 나란히 지냈지만 얼굴도 모르는 옆집 가족들을 떠올려보았다. 내가 기차를 놓칠까 봐 더 걱정하던 친구들과 수술 후 힘들어하는 내게 전화해 차 빼라고 욕을 하던 앞집 아저씨의 얼굴이 오버랩 됐다. 이게 비단 세상의 문제일까? 세상을 원망하는 나의 문제는 아닐까?

외국에서는 친구가 되는 것은 참 쉽다. 지금껏 만난 친구들은 마음을 선뜻 잘 내어주었고 그만큼 나도 내 마음을 잘 내어주었다. 그래서 우리는 하루 만에 친구가 될 수 있었다. 이젠 내가 먼저 다가가 마음을 잘 내어 주어야겠다. 누군가 곤경에 처했을 때 그들이 그랬던 것처럼 발을 동동 구르며 더 도와주려고 애쓰는 그 마음, 세상의 모든 선한 사람이 다 스승임을 잊지 말아야겠다.

도선

태국 북부 람빵으로 가는 기차를 탔다. 태국을 몇 차례 다녀온 아내는 예전부터 그렇게 즐거운 기차여행은 세상 어디에도 없을 거라면서 항상 태국기차에 대한 찬사를 늘어놓았었다. 아내 덕분에 한껏 기대를 하고 타게 된 기차는 상상 그 이상이었다.

일단 좌석과 좌석 사이 간격이 넓어 쾌적했다. 의자는 밤이 되면 침대로 탈바꿈했고 커튼을 치면 독자적인 공간으로 활용됐다. 침대에 누워 자연이 한눈에 들어오는 바깥 풍광을 하염없이 바라보았다. 시시각각 변하는 자연을 바라보는 일은 특별했다. 마치 내가 자연의 한 부분이 되어 함께 움직이는 듯한 느낌이 들었다. 특히 잠에서 깬 새벽, 세상을 검붉게 적시며 일어나는 일출과 함께 보이는 자연은 가슴속에 작은 파도를 일으켰다.

낯선 땅, 안락한 침대, 그리고 내 곁에 함께 있는 사랑하는 아내. 순간 이 모든 것이 어우러져 억누를 수 없는 어떤 감정들이 솟구쳤고 그것은 곧 나를 정화시켜 갔다. 마치 탁하고 더러웠던 피를 뽑고 맑고 신선한 피를 투여 받는 느낌이었다. 아내가 내 손을 꼬옥 잡았다. 서로 아무 말 하지 않았지만 우린 그렇게 생을 공유하고 있었다.

기차는 이외에도 흥미로운 것들이 많았다. 사실 하이라이트는 창이 뻥 뚫려 자연바람을 그대로 맞을 수 있는 식당칸이었다. 즐겁고 유쾌한 태국문화가 고스란히 녹아있던 식당칸에서는 식사는 물론 술과 음악과 춤을 즐길 수 있었다. 세계 각지에서 온 기차 여행객들은 밤이 되면 이 식당칸에 오밀조밀 모여 쉴 틈 없이 쏟아져 들어오는 자연을 만끽하며 음악과 술을 즐겼다.

처음에 우리는 무언가 굉장히 촌스러우면서도 신나는 태국 대중가요에 맞춰 각자 요상한 춤을 추는 외국인들의 모습에 어색해했다. 그러나 이내 그들 속에 어울려 갔다. 즐거웠다. 즐겁다는 생각 외엔 아무 생각이 들지 않았다. 기차는 어둠 속을 한없이 달렸고 나 역시 한없이 춤을 추었다. 이 순간이 영원할 것만 같았다.

진희

우리는 다시 낯선 땅 위에 섰다.

이곳은 람빵. 어디로 어떻게 가야할 지 모른 채 어리둥절해하는 우리를 두고 기차는 다시 제 갈 길을 떠났다.

자, 그럼 우리는 어디로 가볼까? 조용하고 한적한 시골마을인 람빵은 방콕과는 달리 습하지 않고 따뜻한 기후였다. 이곳을 방문한 낯선 이방인이 신기해 물끄러미 바라보다 눈이 마주치면 해맑게 웃어주는 사람들, 꽃이 있는 거리와 집. 누군가는 이런 심심한 곳에 왜 오냐고 묻겠지만 나는 빌딩숲이 없어 어디서나 햇살을 쬘 수 있는, 바람이 막히지 않는 이런 곳을 늘 동경해왔다. 람빵은 눈물이 날 정도로 아름답고 천국 같은 곳이었다.

나는 여행을 가면 조용히 그곳을 느끼는 시간을 갖는다. 아무것도 하지 않고 가만히 서서 내게 불어오는 바람의 향기를 맡고 햇살의 온도를 재며 그곳의 소리를 듣는다. 람빵의 소리를 들어보았다. 따뜻한 햇볕이 머리 위에 머물고 바람은 가볍게 날아와 내 귓가에 소곤대는 것 같았다.

도선

태국 람빵 왕 강 주변의 산책은 해가 뉘엿뉘엿 저가는 일몰 때가 가장 좋았다. 볼을 간지럽히는 부드러운 초저녁의 바람과 푸른 대지를 천천히 물들여 가는 붉은 해, 그리고 그 모습들을 그대로 품은 강물의 느리디 느린 흐름… 이 모든 것들을 보고 있자면 바쁘고 정신없이 살아왔던 지난날들의 기억이 저 하늘 뒤로 흩어져 버리는 듯했다.

하루는 산책을 하고 숙소 근처에 있는 라이브 카페에 갔다. 아무

것도 없는 빈터에 카페하나 덩그러니 있는 모양새가 어찌 좀 이상했지만 이 마을에선 달리 갈 곳이 없었다. 여긴 시골인데다가 관광지도 아니었기 때문이다. 자리에 앉아 맥주 한 병을 시켰다. 얼음을 넣은 특이한 맥주 한 모금을 홀짝 마시는데 어디선가 짧은 치마에 마시고 있는 맥주마크가 찍힌 티셔츠를 입은 종업원이 후다닥 오더니 맥주를 따라준다. 아니 이게 뭐지? 다시 한 모금을 마셔봤다. 아니나 다를까 종업원이 또 후다닥 뛰어 오더니 맥주를 따른다. 맥주를 빨리 마시게 하려는 상술일까, 과한 서비스일까 생각하다 그냥 피식 웃어버리고 계속해서 그녀에게 맥주를 맡긴 채 무대에 오르는 밴드를 바라봤다. 고등학생 쯤으로 보이는 잘생긴 남자 보컬이 올라왔다. 왠지 람빵이라는 시골마을과는 어울리지 않는 세련된 외모였다. 남자는 차분히 노래를 부르다 후렴구부터 폭발적인 가창력과 함께 무대를 능수능란하게 장악해나갔다. 풀벌레 소리밖에 안 나던 시골마을에 뜬금없이 폭탄이 터지는 듯한 굉음에 락스피릿이라니. 처음엔 이게 무슨 조화인가 싶어 어리둥절했지만 곧 흥에 겨워 인간이 낼 수 있는 모든 소리를 지르며 공연을 즐기게 되었다.

보컬은 외국인의 환호에 당황함이 역력한 미소를 지은 채 공연 내내 우리 쪽으로 몸을 틀고 노래를 불렀다. 한 곡이 끝나고 보컬은 잠시 어디로 갈까 갈팡질팡하더니 우리 쪽으로 슬그머니 와서 사진을 함께 찍자는 제스처를 취한다. 흔쾌히 사진을 몇 장 찍고 테이블에 함께 앉아 이야기를 나누려 하는데 안타깝게도 아무 말도 통하지 않았다. 관광지가 아닌 태국의 시골마을 사람들은 영어를 전혀 할 줄 몰랐다. 서로 휴대전화에 있는 번역기를 돌렸다. 간신히 몇 마디 대화를 나눴다.

“넌 어디서 왔어?”

“한국에서 왔어! 너 노래 정말 잘 하더라 꿈이 가수야?”

“너희가 내 음악을 들어준 첫 번째 외국인이야.”

사실 많은 대화를 나누었지만 이해한 대화가 이것뿐이었다. 번역기를 돌린다는 것은 특히 한국어와 태국어를 번역기로 번역한다는 건 여간 어려운 것이 아니었다. 예를 들어 태국식당 메뉴판에는 번역기를 돌려 한국어로 메뉴를 써놓는 곳이 간간이 있었는데, 이런 식이었다.

spaghetti sweet basil leaves with mussel

(스파게티 달콤한 바질은 홍합과 함께 출발합니다)

egg noodles soup with dumpling shrimp

(계란 국수 만두 새우 살아있나)

비록 대화는 통하지 않았지만 우린 함께 음악과 노래를 들으며 서로에게 호응하고 호흡하며 그렇게 친구가 되었다. 아마 저 친구는 다음에 태국을 방문했을 때엔 유명한 가수가 되어있을 것 같았다. 왠지 그렇게 믿고 싶었다.

우린 그 다음 날 또 이곳을 방문했다. 어제 그 친구가 또 노래를 부르고 있었고, 우린 여전히 박수를 치며 함께 놀고 있었다. 그런데 옆

테이블 태국인 친구들이 사진 좀 찍자 한다. 다들 유니폼을 입고 있었는데 자세히 보니 람빵 FC 였다.

우리 역시 축구를 무척이나 사랑했고 특히 아내는 굴곡진 역사를 자랑하는 FC 안양 원년 서포터즈 아니던가. 우리는 흔쾌히 사진을 찍고 합석을 했다. 언어는 역시 잘 통하지 않았지만 축구라는 공통 관심사 하나로 오래된 친구처럼 그렇게 술잔을 부딪치며 놀게 되었다. 시간이 꽤나 흐르고 헤어질 무렵, 한 친구가 자신의 유니폼을 벗더니 친구들과 돌려가며 매직펜으로 뭔가를 열심히 쓴다. 뭘 하는 걸까 물끄러미 보고 있는데 아뿔싸, 그것은 우리에게 줄 선물이었다. 잠깐의 인연으로 큰 정을 보여준 친구들. 아내는 울먹였고 난 감동을 받아 아무 말도 하지 못한 채 멍하니 서있다 모두를 진하게 안아 주었다. 나중에 우리 FC 안양 유니폼을 꼭 선물하겠다고 약속하며.

람빵 FC 친구들과 헤어진 후 "아, 아름다운 세상이야! 이곳은 정말 정이 넘치는구나"를 연발하며 숙소로 돌아왔다. 평화로움도 잠시, 창문 넘어 고양이들의 싸움 소리가 들리더니 곧이어 우리 방 창문 밖에서 고양이의 애처로운 울음소리가 들렸다. 무슨 일인가 창문을 열어봤더니 고양이 한 마리가 앞집 지붕 위에서 우리 방 쪽을 쳐다보고 계속 울고 있었다.

"내가 지금 상황이 좀 그런데 거기로 좀 피해도 되겠니?"라는 표정으로. 나는 창문으로 넘어올 수 있게 살짝 비켜봤다. 녀석이 기다렸다는 듯이 폴짝 뛰어 방으로 들어온다. 마치 자기 집인 듯 바로 드러눕

- 람빵 사람들은 대부분 정이 많고 친절했다.
덕분에 유명한 관광지 하나 없는 곳에서 많은 추억을 쌓을 수 있게 되었다.
사진은 람빵 F.C 친구들이 유니폼을 선물하고 기념으로 찍은 사진이다.

는다. 괴롭힘을 많이 당해 피곤했는지 한참을 죽은 듯 잠을 잤다. 30분이 지났을까? 크게 기지개를 켜고 일어나더니 그르렁그르렁 거리며 우리에게 몸을 비벼댄다. 고맙다는 표시였을까? 고양이는 다시 창문을 열어 달라는 표정과 몸짓을 지었다. 문을 열어주니 또 기다렸다는 듯이 폴짝 뛰어 나간다. 그리고 건너편에서 한참 우리를 바라보며 뭐라 뭐라 말한 뒤 유유히 어둠속으로 사라졌다.

사람이나 동물이나 이곳 람빵에서는 유난히 정이 많았다. 도시에서는 느낄 수 없는 시골 특유의 정 말이다.

진희

관광객이 많은 도시가 아니다 보니 식당 찾는 것이 보통 일이 아니었다. 노점에서는 언어가 통하지 않아 도저히 주문을 할 수가 없어 오토바이를 타고 이곳저곳을 찾아 헤맸다. 그러다 우연히 현지인들이 이용하는 채식식당을 발견할 수 있었다. 한국의 밑반찬 같은 음식들이 놓여 있었고 우리는 언어의 장벽으로 고생할 필요도 없이 손가락으로 먹고 싶은 것을 가리키기만 하면 됐다. 이렇게 편리할 수가! 반찬을 세 가지나 골라 먹었는데 우리 돈으로 2,000원 정도밖에 나오지 않았다. 우리는 당연히 이 식당의 단골이 되었다.

밥을 먹고 있는데 옆에서 식사를 하던 아저씨가 우리를 계속 쳐다봤다. 외국인이 올 리 만무한 이 식당에 한 커플이 들어와 이상한 손짓과 발짓으로 음식을 주문을 하고, 그리 신날 것도 없는 밥상을 보며 까르르 웃는 모습이 신기했을 것이다. 아저씨는 자리를 뜨기 전에 우리에게 다가와 인사를 건넸다. 영어를 꽤 잘하는 분이었다.

우리가 어느 나라 사람인지, 이름은 무엇인지, 어떻게 하다 이 식당에 왔는지, 채식주의자인지 계속 질문을 던졌다. 아저씨는 자신의 이름은 사케라고 소개하며 즐거운 여행을 하기 위해 주의해야 할 것들—과한 친절로 사기를 치는 사람들, 소매치기, 여행사 사기 등—을 일러주고 자리를 떴다. 현지인과 대화를 나누는 것은 유쾌한 경험이긴 하나 아저씨 말처럼 과한 친절로 사기를 치는 사기꾼들도 많아 한편으로는 경계심이 생기기도 했다.

아직은 사람의 어느 부분을 보고 믿어야 하는지, 믿지 말아야 하는지 판단할 수가 없었다. 그러나 혹여 사기꾼을 만나 기분 나쁜 일이 생길지라도 나는 만나는 사람마다 좋은 사람들일 거라는 전제를 깔고 싶었다. 낯선 나라에서도 사람이 제일 가치 있는 존재임을 확인하고 싶었기 때문이다. 그래서 낯선 이방인인 우리에게 먼저 선뜻 마음을 건네준 아저씨가 못내 고마웠다.

오늘도 마찬가지로 그 채식식당에 갔다. 평소 가던 시간보다는 다소 늦게 도착했는데 사케 아저씨가 식사를 하고 있었다. 우리는 마치 오랜만에 만난 친구처럼 서로 포옹을 하며 인사를 나눴다. 아저씨는 오전에 바빠서 올까말까 고민하다 들렀는데 여기서 다시 만나게 되어 정말 기쁘다고 했다. 식사를 같이 하며 람빵여행에 대한 소감을 이야기했다. 이 소박한 마을 위로 느릿느릿하게 흘러가는 시간이 좋다, 우린 바쁘게 관광하는 것보다 이렇게 느리게 이곳 사람들과 지내는 것이 좋다고 이야기하니 다소 의아해했다.

보통 여행은 그 지역의 랜드마크를 본 후 대표적인 먹거리를 먹고 기념품을 사오는 것이라 생각했기 때문일 것이다. 아저씨가 오늘의 일정에 대해 물어보기에 그냥 오토바이로 한 바퀴 둘러보고 숙소에 계속 있을 거라고 했다. 아저씨는 도저히 안 되겠다는 표정으로 "너희가 한국에 가면 람빵은 아무것도 볼 게 없는 참 심심한 동네라고 말할 것 같아"라고 말하며 람빵 구경을 제대로 시켜주겠다고 제안했다. 나는 남편의 얼굴을 쳐다봤다. 동시에 남편도 내 얼굴을 봤다. 마주 본 눈빛으로 무언의 합의를 했다. 그리고 아저씨에게 답했다.

"정말 고맙습니다! 같이 즐거운 시간 보내요!"

점심시간이 지나자 사케 아저씨가 약속대로 게스트하우스에 찾아왔다. 우리는 아저씨의 차를 타고 시 외곽에 있는 유서 깊은 사원으로 향했다. 만약 우리끼리 왔다면 결코 알 수 없었던 사원의 역사와 의미들을 들려주었다. 세상 어느 공간에 숨은 사연과 스토리가 없으랴. 사람이든 공간이든 그 속에 담긴 의미를 발견하지 못한다면, 그저 아름다운 그림 앞을 스쳐 지나가는 것과 다름없을 것이다. 침략과 싸움, 찬란한 문화번성을 통해 신에게 더 다가가고자 했던 사람들의 땀내음이 아직도 돌에 묻어있는 것 같았다.

대다수의 태국인들은 불교신자이지만 아저씨는 불교를 믿지 않는다고 했다. 그래도 종종 사원에 들러 예를 갖춰 기도를 한다고 말했다. 기도의 내용은 연로하신 아버지의 건강을 기원하는 내용이었다. 아저씨는 향을 피우고 기도하는 방법을 알려주었다. 나는 다른 종교를 가졌지만 이곳의 예법에 맞춰 합장을 하고 무릎을 꿇은 채 기도를 했다. 나로 인해 마음 아픈 사람이 없도록 건강해졌으면 좋겠다고, 그리고 내 가족이 오래도록 행복해서 나와 함께 웃으며 살았으면 좋겠다고 기도했다.

아저씨는 우리의 여행가이드가 되어 사원 설명에 이어 한낮의 땡볕 아래서 땀을 뻘뻘 흘려가며 우리 사진을 계속 찍어주셨다. 한참 사진을 찍고 나니 우리 셋 다 땀에 젖어있었다. 아저씨는 더우니 몸도 씻을 겸 온천에 데려다 주겠다고 했다. 사원에서 십여 분을 달려 온천은 커녕 사람도 살 것 같지 않은 휑한 동네에 다다랐다. 아저씨도 이곳은 초행길이라며 몇 번을 헤멘 뒤 겨우 온천에 도착할 수 있었다. 주차를 하고 건물 뒤편으로 들어서는 순간, 입이 쩍 벌어졌다.

'여기가 온천이라고??'

낡은 건물에 방이 세 개가 있었는데 그 안에는 작은 탕과 낡은 세면대 하나만 덩그러니 있을 뿐이었다. 벽은 시멘트로 대충 발라놨고 이곳저곳 거미줄이 늘어져 있었다. 개별탕 앞에는 무릎 정도 물이 차 있는 대중탕이 있었는데 그곳은 소풍 온 아이들이 점령하고 있었다. 한 바퀴 둘러보고 오니 외국인이 온 것이 놀랍단 표정으로 해맑게 웃으며 반기는 주인장이 보였다. 사케 아저씨도 시설이 다소 노후된 것을 전혀 몰랐다며 멋쩍은 웃음을 짓고 있었다. 이들의 얼굴을 보니 당황스러워했던 내가 더 미안해졌다.

우리는 흔쾌히 개별탕을 이용하겠다며 돈을 지불하고 들어섰다. 진한 유황냄새가 탕에서 올라왔다. 더운 날 뜨거운 햇볕 아래를 달려왔건만 더운 물이 되레 활력을 불어넣어 줬다. 더위로 시들해진 잎사귀가 다시금 물을 머금고 탱탱해지는 기분이었다. 몸에 활력을 보충하고 나오자 문 앞에 아이들이 신나게 물장난을 치고 있었다. 남편은 "아!! 못참겠다"를 외치더니 갑자기 탕으로 뛰어 들어갔다. 그리고 아이들에게 엄청난 물장구를 치기 시작했다.

한 아이를 들어 올렸다, 앉히기도 하고 잡기놀이를 하자 "끼약, 까르르" 하는 아이들의 소리가 멈출 줄 모르고 튀어나왔다. 옷을 준비하지 못해 들어가지 못한 나는 연신 카메라 셔터를 눌러댔고, 몇몇의 아이들은 카메라를 볼 때마다 손으로 브이자를 그리며 환호했다. 온천주인 아저씨와 사케 아저씨는 그늘에 앉아 우리가 아이들을 바라보는 그 눈빛으로 나와 남편을 보며 미소 짓고 있었다.

우리는 부모님의 보호 아래서 뭐든지 할 수 있고 마냥 신나기만 했던 어린 시절로 돌아가고 있었다. 아이들은 제 얼굴이 찍힌 사진을 받아들고 갈 수도 없었지만 최대한 더 많이 찍히려고 애썼다. 카메라 액정에 비친 눈 감은 친구의 얼굴을 보며 서로 배를 부여잡고 웃었다. 할 수 있다면 사진을 다 찍어서 나눠주고 싶었다. 나만 이 추억을 간직하는 것이 아니라 아이들도 영원히 간직할 수 있었으면 하는 바람이었다. 그곳에 모인 우리 모두는 순간을 공유했고, 추억을 함께 만들었고 나는 그것을 기록했다.

• 사케 아저씨와 함께 간 사원에서. 평소에는 볼 수 없었던 것들이 도처에 널려있었다.

원래 잠시 들렀다 가기로 해서였는지 아니면 단조로운 풍경이 이젠 익숙해져서인지는 모르겠다. 더 위로 올라갈 때가 되었다고 판단했다. 사케 아저씨에게 날이 밝으면 이별을 고해야 한다고 이야기하니 울상을 지었다. 있는 곳이 불편하면 자기 집에 와 머물러도 좋다고 했다. 우리는 정해진 기한 동안 여행을 해야 하기에 오래 머무를 수 없다고 설명했다. 아저씨는 치앙마이와 빠이를 여행하고 나서 꼭 들러달라고 부탁을 하셨다. 우리는 앞으로의 일정을 장담할 수 없지만 그러겠노라고 약속했다. 섭섭함이 눈에 촉촉히 맺힌 아저씨를 보니 다시 꼭 돌아오고 싶었다.

치앙마이로 향해 가는 날, 이른 아침부터 사케 아저씨가 숙소로 찾아왔다. 여기서 치앙마이는 버스로 한 시간이면 가니 점심 때까지 함께 시간을 보내길 원하셨다. 방에서 짐을 빼 아저씨 차에 옮겨 놓고 우리는 소화시킬 틈도 없이 맛있는 음식을 먹으러 다녔다. 삶은 닭, 튀긴 닭, 구운 닭에 이어 또 다른 닭 요리를 사주시려고 했다. 알고 보니 전날 남편이 닭 요리를 먹을 때, 엄지손가락을 계속 올리며 "알러이 막막!(정말 정말 맛있다!)"이라 외쳤기 때문이었다. 닭 요리를 엄청 좋아하는 줄 알았던 아저씨는 람빵에 있는 닭요리집은 전부 데려가 맛보게 하고 싶었던 모양이다.

어느덧 해가 머리 위까지 올라왔다. 이젠 가야할 시간. 터미널로 향하는 발걸음은 무거웠다. 언어가 통하지 않는 우리를 대신해 버스표를 끊어주고 큰 배낭을 대신 들고 오는 아저씨의 모습을 보니 그제서야 폭풍 같은 아쉬움이 밀려오기 시작했다. 미안하고 고마웠다.

'도대체 무슨 이유로 아무것도 해준 것 없는 우리를 위해 이토록 많은 것을 내어주는 것일까? 그동안 나는 얼마나 계산적이고 이기적인 인간관계 속에서 허덕거리고 있던 것일까? 나는 내 친구들을 위해 이토록 성심껏 마음과 시간을 내어준 적이 있던가? 그런 적이 많지 않아 나는 더 외로웠고, 또 외로움을 풀기 위해 여행을 했던 것은 아니었을까?'

이런 생각들이 꼬리에 꼬리를 물었다. 인간관계에 대해 다시 생각하는 계기가 되었다. 사람이 가슴에 이렇게 깊숙이 들어와 자리 잡은 것이 얼마만의 일인지 모르겠다. 불완전한 타국의 언어로 소통을 하는 어려움 속에서도 서로를 위하는 따스함은 고스란히 전해졌다. 사람이 뜨거웠다. 이토록 뜨거운 사람들 속에서 나는 왜 늘 춥다고 떨고만 있었을까 돌아보게 된다.

떠나야 하는 순간이 다가오자 미련이 자꾸만 발목을 붙잡았다. 우리는 버스에 가장 마지막으로 올랐다. 배웅하는 사람들 속에 사케 아저씨가 손을 흔들고 있었다. 그 모습을 눈에 더 담고 싶어 창밖으로 고개를 빼고 내다보았지만 금세 시야에서 사라져갔다. 그러다 문득 나는 무엇 때문에 이렇게 급하게 람빵을 떠나고 있는 건지 생각하게 되었다.

여행을 떠나기 전 몇몇 사람들은 환자가 어떻게 여행을 갈 수 있냐며 미친 짓이라고 말했다. 몸도 아픈데 왜 굳이 여행을 떠나는 거냐며 탐탁지 않게 여겼다. 그러나 나는 마냥 기다릴 수 없었다. 병이 낫길 바라며 하루하루를 흘려보내기엔 인생이 너무 짧다는 생각이 들었다. 그렇게 남편과 나는 가고 싶은 대로 가고, 하고 싶은 대로 하고 살자며 여행길에 올랐다. 그러나 우리는 더 머무르고 싶은, 마음에 꼭 드는 여행지를 만났음에도 한 곳에만 머물러 있으면 뒤처진다는 생각에 서둘러 다음 여행지로 떠나고 있었다. 아직 우리에겐 시간이 많고, 쫓기듯 여행하기 보단 낯선 곳이 마음과 머리에 물들어 흡수될 수 있도록 하는 것이 더 간절한데도 말이다. 조금 더 천천히 걸어야겠다고 생각했다.

도시는 언제든 그곳에서 날 기다려 줄 것이고 인연의 끈은 내가 손을 내밀지 않으면 잡을 수가 없는 것이니 천천히 그 끈을 이어가야겠다. 귀한 인연 덕분일까. 나는 여행을 온 뒤 몸과 마음의 아픔을 잊고 행복의 향이 조금씩 스며들고 있음을 온몸으로 느끼고 있다.

아직도 전생에 업을 지고 갚지 못해 만나지 못한 인연이 수없이 더 있다는 생각이 들었다. 나는 아마 그분들을 앉아서 기다릴 수 없기에 길을 나선 것 같다. 사소한 일들도 큰 감동으로 느껴지고, 무엇보다 사람이 귀하다는 것을 이 여행이 내게 가르쳐주고 있었다. 다음부턴 어느 마을의 하늘과 땅이 그리고 사람들이 내 발목을 붙잡거든 뿌리치지 않으리라, 조금 더 오래 그곳에, 그들 곁에 머무르리라.

• 내가 뭐라고 이렇게 마음을 베푸는 거야…
우연히 만난 이방인들에게 아낌없이 마음을 준 사케 아저씨.
나는 스스로 내 질문에 답했다. 내가 뭐긴, 아저씨 친구지!

4장

어쩌면 여행은

그래, 언젠가 어딘가에서 또 보자

진희

다양한 국적의 사람들과 산행을 즐기고, 공기 좋은 곳에서 캠프파이어도 하며 모두 친구가 되는 놀라운 경험을 꼭 해보고 싶었다. 그래서 망설임 없이 트레킹을 신청하러 나섰다. 집 근처 여행사에서 보여준 트레킹 팸플릿에는 산행 후 도착한 고산족 마을에서 원주민과 하루를 보내고 짚라인을 타고 이동한 뒤 하산하는 프로그램이라고 적혀 있었다. 값은 1,000바트, 우리 돈으로 약 3만 5천 원 정도였다. 이 모든 환상을 채우기에는 저렴한 금액이라고 생각하며 값을 지불했다.

이른 아침 숙소 앞으로 픽업트럭이 도착했다. 차에 올라타니 프랑스인 커플과 동양인 커플 두 쌍이 보인다. 인사를 하고 올라서는데 옆에서 "안녕하세요"하는 한국인의 목소리가 들렸다. 한국인 커플이 있었던 것이다. 정말 반가웠다. 함께 1박 2일을 즐겁게 보내자며 대화를 나누는 동안 픽업트럭은 우리를 포함해 총 14명(한국인 6명, 프랑스인 2명, 독일인 6명)을 더 태웠다. 같은 국적의 사람들이 여럿 몰리다 보니 자연스럽게 유럽인과 한국인으로 나뉘었다. 어색함이 감돌 때마다 우리는 우리끼리 그들은 그들끼리 대화를 했다. 두 팀이 따로 온 듯한 기분이 들었다. 그래도 감초역할을 하는 분들이 즐거움을 주며 서먹한 분위기를 깨곤 했다. 산행은 생각보다 고됐다. 한두 시간 정도 가볍게 오를 줄 알았으나 4시간 넘게 이어졌다. 산길도 아니었다. 가이드만 알 수 있는 험한 풀숲을 헤치며 앞으로 나아갔다. 해도 거의 저물고 모두 다 기진맥진해진 무렵 고산족 마을에 도착했다. 나무를 지나고 지나 드디어 마을 입구에 들어선 순간, 모두 다 "이게 뭐야!" 라는 말을 했다.

깊은 산골짜기에 여행사가 가짜 고산족 마을을 지어 놓은 것이었다. 인공적인 집 3채, 어설프게 만든 기념품을 파는 작은 가게 하나, 돼지 한 마리, 맥주를 어마어마하게 비싸게 파는 아주머니, 부모님 따라 나온 몇몇 아이들, 빨래 하나 걸려 있지 않은 빨래줄, 그리고 뒤편에 몰래 주차해놓은 오토바이들. 아마도 마을에 있는 사람들은 인근 마을주민이며 여행사와 손을 잡고 돈을 벌기 위해 왔다 갔다 하는 것 같았다. 이곳은 마을이 아니었다. 사람 사는 냄새가 전혀 나지 않았다.

꽤 불쾌했다. 고산족 마을이라고 속인 것에 대한 불쾌감일 수도 있었다. 그러나 그보다 사람들이 얼마나 소수민족 마을을 '구경'하길 원하면 그들의 삶이 상품화 되고 있으며, 또 그것으로 돈을 벌 수 있다는 생각이 얼마나 팽배해있기에 이런 되도 않는 마을을 만들어 어설프게 흉내를 낸다는 것인가.

우리는 왜 타인의 삶을 구경하려 하는 것일까? 그저 예전 방식 그대로 삼삼오오 모여 사는 사람들이 티비 광고 속의 상품처럼 구경거리가 되어야 하는 것일까? 과연 사람이 사람을 구경하는 게 가당키나

한 것일까? 진짜 전통을 배우고 싶고 알고 싶으면 우리는 어떻게 찾아가야 할까? 그 사람들을 어떻게 대해야 하는 것일까?

이런 생각이 꼬리를 물자 독특한 문화를 상품에 끼워 팔려는 사람들의 욕심보다 돈으로 손쉽게 타인의 삶을 엿보려 했던 내 의식이 문제였다는 생각에 다다르게 되었다.

낯선 문화를, 우리와 조금 다르게 사는 사람들의 삶을 접할 때는 배우려는 마음과 경외하는 마음을 가져야만 한다. 아마도 편리함을 좇기 위해 뭐든지 쉽게 버리고 사는 현대인들보다 조금 더 애쓰고 조금 더 부지런히 생활하는 그들에게 경험적인 지혜가 풍부할 것이다. 왜 우리는 세상에서 조금 멀리 떨어진 높은 곳에 사는 사람들에게까지 도시의 돈문화를 가르치려는 것일까? 여행이 타인의 삶을 망칠 수도 있다면, 우리는 이 여행방법을 버리고 새로운 방법으로 여행을 해야만 할 것이다. 조금 더 대안적인 방법을 찾아보고 싶었다.

진희

내가 가장 사랑하는 여행지 빠이에 도착했다. 여행을 떠나기 두 달 전 친구와 5일 정도 빠이를 다녀왔었다. 그전에 왔을 때보다 더 더웠고 푸르게 변해 있었다. 그때는 중국인 관광객이 길에 넘쳐났고 예술보단 상업적인 동네라는 생각이 들 정도로 모두 돈에 눈이 팔려 있는 모습이었다. 중국 영화와 드라마의 배경으로 소개된 후 이곳은 중국인 관광객이 증가하기 시작했다. 더불어 한국에도 많이 소개되면서 길에는 태국인보다 중국인과 한국인이 더 많았다. 그러나 두 달 만에 다시 돌아온 빠이는 그때와 다른 모습이었다.

몇 년 전 처음 내가 이 땅을 밟았을 때와 거의 똑같은 모습이었다. 한적한 시골 풍경, 거리의 악사들, 여유로운 사람들, 곳곳에서 발견되는 예술가의 혼과 예술품들, 그리고 모든 걸 내려놓고 살고 있는 히피들. 여전히 그곳에 그대로였다. 이곳은 여전히 아름다웠고 나는 마침내 사랑하는 사람과 이곳에 도착했다.

버스에 내려서자마자 나는 남편의 눈부터 살펴봤다.

'역시! 그럴 줄 알았어.'

속이려고 해도 속일 수 없는 감정이 눈빛으로부터 쏟아져 나오고 있었다. 남편은 이 마을을 보자마자 첫눈에 반해버렸던 것이다. 내가 처음 빠이에 왔었을 때 느꼈던 감정을 똑같이 느끼고 있는 게 분명했다. 처음으로 빠이를 여행하고 돌아가던 날, 나는 집으로 향하는 발걸음이 떨어지지 않아 계속 뒤를 돌아봤다. 비행기에 올라서서도 한참 동안 마음을 추스르지 못하고 결국 엉엉 울어버렸었다. 이곳도 살아보면 환상이 아닌 현실로 다가오겠지만 그런 것을 생각할 필요가 없었다. 그저 내겐 지상에 존재하지 않는 유토피아를 드디어 찾아냈다는 황홀감만 존재했다. 아쉬움의 눈물을 닦으며 다음번엔 이 천국에 사랑하는 사람을 꼭 데리고 와야지, 지상에서 천국을 맛보며 사랑하는 사람의 얼굴을 바라봐야지라고 다짐했었다. 그리고 그렇게 간절히

• 메콩 강을 적시는 붉은 노을. 저 앞에선 삶이 사소하게만 느껴진다.

바라던 꿈이 마침내 이루어졌다.

나는 발걸음을 재촉했다. 보여주고 싶은 게 한 둘이 아니었다. 한참을 재잘재잘 이것저것을 설명하며 다니는 나를 남편이 불러세웠다. 그리고 사람이 오가는 길가에서 나를 안아주며 말했다.

"나 너무 행복해."

모든 게 꿈같이 흘러갔다. 나의 시간은 유독 느리게 흘러가는 것 같았다. 아무것도 하지 않아도 좋았다. 그저 사랑하는 사람과 이곳의 햇빛과 바람을 느끼는 것만으로도 충분히 행복했다.

도선

부산 송도 바닷가에 살던 어린 시절, 나에게 방파제는 세상 어느 곳보다 아늑한 비밀기지였다. 버려진 그물들을 엮어 누구도 침범하지 못하게 만들어 놓고, 그 안에서 깡통냄비에 불을 피워 잡아온 고동과 게 따위를 익혀 먹곤 했다. 특히 비가 오거나 바람이 심한 날은 더더욱 비밀기지에 있길 좋아했는데, 왠지 모를 안도감과 내 공간을 지키려는 본능이 나로 하여금 커다란 행복감을 일게 했던 것 같다. 나는 시간이 갈수록 비밀기지에 집착했다. 심지어 집 가재도구들을 몰래 가지고 나와 살림을 차릴 정도였다. 내 비밀기지를 매일 지겹게 보면서도 항상 미소 지었던 생각이 난다.

20세기 소년의 비밀기지처럼 그곳에서 거창한 일을 도모하지 않았지만, 그 시간들이, 그 안에서 상상했던 것들이, 내가 나를 대면했던 시간들이 지금의 나를 형성하는 데 있어서 큰 발판이 된 것 같다. 이 소중한 비밀기지는 내가 8살 되던 무렵, 2층 집까지 물로 삼켜버린 큰 태풍으로 인해 흔적도 없이 사라졌다. 허탈감으로 인해 한동안 많이 아파했지만 곧 괜찮아졌다. 외롭다거나 뭔가 그립다 느껴질 때면 가끔씩 꺼내볼 수 있도록, 그것은 어느덧 가슴속에 들어가 있었다.

빠이 시내 카페의 해먹에서 빈둥대던 중 짚더미 속에 모여 놀고 있는 아이들을 발견하곤 예전 내 기억이 떠올랐다. 이곳 아이들에겐 마을 전체가 비밀기지인 것 같았다. 켜켜이 쌓인 볏짚, 사람이 살지 않는 폐가, 개울물 옆 오두막, 수풀 속, 고장 난 자동차, 골목골목 마을 어디든 아이들이 숨고 뛰어놀 수 있는, 꿈을 펼칠 수 있는 비밀기지들로 가득했다.

큰 아이들은 작은 아이들을, 작은 아이들은 그보다 더 작은 아이들을 돌보면서 함께 자라는 아이들, 그 아이들에게는 온 동네가 놀이터이며 교육장이었다. 비록 좋은 옷을 입고 있진 않았지만, 코가 나와도 닦을 만한 휴지조차 없었지만, 변변찮은 장난감 하나 없는 아이들이었지만 그 어떤 세상의 아이들보다 행복해보였다. 아니, 행복해보였다 라면 굉장히 폭력적이고 일방적인 생각일 수도 있을 것 같다. 그들의 삶과 비껴선 제3자, 관광객의 눈으로 본다는 것은, 그 삶의 단면만 보고 그들의 삶을 평가한다는 것은 오류가 있을 가능성이 크기 때문이다.

하지만 그렇다 하더라도 그 아이들이 한국의 아이들보다 행복해 보인다는 것은 자명한 사실이었다. 한국의 아이들이 이런 추억을 갖는다는 것은 불가능한 일일 것이다. 아마 구독하는 학습지의 '쉬어가는 코너'에 나오는 4컷짜리 만화에서나 볼 법한 삶일 것이다. 매일 학교와 학원을 오가는 아이들, 마음껏 세상을 뛰어다녀도 그 에너지를 다 발산하기엔 모자를 나이에 온통 사각형뿐인 방에서 꿈을 강요받으며, 정작 자신의 꿈은 잃어가며 지워가며 자라나는 아이들을 볼 때면 서글픔을 떠나 분노가 일어난다.

왜 어른들은 아이의 행복에 대해서는 생각을 하지 않을까. 청소년 자살률이 OECD 국가 중에 제일 높은 반면 행복률은 제일 낮다는 뉴스가 해가 바뀔 때마다 어김없이 똑같이 흘러나오는데, 왜 우린 남의 일처럼 쯧쯧 혀만 차고 방관하고 있을까. 바로 제 자식이야기인데도 왜 좌시하고만 있을까. 이곳 아이들을 생각하며 난 여전히 생각에 잠겼다. 앞으로 생길 우리 아이는 어떻게 자라게 할 것인가에 대해.

진희

마치 우주의 연금술로 만들어진 것 같은 마을에 다녀왔다. 그곳의 이름은 문빌리지. 이름처럼 오직 달빛만으로 사는 그런 작은 마을이었다. 다음에 혼자 찾아오라면 절대 찾을 수 없을 것 같은 구불구불하고 울퉁불퉁한 산길을 달려 아주 좁은 길을 따라 들어갔다. 가로등 하나 없는 길 끝에 다다르자 옆에 개울이 졸졸 흐르고 있었고, 나무 그늘 밑에 텐트들이 자리 잡고 있었다. 그곳에 머무르는 한 일본 여자는 텐트에서 토마토를 하나 꺼내와 흐르는 개울물에 한두 번 씻더니 자신의 아이에게 주었다. 아이는 코가 흐른 자국이 선명한 얼굴로 미소 짓고 있었다. 수돗물도 아니고 냇물에 겨우 먼지만 털어낼 정도로 씻어 아이에게 먹이다니! 우리나라에선 보기 힘든 광경이었다. 식사 전 물티슈 한 통을 다 써가며 닦이기에 급급한 사람들이 대부분이 아니던가.

그러나 아이는 두 손으로 곱게 받아들고 맛있게 먹고 있었다. 모녀는 맨발로 걷고 있었다. 어쩌면 우리가 흙을 덮어버렸기에 신발이 필요한 것인지도 모르겠다. 시멘트가 아닌, 깨진 유리병도 없는 땅이라면 나도 기꺼이 맨발로 걷고 싶었다. 텐트를 지나자 큰 원두막이 보였다. 몇몇 사람이 모여 더위를 식히고 있었고, 네 명의 아이들이 술래잡기놀이를 하고 있었다. 오두막 아래는 너른 풀밭이 펼쳐져 있었다. 그때 태어나서 한 번도 들어본 적 없는 소리가 들려왔다.

가까이 다가가보니 나무 그늘 아래서 한 사람은 대금 같은 악기를, 나머지 두 사람은 긴 나무로 만든 디저리두를 부르고 있었다. 화성을 맞추고 있지 않았으나 청아한 대금소리 뒤로 낮게 깔린 저음의 독특한 음색이 조화로웠다. 음악이라 하기 보단 자연의 소리라고 하는 게 더 적합할 것 같았다. 넋을 놓고 그들의 음악을 들었다.

연주가 끝나자 대금을 불던 일본인이 자기 집이라며 옆에 지어진 허름한 흙집을 소개했다. 벽은 있는데 문도 방도 없는 형태로 전기도 들어오지 않았고 세간도 하나 들이지 않았다. 집안에 텐트를 쳐 그곳에서 잠을 자고 나머지 공간에서는 그림을 그린다고 했다. 벽이 작품으로 꽉 차있었다. 집(텐트)을 보호해주는 막이자 미술관이었던 것이다. 그는 자신은 일본인이며 이름은 켄상이라 소개한 뒤 장작불을 지폈다. 그의 집에는 새까맣게 타고 잔뜩 찌그러진 주전자 하나와 컵 몇 개가 세간의 전부였다.

물을 끓여 차를 내어주며 집이 어떠냐고 물었다. 이 마을엔 건물이 딱 두 개 있다며 하나는 자신의 집이고 다른 하나는 태국인 찌아비상의 집이라고 했다. 건축자재를 사용해 지은 집이 아니고 몇 년에 걸쳐 흙을 퍼다 손으로 발라 지은 집이었다. 그림을 그리는데 간간이 판매가 되기도 한다며 그 돈으로 축제도 열곤 한다고 했다. 원래 이 마을은 일반 사람에게 개방을 하지 않아 정착민이 10명 내외라고 했다.

1년에 한 번 108일 동안 매일 저녁마다 축제를 하는데 지금이 그 축제의 끝물이었다. 축제기간 동안은 외부사람들이 이곳에 머무를 수 있고 공연도 즐길 수 있었다. 머지않아 축제의 마지막 공연이 있으니 보러오라고 했다. 차를 마신 후 켄상에 이어 찌아비상의 집을 방문했다. 찌아비상은 마치 부처님처럼 앉아 온화한 미소를 짓고 있었다. 깊게 내뿜은 담배연기 뒤로 햇살이 비치자 머리 위로 곡선을 그리며 올라가는 연기 때문에 묘한 신비감이 감돌았다.

"히피들이 시스템이 싫다고 자유를 찾아 떠나왔지. 인도의 고아 주(州)에서 여기까지 흘러왔어. 여기서는 자유로웠을까? 아니야, 진짜 자유는 시스템을 넘어서는 게 아니라 너와 나, 우리가 융합될 때 느끼는 거야. 여기 모인 사람들도 모두 다 다르다네. 똑같을 수 없지. 다르기 때문에 일치하지 않는 것도 있지. 마음에 안 드는 것도 있어. 그걸 넘어서야 해. 서로 다른 모습 그 자체를 받아들이고 하나될 때 우리는 진짜 자유로울 수 있어."

히피들이 작은 땅을 얻어 전기도, 속세의 더러움도, 부와 배부름도, 그 어떤 것도 들이지 않고 조그맣게 살아가는 곳, 문빌리지. 이곳에서 아이들은 더러운 흙이 온몸에 묻어도 혼나지 않았고 작은 먹거리에도 감사할 줄 알았다. 그리고 어떤 아이들보다 행복하게 웃고 있었다. 이곳에서는 모두 달빛에 반짝이는 별이었다. 그 별빛이 나를 이 자리로 이끌었고, 그들을 통해 깨달음을 준 것이었다.

나는 너른 잔디밭에 앉아 자연의 숨소리 외엔 아무런 소리도 들리지 않고 아무것도 넘치지 않는 곳의 힘을 빌려 잡념을 떨치려 애썼다. 여행 내내 끊임없이 어디서, 어떻게, 무엇을 위해 살 것인가 고민했으나 그런다고 길이 열리는 것은 아니었다.

지나친 상념을 버리니 마음이 이토록 평화로울 수 없었다. 짧게나마 정신의 자유를 맛본 것 같았다.

도선

난생 처음 달무리를 보았다. 고운 띠 안에 무수히 흘러가는 구름들을 보았다. 아내는 나에게 왜 별 감흥이 없냐 물었지만, 사실 난 속으로 조용히 울고 있었다. 겉으로 터져 나올 것 같아 오래 쳐다보지 못하였을 뿐이다.

매일 아침 새가 지저귀는 소리와 함께 잠에서 깬다. 그리고 불빛 한 점 없는 까만 밤과 함께 잠이 든다. 해먹에 누워 산에서 불어오는 시원하고 청량한 바람에 온몸을 맡기기도 하고 빨갛게 세상을 적시는 석양에 취하기도 한다. 저녁이면 오토바이를 타고 타운으로 나가 라이브 연주를 들으며 마음 맞는 친구들과 이야기꽃을 피우고, 다시 밤이슬 머금은 산바람을 온몸으로 느끼며 적막한 자연의 소리에 귀를 내어준 채 숙소로 돌아왔다. 뒤에서 나를 꼬옥 안은 채 사랑을 속삭이는 아내와 아무것도 보이지 않는 거리를 오토바이 불빛 하나로 의지한 그 길 위에서 나는, 세상 그 어느 때보다 평온한 감정과 마주했다.

빠이. 사람들은 이곳에서 자연의 수혜를 받으며, 각자의 개성을 마음껏 발산하고 자유롭게 살아간다. 이게 또한 어찌나 조화로운지, 아니 이렇게 다른 사람들이 어떻게 어울리며 살 수 있는지…. 한국에서 바로 옆집과도 단절된 채 살았던 나에게는 다소 충격적인 세상이었다. 난 아내에게 "더 이상의 여행은 무의미할 것 같아 여기서 내내 머무르자"라고 말할 정도로 이곳에 푹 빠져 있었다.

내가 꿈에 그리던 이상향을 만난 것 같았고 여기보다 좋은 마을은 세상 어디에도 없을 거란 생각이 들었다. "뭐가 그렇게 좋아요?"라고 묻는다면 마땅히 들려 줄 대답은 없지만 마냥 좋은 그런 마을이었다. 세상 그 어느 곳보다 마음이 편해지는 그런 마을이었다. 마을에 생맥

줏집이라곤 단 한집밖에 없고, 정전이라도 되는 날에는 거리의 상점들이 일제히 촛불을 켜 마치 동화 속에 나오는 마을 같아 보이는 곳, 타운에서 조금만 벗어나면 원시적인 자연을 품을 수 있고, 피곤한 날이면 노천온천에서 노곤한 몸을 녹일 수 있는 곳, 그리고 무엇보다 다채롭고도 아름다운 사람들이 거리를 두지 않고 모두 친구가 될 수 있었던 이곳은 오래된 책 속에서나 나오던 파라다이스 같았다.

이런 빠이에서 보름을 보내고 어느덧 떠나갈 시간이 다가오고 있었을 때 떠오르던 달무리. 그것을 본 순간, 이제라도 이런 세상을 경험할 수 있었던 것에, 그리고 사랑하는 아내와 함께 공유할 수 있다는 것에 고맙고 감동스러운 마음이 솟구쳐 올라왔다. 그동안 이곳에서 느꼈던, 마치 엄마의 자궁 안처럼 따뜻한 그런 느낌들과 함께.

난 달무리를 오래 쳐다보지 못했다. 그것들을 느끼며 속으로 조용히 울고 싶었기 때문이다.

진희

남의 삶을 바라보며 나도 그러한 삶을 살아야겠다고 다짐하는 순간 삶은 버거워진다. 내가 타인이 아니기 때문에 그들과 똑같이 살 순 없다. 그런데도 나는 바람직하다고 배운 그런 삶을 살겠다고 몇 번이고 다짐을 하곤 한다. 그리고 감당할 수 없을 만큼 무거워진 삶의 목표를 십자가처럼 지고 인생의 행로를 이어간다.

버거운 무게에 휘청이는 다리로 인해 몇 번이고 쓰러질 때마다 가슴에서 피눈물이 흐른다. 그런데 그것이 당연하다고 여기며 산다. 어른들은 자신들 역시 그렇게 살았다며 이 고통을 즐기라고 조언한다. 그래서 그게 마땅한 줄 알았다.

다들 갖는 차 한 대, 집 한 채, 안정적인 직업 하나 없는 사람들은 무능력하고 도태된 삶을 살아간다고 생각할 것이다. 그런데 나는 이곳에서 타인과 비교하지 않고 자신의 내면에만 집중하는 사람들을 만났다. 비교를 하지 않으니 남을 따라 살아야 할 이유도, 남보다 더 잘나야 할 이유도 없었다. 그들 눈에 비친 타인은 잘나고 못난 것이 없는, 그저 주어진 하루하루 최선을 다해 살아가는 사람들일 뿐이었다.

그들을 보니 내가 얼마나 버거운 짐을 지고 살려 했는지 알 수 있었다. 늘 자유롭게 떠다니는 사람들과 비교하며 내 처지가 새장에 갇힌 새처럼 답답하다고 생각했었다. 그런데 아니었다. 내가 뒷산을 나는 파랑새라면 타인은 목숨을 걸고 바다를 건너다녀야 하는 하얀 새였을 뿐이었다. 너는 너대로, 나는 나대로, 서로 다른 모습, 서로 다른 생각, 서로 다른 삶, 그것을 있는 그대로 인정하고 받아들이는 순간 무중력의 상태를 느끼는 듯했다. 다시 돌아보니 세상은 모두 다른 방식으로 치열하게 삶을 가꾸는 사람들로 가득차 있었다.

진희

타운 안에 방을 구하면 매일 밤마다 열리는 시장과 술집에서 나오는 소음으로 인해 편하게 쉴 수 없을 것 같았다. 그래서 외곽에 방을 구하기로 했다. 태국의 3월은 비수기에 해당한다. 그래서인지 숙소들이 텅 비어있었다. 덕분에 전망 좋고 시설 좋은 방을 아주 저렴하게 구할 수 있었고 우리는 그곳에서 '아무것도 안하기'를 행하기로 했다. 우리가 매일 고민하는 것은 이 천국에서 어떻게 하면 더 재밌게 놀 것인가와 어떻게 하면 마음의 무게를 더 가볍게 할 것인가 였다. 이제 막 여행이 시작되었는데 우리는 해탈한 사람처럼 멈춰 있었다.

외곽의 숙소로 옮기기 전 타운에 사는 현지인들의 저녁식사에 초대받았다. 그들은 매일 함께 저녁을 먹는다고 했다. 순서를 정해 식사를 준비하는 것은 아니었고, 그냥 시간이 되면 마당에 모여 누가 먼저랄 것 없이 저녁을 준비했다. 누군가 싱싱한 야채를 사왔으면 야채볶음을, 또 다른 누군가 낮에 낚시를 해 고기를 잡아왔다면 생선구이를 만들었다. 식사가 차려졌는데도 내려오지 않으면 모두 다 합창하듯 이름을 불렀다. 그러고 보니 골목골목마다 이렇게 삼삼오오 모여 식사를 하는 현지인들이 많이 보였다.

살아있는 마을이었다. 어떻게 하면 벽을 더 견고히 세워 타인에게 침해받지 않는 삶을 살까 고민하는 현대인에게는 찾아볼 수 없는 인정이었다.

식사와 함께 술이 곁들여지자 낯선 이방인과의 불통의 벽을 낮추기 위한 음악이 연주되었다. 다 같이 노래를 부르자 언어의 장벽은 아무런 문제가 되지 않았다. 마주보고 노래 부르다 이유도 없이 웃곤 했다. 친구가 되는 과정은 의외로 단순했다. 성인이 된 후 도시에선 한 번도 경험해보지 못한 일이었다. 함께 식사를 하고 노래하는 참이웃을 본 남편은 주체할 수 없는 행복에 겨운 얼굴로 말했다.

"나 이곳에서 살고 싶어. 여행을 마치면 이곳으로 돌아와 살자. 이렇게 이웃들과 밥 먹고, 서로 삶을 나누고 사랑하면서 그렇게 사람답게 따뜻하게 살자."

나는 답을 하지 못했으나 남편의 마음을 완전히 이해할 수는 있었다. 나 역시 사람 냄새나는 삶이 그립고 또 그리웠기 때문이다.

진희

단골 펍에 들렀다. 다섯 명 정도면 꽉 차는 작은 가게에 공연이 한창이었다. 서서 보는데 한국인이냐며 같이 앉아도 된다는 말이 들려왔다. 그렇게 합석을 했고 그 자리에서 천호, 대의 형님과 친분을 쌓게 되었다. 이분들은 여태 내가 생각했던 장기여행의 틀을 벗어난 형태의 여행을 하고 계셨다. 이분들의 라이프스타일을 아주 간단하게 요약하자면 '때가 되면 움직이는 법'이라 말할 수 있을 것이다. 기간을 정해 지구 한 바퀴를 도는 그런 세계일주가 아니라 떠나야 할 때라고 느껴지면 마음이 동하는 곳으로 가 머무르다, 다시 또 떠나야할 때라고 생각되면 이동하는 것이었다. 때론 생계를 위해 이동을 하기도 했고 특별한 인연을 따라 이동하기도 했다. 그러다 빠이가 머무르기에 최적의 장소라고 생각해 이곳에 꽤 오래 머무르게 되었다고 했다.

나는 이렇게 여행을 하는 사람이 실제로 존재한다는 것이 놀라웠다. 그저 책이나 영화에서나 볼 수 있는 일이라고 생각했다. 이렇게 우리와 다름없이 삶을 살아가는 평범한 사람들일 거라고는 상상도 하지 못했다. 그래서 더 존경스러웠다. 나는 꿈이라고만 생각했던 삶을 그들은 실제로 살고 있었기 때문이었다. 인연은 계속 이어져갔다.

"밥은 어떻게 먹니? 사먹으면 못써. 질리기도 하고. 저녁에 집에 와라. 맛있는 거 해줄게."

큰 형님이 집으로 초대를 했다. 집에 도착해보니 근사한 한식이 한 상 차려져 있었다. 된장찌개, 수육, 고추장, 쌈장, 마늘장아찌까지! 한 달째 식당 밥만 먹다보니 밖에서 먹는 밥이 물리기 시작했다. 맛있는 식당에 가 잘 만들어진 음식을 먹어도 맛이 없게 느껴지는 단계에 이르렀던 터였다. 그런데 때마침 꿈에 그리던 한국음식이 나오자 황홀해지기까지 했다. 이 좋은 기분을 쉽게 끌 수 없었다. 우리는 술잔을 채워가며 밤이 깊어가는 줄도 모르고 이야기를 나눴다. 글로 다 적을 수 없을 만큼 많은 경험과 생각들을 공유했다. 그중 잊히지 않는 말이 있다.

"장기여행이 옳다 그르다 할 그런 기준은 없어. 그런데 오래 길 위에서 사는 사람들은 이것만은 확실히 알더라. 사람 귀한 거 말이야."

그렇다. 사람을 떠나 멀리멀리 여행하는 이 과정 속에서 가장 필요한 것은 사람이었다. 우리도 여행을 할수록 점점 배워가고 있었다. 사람이 얼마나 귀한 존재인지를.

지구를 가득 메우고 있는 수많은 사람들 가운데 나를 위해 시간을 할애한다는 것은 특별한 마음이 작용하지 않았다면 결코 이루어 질 수 없는 일이었다. 그동안 무표정의 퉁명스러운 사람들 속에서 사람 귀한 줄 모르고 살았었다. 그런 내게 내 존재의 특별함을 일깨워 주기 위해 이 모든 인연의 끈이 닿은 것 같았다. 당신이 내게 귀한 존재이듯 나도 당신에게 귀한 존재가 되고 싶다. 다행이다. 오늘도 인연의 끈을 놓치지 않아서.

한 라이브 클럽은 매주 특정 요일에 오픈마이크를 진행한다. 그날은 빠이에 머무르는 예술가들이 많이 모이는 날이었다. 공연을 보고 있노라면 세상에 얼마나 많은 고수들이 숨어있는지 알 수 있었다. 밤이 깊었으니 이제 돌아갈까 하는 순간, 무대에 한 아시아인이 올랐다. 영어로 자기소개를 하고 이어 한국어로 강산애 노래를 부르기 시작했다. 그곳에 모인 관객들은 노래를 이해하지 못해도 모두 다 환호했고 무대는 열기로 가득 찼다. 어딘지 낯이 익었다. 그래서 나는 무대에서 내려온 그를 향해 다가가 말을 걸었다.

"어디서 뵌 분 같은데…."

우리가 만난 적은 없었다. 초면이었다. 그러나 상관없었다. 우리는 통성명을 했다. 멋진 노래를 부른 분의 이름은 박준영이었다. 이렇게 귀한 인연이 또 하나 연결되었다. 집으로 돌아가던 길에 남편이 생맥주 한잔 마시고 싶다고 해 단골 맥줏집에 들렀다. 그런데 그곳에서 준영 오빠가 노래를 하고 있었다. 노래를 마치고 내려온 오빠가 말했다.

"나 두 사람 더 알고 싶어. 우리 이야기 좀 나눕시다."

우리는 해가 뜰 무렵까지 마치 오늘을 위해 수십 년을 기다려왔던 사람들처럼 뜨겁게 마음을 나눴다. 오빠도 오랜 시간 길 위의 나그네로 살고 있었다. 역시 사람 귀한 걸 알고 있었다. 마음이 통하는 사람을 만나면 많은 에너지를 쏟으며 마음을 통으로 내어주고 있었다. 그렇게 우리 인연은 깊어졌고, 거의 매일 함께 만났다. 동네가 좁으니 약속을 잡지 않아도 저녁 무렵에 마주치기 십상이었다.

"밥 먹으러 가? 같이 먹자!"

"공연하러 가는데 같이 가자!"

"맥주 한잔 할래?"

"내일 일출 보러 갈까?"

우리는 이제 친구였다. 중고등학교 때는 친구들과 무엇이든 함께 했다. "같이 하자"라는 말이 어색하지 않았던 때였다. 그러나 시간이 흐를수록 다른 사람들과 함께하는 것이 어려워지기 시작했다. 타인의 입장을 자꾸 생각하게 되었고, 그런 마음가짐 자체가 부담스러워지면서 혼자 있는 것이 더 편해지기 시작했다. 보이지 않는 벽을 자꾸만 높이 쌓아올렸다. 그러나 이제 알았다. 그렇게 살아가는 시간이 길어지면 길어질수록 더 외로워질 뿐이라는 것을…. 친구가 되는 방법은 간단하다. 함께 나누면 된다. 시간이든 추억이든 콩 한쪽이든 간에.

도선

"너희들 여행기간이 얼마나 남았니?"

"6개월 정도 남았어요."

"그럼 뭣하러 유럽으로 가. 유럽은 나중에 나이 들고 천천히 가도 돼. 거긴 변하지 않거든. 그 정도 시간 있으면 차라리 중남미를 가 봐. 보는 것도, 느끼는 것도, 고생스러운 것도, 추억에 남는 것도 훨씬 더 많을 거야."

"중남미요? 위험하잖아요!"

"애들아, 여행지에선 이것만 지키면 위험한 건 없어. 첫째, 남들이 하지 말라는 건 하지 않으면 돼. 둘째, 밤늦게 인적이 드문 곳을 다니지 않으면 돼. 셋째, 긴장을 항시 놓지 않으면 돼. 사고가 나는 것을 보면 항상 똑같아. 여행이 익숙해진 나머지 긴장감이 풀어져 하지 않던 행동들을 하게 될 때, 그때 사고가 일어나는 거야. 항시 긴장하고 경계하면 돼. 소극적으로 여행하라는 게 아니라 너무 풀어지지 말라는 얘기야. 이것만 지키면 사고는 최소화 할 수 있어. 그리고 사실 위험한 건 한국이든 어디든 다 마찬가지지."

"흠… 그런가요? 근데 중남미를 가려면 스페인어를 알아야 할 것 같은데 우린 전혀 몰라요."

"상관없어. 일단 멕시코나 과테말라로 들어가서 랭귀지 스쿨에서 몇 주만 배우면 돼. 시설 잘 돼 있어. 기본적인 것만 배우면 돼. 시간 많잖아. 뭐 어떠니?"

빠이에서 만난 거의 10년을 넘게 여행 중인 장기여행자, 말 그대로 길 위에 사는 사람들인 대의, 천호 형이 동남아를 거쳐 인도를 거쳐 유럽으로 가려고 했던 우리에게 중남미를 가라 조언해 주었다. 그쪽이 참 잘 어울릴 것 같다며. 그러고선 과테말라의 안티구아에서 스페인어를 배우며 여행을 시작한 이야기들과 콜럼비아의 미녀들, 베네수엘라에서 겪었던 위험천만한 경험이며, 볼리비아의 아름다운 우유니 사막, 트레킹의 진수를 느낄 수 있다던 또레스 델 파이네, 아르헨티나의 흔하디 흔한 소고기와 살인적인 환율 등 겪었던 수많은 이야기들을 며칠에 거쳐 흥미진진하게 해주었다.

사실 나오기 전에 중남미를 무척 가고 싶었지만 엄두를 낼 수가 없었다. 뭔가 그쪽은 아직까지 미지의 세계라 생각되어 굉장히 위험하고 힘들 것 같다는 막연한 느낌들이 있었기 때문이었다. 하지만 언젠가는 경험하고 싶었던 곳, 중남미. 결국 우리는 며칠에 거쳐 형님들의 이야기를 들은 결과, 중남미로 여행을 선회하기로 마음먹었다. 그리고 바로 항공 티켓을 검색하기 시작했다. 싼 티켓이 나왔다. 방콕에서 광저우와 미국 LA를 거쳐 멕시코시티로 입성하는 총 34시간을 비행하는 일정의 티켓이었다.

여행은 좀처럼 계획대로 되지 않았다. 어떤 사람을 만나, 어떤 바람을 만나 잠시 스쳐가기로 계획했던 마을에서 몇 주 동안 머무르기도 했고, 전혀 예정에 없던 일정을 소화하기도 했다. 수많은 사람들을 만나고 헤어지며 계속해서 바뀌어가는 여행, 어쩌면 여행에서는 계획이라는 것 자체가 오류일 수도 있다. 계획대로 되는 것은 아무 것도 없다. 그러나 그렇게 되어야 진짜 여행이 아닐까 싶다. 앞으로 다가올 상상할 수도 없는 미래가 우리를 들뜨게 만들었다.

진희

이미 친구가 된 준영 오빠는 우리와의 이별이 다가오자 섭섭함을 감추지 못했다. 오빠는 우리와 함께 인도로 갈까 고민하고 있었는데 우리끼리 다음 목적지를 정해버린 것이다. 그런 마음까지 미처 헤아리지 못했던 것이 마음에 걸렸다. 그러나 오빠는 가혹한 길 위의 삶에 익숙해졌는지 이런 이별에는 익숙하다는 듯 다시 마음을 추스렸다.

빠이를 떠나는 날, 정전으로 인해 전화가 연결되지 않자 준영 오빠는 우리 숙소로 찾아왔다. 버스시간까지 여유가 있으니 자기 집에서 함께 시간을 보내자고 했다. 날은 푹푹 찌고 정전 때문에 선풍기는 작동되지 않았다. 부채질하는 것도 지칠 정도로 더웠다. 그 더위 속에서 오빠는 밥을 먹여 보내야겠다며 음식을 하고 있었다.

"중남미 가면 여기보다 한식 먹기가 더 힘들 거야. 많이 먹어둬."

직접 담근 김치와 비빔밥, 된장찌개까지 차려진 귀한 밥상을 대접받고 나서야 나는 왜 오빠한테 밥 한 번 해주지 못했을까 하는 생각이 들었다. 게다가 오빠는 선물이라며 우쿨렐레를 우리 앞에 덥석 내밀었다. 그리고 책 한 권도 같이 주었다.

"내가 공연하는 거 보고 도선이가 그랬지. 음악을 할 수 있다면 더 많은 사람과 소통할 수 있을 것 같다고 부럽다고. 너도 할 수 있어. 특별한 사람만 할 수 있는 게 아니야. 그리고 이거 물론 선물이지만 그냥 주는 게 아니야. 여행 마칠 때까지 꼭 연주하는 걸 보여줘. 이게 사람들과 더 소통할 수 있는 도구가 되었으면 좋겠다. 그리고 이 책은 내가 너희 같은 친구들을 만나면 선물하는 책인데 더 넓은 눈으로 여행하는데 도움이 될 것 같아. 이 여행이 너희들 인생의 방향을 잡는데 도움이 되었으면 좋겠어."

고맙고 미안하고 부끄러웠다. 나는 왜 이별을 준비하면서 아무것도 하지 않았던가. 우리가 여기서 헤어지면 얼마나 또 기다려야하는지 아무도 모르는데, 나는 왜 익숙하게 헤어짐을 받아들였던가. 마음을 내어주는 방법을 잊고 지낸 거였다. 이렇게 쉽게 이별해도 되는 삶에 스스로 젖어 있었던 것이다. 넘치는 마음을 받으며 다짐했다.

'이렇게 살아야 한다. 나도 받은 만큼, 아니 그보다 더, 아무런 바람도 없이 이렇게 마음을 내어야 한다.'

라오스로 향하는 버스를 탈 시간이 다가왔다. 마을은 여전히 정전상태여서 형님들에게 전화를 할 수 없었다. 나중에 메시지라도 보내자 생각했지만 인사를 못하고 떠나는 것이 아쉬웠다. 그런데 이 마음이 그곳까지 전해졌을까. 버스정류장에 천호 형님이 나타나셨다.

"아이고, 다행이다. 못 만날까봐 가슴 졸였다. 밥은 먹었니? 먼 길 가는데 출출할 거다. 가다 먹어."

손수 만든 도시락을 내어주며 끝까지 우리 걱정을 하셨다. 우리는 서로의 등을 토닥이며 마지막 인사를 나눴다.

"그래, 어딘가에서 또 보자."

버스 기사가 나와 차에 짐을 싣기 시작했다. 떠나야하는 시간에 다다랐음을 느낄 수 있었다.

"사진 찍자. 그러고 보니 우리 셋이 찍은 사진이 없어."

행인에게 부탁해 셋이 사진을 찍고 나니 기사가 들어오라고 손짓을 한다. 준영 오빠는 우리를 한 번씩 안아주며 말했다.

"잘 가. 부디 건강하고. 언젠가 어딘가에서 또 보자."

정신없이 사람이 붐비기 시작했다. 오빠는 뒤로 돌아 그 인파 속으로 서서히 사라져갔다. 점점 멀어져 그 모습이 보이지 않게 되자 눈물이 펑펑 쏟아졌다. 아직은 서툰 여행자여서인진 몰라도 길 위에서의 이별은 몹시 힘들고 슬펐다. 길 위에서 이별할 때는 "잘 가, 건강해, 또 봐" 이런 흔한 인사말에 몇 개의 단어들이 더 붙는다. 그런데 그 짧은 단어가 이렇게 슬프게 만들 줄은 몰랐다.

"잘 가, 부디 건강해. 언젠가 어딘가에서 또 보자."

부디, 언젠가, 어딘가에서. 기약 없는 이별에 익숙지 않은 삶을 살아왔음을 피부로 느꼈다. 함께 있을 땐 느낄 수 없었던 그 사람들의 존재감이 와 닿았다. 나는 사람에게 상처받는 게 두려워 조심히 다가가고 있다고 생각했는데 아니었다. 사실 난 이 모든 인연을 너무나 사랑하고 있었던 것이었다. 소중한 인연을 어딘지도 모를 길에 두고 가야하는 것이 길 위의 삶이 주는 혹독함이었다.

그러나 이제는 이 사랑하는 사람들을 쉽게 만날 수 없다는 사실을 받아들여야만 했다. 이 삶도 운명도 내가 선택한 것이니 말이다. 그래야 나는 성장할 수 있을 것이다. 점점 사라져가는 너무나 소중한 사람들의 뒷모습에 내 눈은 젖었고 아름다운 마을 빠이도 젖어 축축하게 변해 있었다.

눈을 감고 그려도 훤히 보이는 빠이. 그곳의 온도, 냄새, 소리, 그리고 모든 것을 더 아름답게 만들어준 따뜻한 마음을 가진 고마운 분들을 생각하며 잊지 말아야겠다고 그리고 정말 꼭 다시 만나야겠다고, 생각했다. 강렬한 갈망으로 인연의 끈을 놓지 않게 만들어 볼 것이다. 여행을 통해 점점 사람이 귀한 걸, 사람이 좋은 걸 배우고 있다.

진희

방콕에 가기 전 치앙마이에 들러 사케 아저씨에게 연락했다. 람빵에서 우릴 보기 위해 양손 가득 선물꾸러미를 들고선 단숨에 달려오셨다. 아저씨는 우리가 먼 땅으로 여행하러 가면 언제 다시 볼 수 있을지 몰라 섭섭한 얼굴이었다. 또 다급했다. 떠나기 전까지 얼마 남지 않은 시간 동안 더 많은 추억을 쌓고 싶었던 것이다.

아저씨는 우리에게 치앙마이에 있는 큰 온천과 폭포를 구경시켜주고 맛있는 음식들을 사주었다. 그리고 방콕에 갈 시간이 다다르자 하루만 더 머물다 가면 안 되냐고 물었다. 우리는 하루 더 머물 수는 없어 버스시간을 연기해 몇 시간을 함께 보냈다. 그 시간은 빠르게 지나갔고, 마침내 버스가 도착했다. 아저씨는 오랫동안 우리를 안고 있었다. 눈물이 쏟아졌다. 내가 울면 상대방도 가슴이 아플 걸 알았지만 참을 수가 없었다.

'내가 뭐라고 이런 마음을 베푸는 거야….'

우연히 만난 이방인들에게 아낌없이 준 마음에 미안해졌다.

그리고 나는 스스로 답을 했다.

'내가 뭐긴, 아저씨 친구지….'

창밖으로 손을 흔드는 모습이 점점 멀어져갔다. 또 기약 없는 이별이다. 발아래 아저씨가 전해준 선물보따리 위로 눈물이 뚝뚝 떨어지고 있었다. 먼 길을 달리며 낮에 아저씨와 함께 나눈 대화를 회상했다. 이런 저런 대화를 하던 중 아저씨께서 전생을 믿느냐고 물으셨다. 자신은 믿는다고 말했다. 아저씬 전생에 우리가 분명 깊은 인연을 맺었을 거라고 했다. 그래서 집에서 먼 그 식당에 가게 되었고 하필이면 그 시간에 (매번 같은 시간도 아니었는데) 우리도 그곳에 가게 되어 다시 인연을 맺게 된 것이라 하셨다.

나도 그 말에 동의했다. 언젠가 책에서 '우연은 없고, 언제나 만나야 할 사람만 만나고, 일어나야 할 일들만이 일어난다'라는 구절을 읽은 적이 있다. 아마도 사케 아저씨뿐 아니라 지금껏 여행하며 만난 분들, 태어나서 지금까지 우리와 깊은 인연을 나누어 주신 분들 모두 전생에 깊은 연을 나누었고, 오늘날 내가 꼭 만나야 할 사람들이 아니었을까 라는 생각이 들었다.

• "잘 가요! 건강해요! 또 봐요!" 이 흔한 인사말이 왜 이렇게 슬픈 건지.
눈에서 멀어지다 끝내 사라지는 준영 형의 모습을 보며 아내는 한없이 울었다.

도선

EBS 다큐멘터리를 통해 알게 된 라오스 보께오 국립공원의 기번 익스피리언스. 짚라인을 타고 보께오 국립공원 안을 이동하고, 50미터 정도 나무 위에 있는 숙소에서 하룻밤을 묵는 독특한 트레킹이다. 1박 2일 코스가 200달러가량 되는 부담스러운 가격임에도 불구하고 수익의 대부분이 보께오 국립공원 회생과 과거 이 지역의 악명 높았던 마약밀매꾼과 불법사냥꾼들을 근절하기 위한 대책마련에 쓰인다고 하여 망설임 없이 신청하게 되었다. 그리고 무엇보다 자연을 해치지 않는 자연 친화적인 프로그램으로 명성이 높아 꼭 체험 해보고 싶었다.

태국 빠이에서 사무실이 있는 라오스 훼이싸이까지 오는 길은 아주 험난했다. 구불구불한 협곡을 몇 번이나 지나는 데다 많은 곳에서 산을 태우는 통에 매캐한 공기를 마시며 이동해야 했다. 새벽에 국경지역에 도착해 하룻밤을 보내고 아침에 다시 국경을 통과해 라오스 훼이싸이에 도착했다. 진흙 빛 메콩 강이 유유히 흐르고 그 위로는 태양이 강렬하게 내리쬐는 자그마한 마을 훼이싸이. 그곳에서 또 하룻밤을 보내고 마침내 다음 날 기번 익스피리언스에 참여하게 됐다. 아침에 사무실로 가서 간단한 프레젠테이션을 듣고 독일, 벨지움, 네덜란드, 캐나다 등에서 온 친구들 여덟 명과 함께 보께오 국립공원으로 떠났다.

40여 분을 차로 달려 깊숙한 산속까지 들어갔고 거기서부터는 걸어서 올라가야 했다. 얼마나 올랐을까 벌써 등은 축축하게 젖어있었다. 아내가 힘들지 않을까 계속 걱정이 되었었는데 다행히 열심히 잘 따라와 주었다. 가는 내내 현지인 가이드 두 명이 서툰 영어로 농담을 건넸다. 가끔은 주변에 있는 대나무를 단칼에 베어 피리를 만들어 주기도 했다. 서양인 친구들은 신기한지 연신 피리를 불며 산을 올랐다. 그렇게 도착한 첫 번째 짚라인. 난 얼어버렸다.

사진에서 보던 것보다 훨씬 길고 훨씬 높았다. 무심코 아내를 쳐다봤는데 나와 달리 무척이나 기대하는 표정을 지었다. 이런! 내가 겁먹어서는 안 되겠구나. 심호흡을 하고 짚라인에 체인을 걸었다. 그리고 출발. 스르르 몸이 움직였다. 그리고 얼마 지나지 않아 속력이 급속도로 붙었다. 눈을 잠깐 감았다 떠보니 온 세상이 녹색이다. 끝없이 펼쳐져 있는 정글 위로 내가 날고 있는 것이다. 저절로 소리가 질러진다. 아마 내 생애 그렇게 큰 소리를 낸 적은 그때가 처음이었던 것 같다.

바람이 느껴진다. 소매 끝으로 들어와 바지 사이로, 온몸을 훑고 지나는 것이 느껴진다. 새가 된 것 같았다. 비록 묶여 있지만 자유로운 것만 같았다. 짜릿한 전율이 뇌에서부터 발끝까지 진동했다. 그렇게 한참을 날아 드디어 목적지에 도착했다. 속도를 조절하지 못해 나무에 살짝 부딪혔지만 아무렴 어떠랴. 난 하늘을 날았다. 저 멀리 아내가 보인다. 아주 작은 점이었다가 점점 모습을 드러낸다. 그 어떤 때보다 행복해하는 아내의 얼굴이 다가왔다.

산과 산을 그렇게 반나절 동안 짚라인으로 이동한 후 나무 위 숙소에 도착했다. 물론 숙소도 짚라인을 이용해 들어간다. 50미터 나무위에 2층으로 만들어진 나무집. 재능기부를 하는 외국인들이 5년간 심혈을 기울여 만든 집이라고 했다.

내가 이 집에서 가장 마음에 들었던 것은 빗물을 모아 사용하는 샤워장이었다. 정면으로 대자연이 펼쳐지고 날아드는 새들의 지저귐과 바람을 만끽하며 즐기는 샤워. 몸뿐만 아니라 마음까지도 씻겨 내려가는 듯했다. 샤워를 마치고 바람에 머리를 말리며 밖을 바라보는데 아주머니 한 분이 한 손에 큰 보자기를 들고 짚라인을 타며 숙소로 들어오신다.

밥이 왔다. 그 장면을 보면서 모두들 한바탕 크게 웃는다. 힘들게 산을 오르며 서로 도와주다가 정이 많이 든 친구들, 별이 총총히 뜰 때까지 서로의 여행담을 이야기하고 앞으로의 여행을 응원했다. 그리고 각자 침소에 드는데 갑자기 비가 쏟아졌다. 달빛을 품은 빗줄기가 넓은 잎 나무에 떨어지며 음악을 연주했다. 우린 세상 그 어느 때보다 깊은 잠을 자게 되었다.

진희

갑자기 멕시코로 방향을 바꾸었기 때문에 다른 곳은 둘러볼 여유가 없었다. 그럼에도 불구하고 보께오의 기번 익스피리언스는 포기할 수 없었다. 촉박한 일정, 많은 비용을 감수하고도 가볼 가치가 있다고 생각했기에 우리는 라오스로 방향을 틀었다. 좁은 버스에 앉아 반나절을 이동하다보니 몸이 슬슬 불편해졌고, 덜컥 겁이 나기 시작했다.

'줄에 매달려 이동해야 하는데 허리에 무리가 가지 않을까? 괜히 비싸고 시간도 많이 드는 것을 하자고 우겼나? 산을 올라야 할 텐데 힘들면 어쩌지? 약을 먹어야 하나? 약을 먹으면 어지러울 텐데 어쩌지?'

아프면 내 몸이 힘든 것보다 주변 사람들, 특히 남편을 힘들게 한다는 것이 나를 더 아프게 했다. 내 몸을 스스로 챙겨야 했는데 감정에 휩싸여 선불리 행동한 것 같은 기분이 들어 가는 내내 마음이 어지러웠다. 집합장소로 이동하는데 남편이 허리에 손을 얹으며 가볍게 마사지를 해주며 말했다.

"안 아파? 아프면 바로 얘기해야 해. 사실 이제 와서 생각하니 줄에 매달리려면 허리에 힘이 들어갈 텐데 괜히 힘든 걸 욕심부려 하자고 한 것 같아."

내 어지러운 마음을 눈치 챈 모양이었다.

"괜찮아, 여태 하나도 안 아프게 지냈잖아. 여행하기 전보다 몸이 더 좋아진 게 확실하다니까!"

남편을 달래려 한 말이기도 했지만 생각해보니 신기하게도 여행을 시작한 이후 아프다고 말한 적이 없다는 것을 알아차렸다. 여행의 설렘이 주는 에너지 때문일 거라 생각하니 더 신나게 즐기며 짚라인을 탈 수 있을 거란 확신이 들었다.

치앙마이에서의 트래킹은 이곳과 비교하면 최하의 난이도였다. 가

파른 산을 4시간 넘게 올랐다. 태어나 단 한 번도 이렇게 높은 산은 올라본 적 없다던 한 독일 친구가 도저히 못 걷겠다고 울먹이고 있을 때 드디어 앞 봉우리까지 연결된 긴 줄이 눈앞에 나타났다. 가이드가 먼저 건너가자 용감한 남자들은 이 순간을 얼마나 기다려 왔는지를 몸소 보여 주었다. 누가 먼저랄 것도 없이 장비를 줄에 걸고 망설임 없이 줄에 몸을 던졌다.

"이야호!"하는 외침소리에 스며 있는 아드레날린이 맨 뒷줄에 서있는 나에게까지 전해졌다. 심장이 쿵쾅거렸다. 많은 사람들이 줄을 타고 건너갔고, 이제는 내가 줄 바로 앞에 서게 되었다. 아득하게 멀리 떨어져 있는 나무들과의 거리가 좀처럼 헤아려지지 않았다.

"나 떨려. 다리가 후들거려. 어떡해. 무서워."

남편은 나를 먼저 안전하게 보내기 위해 장비를 걸어주고 몇 번이나 확인했다.

"손 조심하고, 여기 꽉 잡아. 아래 보지 말고. 도착해서 여길 누르면서 내리고. 내릴 때도 손 조심하고."

발이 떨어지지 않았다. 뒤를 돌아보니 남편은 나를 걱정하면서도 앞장 선 용감한 남자들처럼 빨리 줄을 타고 소리를 지르고 싶어 하는 얼굴이었다.

'여기까지 와서 걸어 내려갈 순 없지.'

나는 눈을 질끈 감고 줄에 매달렸다.

바람이 겁먹은 나를 놀리려는 듯 훅 불어왔다. 흔들거리는 줄 때문에 손에 더 힘이 들어갔다. 꽉 잡은 두 손을 보려고 슬그머니 눈을 뜨자 이미 평소보다 3배는 빠르게 뛰고 있는 심장이 더 요란하게 뛰기 시작했다. 가늠하기 힘들지만 내 발 아래로 몇 백 미터는 족히 떨어진 곳에 숲이 펼쳐져 있었다. 하늘은 바로 머리 위에 있었고, 나는 광활한 대기 위에 떠 있었다. 아니, 나는 날고 있었다. 그리고 의식하지 못한 채로 내 입은 소리를 내고 있었다.

"이야!!!!"

짜릿했다. 바람이 온몸을 통과하듯 짜릿한 기운이 머리부터 발끝까지 흐르고 있었다. 내가 살아있음을 확인하는 것 같았다.

남편도 흥분된 얼굴로 건너왔다. 그리고 내가 아프진 않은지, 무서워하지는 않는지 확인했다.

"무섭다니 무슨 소리야! 나 미칠 것 같아!"

두려움은 이미 사라졌다. 대략 20개의 짚라인을 타는 동안 나는 더 젊어지고 건강해지는 것 같았다. 줄 하나를 건널 때마다 시간을 거슬러 올라가 아이가 되는 기분이 들었다. 그렇게 아이가 된 나는 마침내 어릴 적 꿈의 집이었던 나무 위 집에 도착하게 되었다.

동 틀 무렵 천장에 비 내리는 소리가 요란하게 울렸다. 숲에 희미한 빛줄기가 들어오고 있었고, 아침을 알리는 소나기에 풀벌레와 나비들이 연기피어 오르듯 하늘로 오르고 있었다. 남편과 나는 손을 뻗어 비를 만져보며 말했다.

"꿈만 같아."

"아니, 꿈 아니야."

하늘을 날고, 나무 위에서 잠을 자고, 사랑하는 사람과 새벽녘 숲

속에 떨어지는 비를 만지는 것이 정말로 이루어졌다. 꿈도 열심히 꾸다보면 이루어지는 것 같다. 꿈조차 꾸지 않았다면 여행을 떠나지 않았을 테니 말이다.

5장

천국을 찾아서!

사막 한가운데에 마치 꽃들이
피어 있는 것 같아!

진희

그동안 정말 놀라울 정도로 몸이 아프지 않았다. 치앙마이와 라오스에서 몇 시간 동안 산을 오르내려도 끄떡없었다. 땅바닥에 쪼그리고 앉아있어도, 오래 버스를 타고 이동해도 통증이 없었다. 그런데 방콕에 오니 조금씩 몸이 불편해지기 시작했다. 숙소의 낡은 침대 스프링이 정확히 내 수술부위를 자극했던 까닭도 있고, 북부지역과는 달리 무척 덥고 습한 기후로 인해 체력이 많이 소진된 것도 한몫했을 것이다.

설렘 가득했던 남편의 눈에는 천천히 걱정의 빛이 서렸다. 남편은 긴장과 스트레스를 다스리기 위해서는 좋은 체력이 필요하다며 태국의 맛집을 수소문해 나를 데리고 나갔다. 맛난 음식으로 기운을 북돋우고 시원한 바람을 맞으며 마지막 밤거리를 걸었다.

거리에서 잠이 든 아저씨, 손님들에게 애교를 부리며 먹을 것을 받아먹는 고양이, 오늘 처음 일하러 나온 부끄럼 많은 아이스크림 판매 청년, 볼 때마다 "택시! 택시!"를 외치는 아저씨. 이곳의 풍경과 지금 맞는 바람의 온도가 그리울 날이 또 있으리라. 어디에 있던 이 순간이 우리에겐 최고의 순간이리라. 지금 우리와 함께 해주는 모든 것들에게 감사했다.

우리는 곧 멕시코시티로 향한다. 그 다음의 일정은 없다. 어디로 가야 마음을 던져둘 수 있는 곳을 만날 수 있을지는 모르겠다. 우선은 멕시코시티에 내려 일본인이 운영하는 호스텔에 묵으며 여행자들이 남겨놓은 정보를 찾아보기로 했다. 우리의 계획은 이게 다다. 두려워도 낯설어도 괜찮다. 함께니까 정말 괜찮다.

진희

우리는 돈을 아끼기 위해 여러 번 갈아타야 하는 항공권을 구매했다. 중국을 거쳐 미국에 간 후 환승해 멕시코로 가는 경로였다. 여정이 복잡한 만큼 예상치 못한 일도 많이 발생했다. 첫 번째 비행부터 삐거덕거리기 시작했다. 중국으로 향하는 비행기가 연착된 것이다. 간신히 다른 항공사인 콩코항공의 비행기를 타고 폭우와 우레가 번뜩이는 하늘을 통과해 중국에 도착했다. 모두 다 박수를 치며 서로에게 미소를 지어보였다. 사실 살아있음을 감사히 느낄 수 있는 순간은 도처에 널려 있었다. 우리가 느끼지 못할 뿐이었다.

이어 미국행 항공편도 폭우로 연착되었고, 우리는 공항바닥에 앉아 오랫동안 기다려야 했다. 공항 창밖으로 폭포가 떨어지듯 비가 쏟아져내렸고 앉은 자리도 불편한데다 배도 고프고 잠도 오기 시작했다. 내가 왜 이 고생을 해야 할까하는 의문이 들기도 했다. 그냥 태국에 있었으면 맛있는 저녁을 먹고 음악을 들으며 강가를 산책할 수 있

• 집 나오면 고생이다.

었을 텐데…. 괜한 고집을 피워 이곳으로 왔나하는 죄스런 마음이 들기도 했다. 그러나 나는 잘 버텼다. 마침내 미국으로 향하는 비행기가 출발했고 13시간 가까이를 하늘을 날아 미국에 도착했다. 그러나 아직도 끝난 게 아니었다. 그곳에는 약 9시간의 대기시간이 우리를 기다리고 있었다. 쓰러지듯 배가 고팠고 편히 앉아 밤을 보낼 의자도 없었다. 좁은 비행기에서 오랜 시간을 보내서일까 몸이 아프기 시작했다. 배낭의 무게가 갑자기 몇 배로 무거워진 것 같았다.

그런 내 상태를 알아챘던 것일까? 남편은 치열한 눈치싸움 끝에 자리를 뜨는 사람의 빈자리에 짐을 던져놓고 나를 앉혔다. 그러고는 배낭을 한편에 차곡차곡 쌓아 올리더니 "누워. 좀 자 둬"라고 말했다.

"당신은 어디 있게? 여기 같이 앉아."

그러나 남편은 극구 사양했다. 나는 지쳐 있었다. 결국 그대로 자리에 누워버렸다. 벤치 건너편 차가운 맨바닥에 앉아 나를 지켜보는 남편의 모습이 보였다가 이내 무거워진 내 눈꺼풀 속으로 사라졌다.

"미안해 그리고 고마워…."

나는 중얼거리다 잠이 들었다.

도선

하늘에서 내려다본 멕시코시티는 화려했다. 오색찬란한 빛깔의 집들이 다닥다닥 붙어있고 그 사이로 미로 같은 골목들이 끝없는 실처럼 엉켜 있었다. 교외는 사막으로 둘러싸여 있고 군데군데 크기를 가늠할 수 없는, 비행기에서 내려다봐도 커다랗게 보이는 조형물들이 도시를 차지하고 있었다. 순간 구름이 세상을 뒤덮으면서 이 모든 것이 희뿌옇게 가려지는 게 마치 꿈의 한자락인가 착각이 들기도 했다.

34시간의 비행을 마치고 멕시코시티에 도착했다. 장시간 비행으로 인해 아내는 무척이나 고통스러워했다. 여행 내내 별 무리 없었던 허리에 조금씩 무리가 가는 모양이었다. 거기에 처음보다 무게가 더 늘어난 배낭을 메자니 고통은 배가 되었을 것이다. 당황스러웠다. 아내는 아프고, 도착한 곳은 낯설고. 공항에 연결된 지하철역을 찾아 숙소로 가야하는데 도무지 지하철역을 찾을 수가 없었다. 안내판과 표지판은 오로지 스페인어로만 적혀 있었다.

사람들에게 영어로 물어봤지만 알아듣는 사람이 단 한 사람도 없었다. 며칠 동안 스페인어를 공부하긴 했지만 막상 이곳에 오니 아무것도 생각나지 않았다. 낯선 언어, 낯선 곳이 주는 위압감과 생소함에 숨이 가빠왔다. 등허리가 축축해진다. 아내는 일어서지 못하고 바닥에 철퍼덕 앉아버렸다. 나는 메고 있던 짐을 아내에게 다 맡겨 놓고 용기를 내 다시 길을 찾아 나섰다.

얼마나 지났을까 다행히 영어가 유창한 외국인을 만나 지하철역을 안내 받았다. 우리는 힘겹게 걸음을 옮겼다. 동양인이 흔치않은지 지나가는 사람마다 우리를 힐끔 쳐다본다. 전 같으면 눈웃음을 쳐줬을 텐데 몸이 피곤하니 그저 시선이 밑으로 향했다.

지하철은 우리나라와 별 차이 없었지만 우리가 탄 시간이 러시아워일 때라 사람들이 끔찍하게도 많았다. 사람들 붐비는 것이야 서울에서도 많이 경험해서 괜찮았지만, 문제는 계속 정전이 된다는 것. 40도에 달하는 더위에 사람이 꽉 찬 지하철 안에서 선풍기와 에어컨이 꺼진다는 것은 재앙과 같았다. 얼굴 위로 무수한 땀이 흐르지만 손을 움직일 수가 없어 닦을 수도 없었다. 옆 사람의 콧바람이 내 얼굴에 닿을 때면 얼굴이 그대로 익는 것만 같았다. 《감옥으로부터의 사색》에서 여름이면 옆 사람이 미워진다는 신영복 선생님의 말씀이 떠오른다. 아내를 보니 뭔가 한계에 다다른 듯한 표정을 짓고 있다.

내가 여기서 할 수 있는 일이란 숙소까지 실수하지 않고(환승을 잘못하거나 역을 지나치지 않게) 가는 것밖에는 없었다. 내려야할 역 이름이 이사벨라 라 까똘리까. 난 정신을 집중시키고 사람 이름 같은 이사벨라만 수십 번 되뇌이며 방송에 저 이름이 나오기만을 기다렸다. 30분이 지나 드디어 이사벨라라고 시작하는 방송이 나왔고, 우리는 사람들을 비집고 지하철을 빠져나왔다.

계단을 힘겹게 올라 쏟아지는 빛 속으로 들어서자 갑자기 다른 세계로 들어선 듯 아득한 풍광들이 한참 동안이나 말을 잃게 만들었다. 눈이 환해지는 동시에 움츠러들었던 마음까지도 밝아졌다. 우리가 지하에서 나와 처음으로 본 멕시코는 커다랗고 푸른 나뭇잎들 사이로 환한 빛이 쏟아져 들어오고 있었다. 온통 노랗고 파랗고 빨간 건물들이 조화롭게 서있었으며, 그 밑으로 아코디언을 연주하는 사람과 보기에도 먹음직스러운 과일을 파는 상인들, 그 주위를 웃으며 뛰노는 아이들, 애정표현에 여념 없는 커플들로 한없이 사랑스러운 모습이었다. 아내는 아픈 것을 잊었는지 눈가에 벌써 생기가 돌아오고 있었다. 예상치 못한 아름다움은 여행의 고단함을 순식간에 잊게 만들었다. 우린 다시 힘차게 걸었다. 주위엔 여전히 모르는 것 투성이었지만 두려움과 생소함은 사라졌다. 우리는 우리가 가는 길을 있는 그대로 즐길 수 있게 되었다.

도선

나는 어릴 적부터 서점을 동경해왔다. 10살 무렵 부산에서 충남 홍성이란 시골동네로 이사를 가게 되었는데 환경에 적응하지 못해 친구 사귀기가 쉽지 않았다. 그때 유일하게 친구가 되어준 건 동네서점이었다. 사람 발길이 뜸한 모퉁이에 쭈그려 앉아 하루 종일 책을 보는 게 세상에서 제일 즐거운 시간이었다. 매일같이 바닥에 앉아 책을 보는 내가 안쓰러웠던지 어느 날 모퉁이에 내게 맞는 등받이 의자를 가져다 놓으셨던 주인아저씨, 그의 선한 미소는 아직까지도 잊혀지지 않는다. 그렇게 서점은 아팠던 내 유년시절을 보듬어 주던 소중한 공간이었다.

책을 통해 큰 위로를 받았던 나는 결국 어른이 되어 서점에서 근무하게 되었고, 내가 그랬던 것처럼 많은 사람들을 보듬어줄 수 있는 서점을 만들고 싶다는 꿈까지 생기게 됐다. 서점은 내 전부이자 나를 이끌어주는 힘의 원천이었다.

평소 너무나 흠모하며 '평생 저 곳에 한 번이라도 갈 수 있을까?' 꿈만 꾸던 멕시코시티의 서점 엘 뻰둘로에 가게 되었다. 비현실석으로 파란 하늘과 녹음이 우거진 가로수 길을 지나 엘 뻰둘로 서점에 다다랐다. 입구에 들어서는 순간, 정말 정신이 혼미해질 만큼의 강한 충격을 받았다. 아름다웠다. 세상 그 어떤 곳보다 아름다웠다. 조명이 아닌 자연채광이 서점 모든 곳에 그득했다. 빛을 품은 책들은 경이로워 보이기까지 했다. 2층으로 올라가는 계단이 마치 천국으로 가는 입구처럼 보였다. 오렌지나무가 서점에 활력을 더했다.

서점 중에 서점, 서점이 진화할 수 있는 최고 단계의 서점인 것 같았다. 까페브레리아 엘 뻰둘로 서점은 명칭에서 알 수 있듯이 카페와 서점을 함께 운영한다. 이곳은 1993년 오래된 벽돌 주택을 개조해 만들어졌고, 초기 콘셉트는 예술영화와 음반수집 그리고 콘서트, 출판, 문학교실 등 여러 가지 문화적 활동을 통합시킨 곳이다. 그리고 시간이 흐를수록 서점으로써의 기능, 카페, 심지어 바가 있는 체인점도 함께하여 라틴아메리카 문학과 문화의 성지로 발돋움했다.

이곳의 특징은 개방적이고 자연친화적인 자연채광을 이용한 인테리어다(대표의 말로는 책은 자연채광을 받을 때 가장 아름답다고). 우리나라처럼 서점에 딸려 있는 카페가 아닌 전문적인 기능을 하는 카페와 레스토랑, 편안하게 책을 읽을 수 있는 공간, 서재의 공간은 크지 않지만 탁월한 수집과 진열로 명성이 자자하다. 다양한 매체에서 세계에서 가장 아름다운 서점으로 선정되었고, 멕시코의 저명한 건축, 인테리어 상까지 섭렵하기도 했다. 그리고 제일 인상적이었던 것은 대부분의 책이 비닐로 래핑되어있다는 것이었다.

아니, 그럼 고객들이 책을 어떻게 보고 사가지?란 의문이 생겼지만 그 의문은 곧 해결됐다. 손님이 책을 궁금해 하면 점원들이 일일이 책에 대해 자세히 설명해주었다. 점원들이 서점에 구비되어 있는 모든 책들을 다 읽고 판매를 한다는 게 너무 놀라웠다. 입을 다물 수가 없었다.

여기 있는 동안 시간이 어떻게 지나갔는지 모르겠다. 그토록 염원했던 서점에 직접 오게 되어 내내 심장이 두근거렸다. 언젠가 내 서점을 차릴 거라는 꿈이 있는 내겐 세상 그 어느 곳보다 아름다운 공간이었다. 나는 이 공간들을 둘러보며 나중에 내가 만들 서점을 그려보았다. 평소엔 뿌옇게만 느껴졌던 모습들이 점점 선명해지는 것 같은 기분이 들었다. 가슴이 또 요동치기 시작했다.

멕시코에는 이외에도 서점들이 무척이나 많았다. 심지어 숙소 근처 소깔로(광장)에서는 서점들이 조밀하게 모여 있는 서점거리도 있었다. 어느 서점은 짙고 오래된 원목들로 꾸며 고서점 같은 분위기를 냈고, 어느 서점은 화이트 톤에 깔끔하고 모던한 현대식 인테리어와 감각적인 음악으로 눈길을 사로잡았다. 어느 서점은 천장 끝까지 닿아 있는 높은 서가들을 빽빽이 갖다놔 마치 미로와 같은 분위기를 자아냈다. 열 군데에 달하는 서점들이 각자 다채로운 인테리어와 분위기를 갖추고 한데 모여 있었다.

서점이 이렇게 다양할 수 있을까. 어느 서점을 가나 비슷한 인테리어에 비슷한 진열, 눈부신 조명과 서점에 문구점을 갖춘 건지 문구점에 서적을 갖춘 건지 경계가 모호한 우리나라의 서점과는 분명 크게 달랐다. 그렇다면 우리나라 오프라인 서점은 왜 이렇게 열악할까. 인터넷 서점과의 가격, 서비스 경쟁력의 차이, 차별화되지 않은 운영, 방만 경영, 독자와의 소통 부재 등 여러 가지가 있겠다. 그러나 제일 큰 이유는 서점 스스로 책 읽는 독자를 확보하려는 노력을 보이지 않았다는 것이다. 아무리 경영을 잘한다 한들, 인테리어가 아름답다 한들, 좋은 책을 구비해 놨다 한들 책 읽는 사람들이 없다면 무슨 소용인가.

서울에서 지하철을 타면 책을 읽는 사람은 눈을 씻고 찾아봐도 없다. 오죽하면 '책 읽는 지하철'이라는 퍼포먼스가 생기기까지 했을까. 불과 10년 전만 해도 지하철이나 버스에서 그리고 대학교 나무 그늘 아래에서 책을 보던 사람들을 심심치 않게 만날 수 있었다. 그러나 지금 그런 풍경을 보는 것은 하늘의 별따기 같다. 대부분의 사람들이 영혼 없는 얼굴로 스마트폰만 들여다보고 있다. 심지어 걸으면서도 뛰면서도 운전을 하면서도 스마트폰을 보는 묘기를 선보이기도 한다. 독서가 줄어든 것은 스마트폰 때문일까? 그렇지만도 않다.

독서하는 사람이 줄어든 것은, 서점을 애용하는 사람들이 줄어든 것은, 멕시코처럼 다채로운 서점과 서점다운 서점이 대한민국에 없는 것은, 사람들이 '저녁이 있는 삶'을 누리지 못하기 때문이다. 내 삶에 여유가 없는데, 매일매일 삶에 쫓기고 있는데 책이 무슨 소용일까. 그저 순간순간, 하루하루를 이겨내는데 바쁠 것이다.

그렇다면 어떻게 '저녁이 있는 삶'을 누리게 해서 책을 읽게 할 수 있을까. 그것의 답 또한 아마 책일 것이다. 책을 읽혀서 저녁이 있는 삶을 누리게 하는 것, 그것이 서점이 해야 할 일이고 살아남는 길이다. 하지만 그런 노력을 하는 서점들이 국내에 몇 개나 될까? 아마 거의 없다고 생각한다. 반면 멕시코시티에 있는 수백 개의 서점들은 항시 다채로운 문화행사를 마련해 독서교육을 강조하고 있었다. 특히 낭독회 행사를 많이 볼 수 있었는데, 책을 함께 읽고 또 읽어줌으로써 독서의 중요성을 끊임없이 알리고 있었다. 지하철이나 공원 벤치, 잔디밭에서도 책 읽는 사람들로 가득했다. 상점에서도 점원이 책 읽고 있는 모습을 심심찮게 볼 수 있었다. 이런 독서문화를 이끄는 데는 서점의 역할이 컸을 것이다.

멕시코시티에 있는 내내 서점들을 들렀다. 하루는 꼬불꼬불 미로 같은 서점 안 깊숙이 있는, 책이 빼곡한 책장 문을 열더니 심연과 같은 책장 속으로 들어가는 직원을 보게 되었다. 그때부터 내 시간은 멈췄다. 주위의 온도가 변하더니 세상 모든 소리가 아득히 멀어지고 다시 펼쳐졌다. 게드가 살던 어스시의 세계부터 나니야 연대기 루시가 들어간 옷장 밖 세상까지, 소설 속 오만가지 세계와 캐릭터가 눈앞에 펼쳐졌다. 잠시 동안 하늘을 나는 듯한 기분을 느꼈다.

내 유년기에 이런 책방들을 더 많이 접할 수 있었더라면 어땠을까. 미로 같은 책방에 몸을 꽁꽁 숨기고 세상 너머의 세상을 매일같이 마음껏 뛰어다녔더라면, 훨훨 날아다녔더라면, 잠시나마 자유롭게 쉴 수 있는 이런 곳이 있었더라면 난 지금보다 더 꿈 많은 청년이 되었을 텐데…. 아쉬움을 뒤로 미루고 이젠 그 꿈들을 지금 자라나고 있는 아이들에게 심어줄 수 있게 내가 만들어가고 싶다. 꿈과 희망과 위로가 되는 서점을. 세상에서 가장 따뜻한 서점을.

진희

우리가 서점에 대해 갖고 있는 추억과 환상은 실로 어마어마하다. 서점에 대한, 책에 대한 애틋함이 어쩌면 우리를 이어준 것이라고 믿고 있을 정도다.

동네 책방은 사라지고 대형 서점과 온라인 서점들이 생겨났다. 구매한 책 사이에 껴주던 책갈피 대신 할인쿠폰과 적립금이, 뭐든 물어보면 척척박사처럼 다 알려주던 서점 아저씨 대신 검색용 컴퓨터와 베스트셀러 순위만이 남았다. 우리 부부는 지금의 우리를 있게 만들어준 그런 옛 책방을 더욱더 그리워하고 갈망할 수밖에 없었다.

남편은 옛날 그 책방 같은 서점을 만드는 게 꿈이라고 말했다. 그리고 이 꿈은 남편 혼자만의 꿈이 아닌 우리의 꿈으로 이어졌다. 우리가 지식뿐만 아니라 지혜와 세상의 모든 이야기들을 서점과 책에서 읽고 배웠듯이 우리의 아이들도 책 속에서 자유롭게 헤엄치게 도와주고 싶다. 그 공간이 우리의 서점이 되길 바란다.

오랫동안 엘 뻰둘로에 앉아 옛 추억과 앞으로의 그림을 그려보았다. 이처럼 마음이 편안해지는 공간이 없었다. 아름답고 편안하고 진짜 책을 읽고 살 수 있는 공간. 우리가 표방해야 하는 공간이라는 생각에 우리는 이곳을 머릿속에 가슴속에 더 많이 가득 담아 두고 왔다.

도선

멕시코시티, 고작 해발 2,000미터 밖에 되지 않는데 고산병이 찾아왔다. 두통이 심해지고 두 눈이 뽑힐 것만 같다. 식욕이 전혀 없고 온몸에 열이 났다. 10분만 걸어도 쉽게 지쳤으며 새벽에는 거의 두 시간에 한 번씩 일어나 화장실을 가게 됐다. 증상은 우리 둘에게 똑같이 찾아왔고 이로 인해 이틀 간 숙소에 꼼짝하지 못하고 누워만 있었다. 특히 아내는 허리에 통증까지 심해져 이동을 할 때마다 고통스러워했다. 이번 여행을 잘 마무리 할 수 있을까? 앞으로 더 힘든 일정을 마주할 텐데 아내가 버틸 수 있을까. 나는 이때부터 조금씩 겁이 나기 시작했다. 다행히 고산병은 며칠을 적응하니 괜찮아졌지만 아내의 허리 통증은 날이 갈수록 더 심해져만 갔다. 이때부터 특수한 경우를 제외하곤 아내의 배낭까지 내가 메게 되었다.

여행을 하면서 짐은 계속 늘어갔다. 만났던 사람들이 전해준 고마운 선물과 지나왔던 곳의 추억을 간직하려 하나둘씩 배낭 속으로 챙겨 넣은 미련의 무게들이 날이 갈수록 늘어만 갔다. 숙소를 옮기면서 매번 배낭을 풀고 다시 쌀 때마다 버릴 품목들을 점검해보지만 쉽게 버려지진 않았다. 물건을 들이는 건 쉬워도 버리는 건 어려웠다. 하지만 버려야 했다. 아내의 배낭과 내 배낭, 어느덧 둘이 합쳐 50킬로그램에 육박한 배낭은 발목에 무리를 가하기 시작했다. 여기서 내 몸이 상하게 되면 끝장이라는 생각이 들었다. 더 큰 비워내기가 필요했다.

우린 가져갔던 책들 중 읽은 부분들은 찢어서 버렸고, 여분의 신발과 옷들도 모두 버렸다. 유리로 된 양념통들은 플라스틱이나 비닐로 대체했고, 미용에 필요한 마스크 팩이나 샴푸, 바디클렌저, 화장품 따위는 기본만 제외하곤 모조리 만나는 사람들에게 나눠주거나 버렸다. 그렇게 다시 싼 배낭은 훨씬 가볍게 느껴졌고, 이제 여기서 더 버릴 건 없다라고 장담했지만 장시간 이동 후엔 또다시 배낭에서 버릴 것들을 찾았다. 계속 비워내는 것, 어쩌면 이것이 이번 여행에서 제일 중요한 목적이 아닐까 생각했다. 배낭이 비워질수록 마음은 채워지는 것 같았다.

진희

궁금한 것, 보고 싶은 것들이 넘쳐나는데 몸이 말을 듣지 않았다. 열도 나고 식욕도 없고 조금만 움직여도 기력이 쇠했다. 몸에 어떤 생명체가 들어와 내 에너지를 대신 다 흡수하고 있는 것 같았다. 이런 증상은 나뿐만 아니라 남편에게도 똑같이 나타났다. 장시간의 비행과

• 멕시코시티에 있는 엘 뻰둘로 서점.

이동으로 몸이 지쳐서 그런가보다 생각했는데 문득 멕시코시티가 해발 2,000미터가 넘는 고지대라는 이야기를 들은 기억이 났다.

심한 고산병이 있을 만큼 아주 높은 곳은 아니지만 비행기를 타고 높은 곳에 도착하면 갑작스런 고도변화로 인해 고산병이 나타나기도 한다고 했다. 증상을 찾아보니 지금 우리가 겪고 있는 몸의 변화와 일치했다. 아마 몸에 피로가 많이 쌓여 있는 상태여서 고산병을 피해가지 못하고 몸이 반응하는 모양이었다. 쉬기로 했다. 궁금한 게 많지만 늘 그랬듯 천천히 움직이기로 했다.

멕시코시티에 도착한지 며칠이 지났지만 특별히 한 일이 없었다. 책방을 구경한 게 다였다. 미술관도 박물관도 피라미드도 가지 못했다. 아니, 가지 않았다. 지친 몸이 쉬 회복되지 않은 이유도 있었지만 도시 관광을 좋아하지 않아서 이기도 했다. 관광지를 가는 대신 우린 이곳저곳을 걸었다. 소깔로 광장에서 메트로폴리탄 대성당을 지나 거리의 악사들을 만나고 다양한 캐릭터로 분장한 사람들과 사진을 찍고 차풀테펙 공원을 걷다 삐에로 분장을 한 광대와 춤을 추었다. 어린 아이들이 우리와 사진을 찍기 위해 줄을 섰고 우리는 기념으로 받은 선물을 나눠주며 함께 사진을 찍었다.

세상 어디를 가도 즐거운 순간은 역시 사람과 함께하는 시간이었다. 누군가는 먼 땅까지 가서 그 유명한 관광지도 안 가보고 여행을 했다 말할 수 있냐 물을 것이다. 그러나 우리에게 의미없이 관광지를 구경하는 것은 그저 커다란 돌무더기 앞에서 인증 사진을 찍는 것에 불과했다. 유명한 건물은 큰 재해를 입지 않는 한 계속 그곳에서 나를 기다려 줄 것이지만 이 순간은 나를 기다려주지 않을 것이다. 여행의 순간을 유명관광지가 아닌 사람으로 채우고 싶었다.

문득 사람이 너무나 절실하게 그리워졌다.

진희

태국을 떠난 후로 시작된 통증이 가실 기미가 보이지 않는다. 몸이 아프니 남들보다 피로도가 높은 것 같다. 조금만 움직여도 지치니 여행의 감동이 줄어든다. 장시간의 이동이 겁나기 시작했고 다른 사람들과 함께 할 때는 눈치 아닌 눈치를 보게 되었다. 그러나 이런 것 보다 더 두려운 것은 통증이 정신적인 두려움을 심어준다는 것이다. 쿡쿡 통증이 내 몸을 두드릴 때마다 나는 자꾸 몸이 잘못된 것은 아닐까 하는 두려움에 휩싸였다. 이 불안감이 여행을 편히 이어나가는 것을 방해했다. 그래서 이제 생각을 바꿔먹기로 했다.

난 병이 있으니까 아픈 게 당연하다. 그리고 여행이 몸을 더 피곤하게 만드는 것은 사실이다. 그러니 내 높은 피로도와 통증은 너무나 당연한 것이고, 나는 이것들을 모두 감당하겠다고 약속하고 여행을 떠나왔다. 따라서 나는 이번 여행기간 동안 몸이 이겨낼 수 있는 범위를 알아내고 그것에 맞게 움직이며 아픔이 주는 정신적인 두려움으로부터 초연한 자세를 배우기로 했다. 이 먼 땅까지 와서 그 유명한 명소에 안가면 어떠한가. 마냥 숙소에서 누워만 있으면 어떠한가. 내 몸의 한계를 스스로 인정하고, 두려움과 무엇이라도 해야 한다는 강박관념을 버리는 훈련을 하고 있다는 것이 이번 여행이 주는 큰 의미일 수도 있다.

여행은 낯선 풍경을 담는 것일 수도 있지만 낯선 곳에서 떨고 있는 내 모습을 인식하고 받아들이고 사랑해주는 과정일지도 모르겠다.

도선

아내는 선택의 갈림길에서 어느 한 쪽을 고르는 일을 몹시 괴로워한다. 무엇을 결정하는 데 있어서 남들보다 몇 배의 시간이 걸린다. 요즘 말로 하면 결정장애가 있다. 하지만 한 번 결정하게 되면 샛길로 세어 나가는 법 없이, 우직하게 그 길만 보고 나아간다. 어떤 상황이 닥치더라도 포기하는 법이 없다. 난 그런 아내의 신념과 끈기를 존중한다.

하지만 이번 여행에서는 그것이 오히려 독이 될 수도 있을 것만 같았다. 분명히 내가 알고 있는 것보다 아내는 더 고통을 받고 있었으리라. 하지만 아내의 저 성격 때문에, 포기하지 않는 저 성격 때문에 몸이 더 나빠지는 건 아닐까 하는 생각이 들었다. 여기서 내가 할 수 있는 일은 아내가 최대한 불편하지 않게 모든 것을 아내 중심으로 맞추는 것뿐이었다. 숙소는 꼼꼼하게 살펴 아내가 최대한 편히 쉴 수 있도록 했고, 짐은 되도록 내가 모두 들고, 오래 걷지 않게 대중교통을 잘 이용하려고 노력했다. 그리고 아내가 불편하거나 긴장하지 않게 여유를 가지고 행동하는 것을 잊지 않았다. 이러면 아내가 조금 더 힘을 낼 수 있지 않을까. 어느덧 내 머릿속엔 여행이라는 기대감과 아내를 보살펴야 한다는 책임감이 함께하게 되었다.

"아이 낳을까?"

"왜 또 아이 얘기야…."

"나 없으면 나 닮은 아이라도 있는 게 당신하고 우리에게 좋지 않을까 해서…."

아내는 여행 중반을 지나자 이내 통증을 호소했다. 특히 고산지역에 있었을 땐 배낭을 아예 멜 수도 없었고 가끔은 통증이 너무 심해 땅바닥에 주저앉을 때도 있었다. 그리고 그런 통증이 있고 나면 늘 눈물을 훔치며 이런 얘기를 했다. 몸이 더 안 좋아져 아이를 정말 낳을 수 없는 상황이 되기 전에, 아이를 갖고 싶다는 마음을 내게 피력한 것 같다. 아내에게 아이는 그만큼 소중한 존재였다.

난 매번 뭐라 대꾸하지도 못하고 흘러내리는 가슴을 부여잡았다. 그리고 진정이 되면 "이만하면 됐어. 이제 집으로 돌아가자. 몸이 이런데 어떻게 더 여행을 해. 걱정 돼 빨리 병원으로 가자"라고 말했다. 그러나 아내는 여행만큼은 절대 포기할 수 없다고 고집을 부렸다. 어떻게 나온 여행인데, 몸은 비록 아프지만 내가 지금 얼마나 행복한데 라면서.

매일 통증으로 우는데도 여행을 끝까지 하겠다고 고집을 피우는 아내. 나는 남편으로서 이런 아내를 설득해서 서울로 돌아가는 게 맞는 건지, 아니면 옆에서 꿈꿔 왔던 걸 이룰 수 있게, 끝까지 무사히 여행을 마칠 수 있게 도와주는 게 맞는 건지 모르겠다. 그리고 아내가 아이를 가져도 되는 건지도 알 수 없었다. 솔직히 난 위험을 감수하면서까지 아이를 가지고 싶은 마음은 없다. 나에게 가장 소중한 건 아이도, 여행도 아닌 아내이기 때문이다.

진희

멕시코시티에서 머물렀던 숙소에는 한국인 여행자들이 남겨놓은 흔적이 있었다. 바로 '정보북'이다. 그곳에 머무르는 여행자들은 여행을 하면서 좋았던 곳이나 유용한 팁을 노트에 공유하고 있었다. 우리 같이 아무것도 모르는 사람들에겐 하늘에서 내려온 동아줄과도 같았다. 숙소에 비치되어 있는 지도와 책자, 정보북을 뒤적거리며 멕시코에서 가고 싶은 곳을 대강 추려냈다. 큰 이동경로는 동쪽으로 향하는 것이었으나 다시 멕시코시티를 경유해야하는 번거로움에도 불구하고 꼭 가고 싶은 곳이 있었다. 바로 과나후아토였다.

유네스코 세계문화유산으로 등재되어 유명한 탓인지 사진을 통해 여러 번 이 도시를 본 적 있었다. 오색찬란한 집과 미로 같은 골목, 중세시대를 연상케 하는 거리… 이 풍경을 놓치고 싶지 않았기에 우리는 반대방향으로 이동했다.

버스가 도시를 떠난다. 여태 보지 못했던 사람들이 사는 공간을 보여주며 달린다. 빌딩숲을 지나 낮은 건물들을 지나 황토빛 땅과 푸른 하늘의 극명한 색 대비만 남은 공간 속에 간혹 드러나는 집들이 보인다. 그 너머 수십 개의 십자가가 꽂혀 있는 공동묘지가 나타났다. 도시의 부품으로 살아가다 죽으면 도시 밖으로 나가 묻히는 삶. 그들 덕분에 원활한 시스템을 유지하며 우리는 먹고 산다. 그리고 우리도 언젠간 제 몫을 다하면 저 하늘 가까운 곳에 십자가를 꽂겠지.

지친 영혼이 도시 밖으로 추방당한 것이 아니라 도시 밖에서 지켜주고 있는 것 같았다. 이 십자가 더미마저 지나고 나니 길에는 아무것도 없었다. 멀리 보이는 산과 고속도로 옆에 펼쳐진 들, 그 위에 떠 있는 구름과 선명히 보이는 구름의 그림자, 그리고 길 위의 버스. 나는 이렇게 완전한 구름의 그림자는 처음 보았다. 대부분 건물에 가려져 반쯤 보기도 어려운데 이 들판에선 숨을 곳이 없었다.

아주 오랜 옛날 인간이 길 위에서 살던 때에는 이 구름이 얼마나 반가운 손님이었을까. 구름의 그림자 속에서 하늘을 올려다보며 땀을 닦는 목동의 모습을 상상해보았다. 걸어도 걸어도 끝이 없는 길 위에서 더위를 식혀주는 파라솔이었을 것이다. 비록 고철로 이루어진 버스를 타고 고속도로를 달리고 있지만 나도 바람이 된 것 같았다.

고속도로 옆으로 서서히 집들이 보이기 시작했다. 거의 도착했다는 것을 예감할 수 있었다. 버스에서 내리자 상상했던 그 이상의 것들이 눈앞에 쏟아져 내렸다. 터미널은 도시 외곽의 더 낮은 지대에 있었기에 저 너머 언덕 위에 빼곡히 들어선 알록달록한 집들이 한눈에 들어왔다. 동화 속으로 들어온 것만 같았다. 서둘러 숙소를 잡고 마을을 걸었다. 멕시코시티보다 낮은 지대 때문인지 모르겠지만 몸의 통증도 다소 사그라진 기분이었다. 멕시코시티에서는 기진맥진하고 알 수 없는 두려움에 억눌려 있었다면 이곳에서는 활기찬 에너지를 마구 방출하고 싶은 마음이 들었다. 쏟아지는 에너지를 거리에 뿌리며 활보했다. 작은 골목을 지나 광장을 지나 아기자기한 상점 앞에 서 보기도 하며 좁은 언덕길 끝까지 올라갔다. 자연이 만든 색과 인간이 만든 색들이 팔레트 안에 조화롭게 섞인 것 같았다.

도선

멕시코시티에서 북부 과나후아토로 가는 버스에 올랐다. 미로 같은 도시를 벗어나자 끝도 없는 사막이 펼쳐졌다. 비교적 편안하고 좌석과 좌석 사이가 넓은 버스에 앉아 물끄러미 그 풍광들을 바라봤다. 강렬하게 내려 쬐는 햇살, 그 위로 넘실거리는 붉은색 흙과 모래, 그리고 그 건조한 흙모래 사이로 비집고 올라오는 푸른 선인장.

온통 붉고 파란 멕시코는 멕시코 국기의 색과 참 많이 닮아있었다. 목적지로 향하는 5시간 동안 변함없이 똑같은 풍경들이 내게 밀려들어왔다. 그리고 그 모습들에 지쳐갈 때쯤 저 멀리 알록달록한 도시의 모습이 보였다.

"여보 알록달록한 저 건물들 좀 봐봐. 사막 한가운데에 마치 꽃들이 피어 있는 것 같아!"

나는 흥분한 목소리로 고이 잠든 아내를 깨웠다. 별 관심 없는 듯 눈을 비비며 천천히 창밖을 보던 아내는 금세 눈이 휘둥그레져서 환호를 질렀다.

"동화 속 마을 같아!"

도시 외곽에 있는 터미널에 내려 다시 택시를 탔다. 택시기사는 매우 친절하여 도시의 이것저것에 대해 끊임없이 설명해주었다. 대부분 못 알아들은 게 함정이지만. 도시 내부는 지하도로를 한참이나 달린 뒤 도착할 수 있었다. 이윽고 지하를 벗어나 지상으로 나왔을 때 우린 마치 다른 세상에 빨려 들어온 것 같은 느낌을 받았다. 다채로운 색감의 건물, 꽃으로 가득한 거리, 다리 위 운치 있는 카페, 여기저기서 달콤하게 사랑을 표현하는 커플들, 아이를 목마 태우고 환하게 웃으며 지나가는 아빠와 가족, 좁은 골목길을 따라 연주자들이 행진에 나서고 그 뒤로 삼삼오오 무리를 지어 따라가며 함께 노래 부르고 춤추는 행인들, 식당에 앉아 있는 손님들에게 노래를 들려주는 마리아치들, 눈부시게 파랗던 하늘.

마치 영화 속에서나 나올 법한 장면들이 온 도시에 가득 펼쳐져 있었다. 숙소에 들어가 얼른 짐을 풀고 다시 거리로 나와 구석구석을 돌아다녔다. 자세히 보니 더욱 아름답다. 어느 골목에 들어서도 어느 거리를 걸어도 어느 식당을 봐도 다 아름다웠다. 온 도시가 사랑으로 가득했다.

진희

호스텔 문을 나서니 꽃 파는 사람이 즐비하다. 원래 아름다웠던 거리가 더 화려해졌다. 꽃 파는 사람들이 웃으며 내게 꽃 한 송이를 건넨다. 마치 밤사이 우리를 위한 영화 세트장이라도 설치된 것 같았다. 골목을 벗어나자 더 아름다운 장면이 연출된다. 온갖 화려한 색의 꽃과 인형, 먹을거리, 화기애애하게 웃으며 계란을 던지는 아이들.

사람들에게 물어보니 이날은 대축일이라고 했다. 사람들은 너 나 할 것 없이 모두 꽃을 사서 들고 다녔고 아이들은 양손 가득 막대인형을 들고 다녔다. 다양한 볼거리 중 백미는 빈계란 껍질 속에 색종이

가루를 넣고 종이로 덮은 후 그것을 사람들 머리에 쳐서 색종이 가루를 뒤집어쓰게 하는 놀이였다. 이 놀이로 인해 거리는 화려한 색종이 가루로 물들었고 아이들은 인파로 가득해 비좁아진 거리를 잘도 헤쳐 달리며 계란을 던지는 놀이로 즐거워했다. 화려함과 즐거움이 도시 곳곳에서 넘쳐나고 있었다. 덕분에 영문도 모르고 나선 길이 마냥 즐거워졌다.

마을의 중심부까지 다다르자 발 디딜 틈 없이 넘치는 인파 때문에 우리는 살짝 옆길로 빠졌고, 그곳에서 세 남매를 만났다. 거리에 길게 늘어선 상인들 뒤편, 좁은 골목 어귀에 오늘의 대목 장사를 위해 일을 나간 엄마를 기다리는 아이들이었다. 땅바닥에 털썩 주저앉아 화려함 따위는 원래 우리의 것이 아니었다는 듯 무관심한 얼굴로 흙장난을 하고 있던 아이들, 간혹 붐비는 인파를 피해 들어온 아이와 엄마가 지나가면 부러운 듯 바라보던 아이들. 그러던 중 예쁜 원피스 차림의 한 여자 아이가 자신의 손에 꼭 쥐어진 계란을 그들에게 보여줬다. 그 아이의 엄마는 가까이 다가가면 안 될 것을 본 듯 아이를 데리고 다시 복잡한 거리로 사라졌다. 남겨진 세 아이들은 흙 사이에 떨어져 있는 색종이를 모아보려고 했다.

'아, 너희도 놀이를 하고 싶구나….'

즐거운 축제일에 배를 곯으며 부모를 기다리는 아이들이 측은하게 여겨지는 건 당연할 것이다. 그러나 아이들이 가엽다고 돈을 주거나 물건을 사주면 안 된다. 아이들은 내게 구걸한 적도 없었고, 또 구걸을 하면 물건을 얻을 수 있다고 배워서도 안 되기 때문이다. 이리저리 궁리하고 고민하다 계란 몇 개를 사왔다. 한 개에 우리 돈으로 약 50원정도 했다. 사오기는 했지만 어떻게 주어야 할지 고민이 됐다. 나는 말도 안 통하지만 아이들에게 다가가 이렇게 말했다.

"나 이거 가지고 놀고 싶어. 나랑 놀아줄래?"

아이들은 어리둥절해했다. 영어도 못 알아듣고 한국어는 더더욱 못 알아듣기 때문이었다. 그래서 하는 수 없이 만국민의 공통언어 바디랭귀지를 적극적으로 사용했다. 내가 한 아이 머리에 계란을 깨뜨려 색종이를 뒤집어쓰게 만들자 아이는 온갖 표정을 다 지었다. 놀람, 웃음, 당황, 신남! 그 다음 나는 그 아이의 손에 계란을 쥐어주고 내 머리에

깨뜨리게 했다. 나도 색종이를 뒤집어썼다. 그 다음 나는 "우어어어~" 하는 소리를 내며 아이들을 잡는 시늉을 했다. 그제야 아이들이 까르르 웃으며 도망을 간다. 뱅글뱅글 돌며 잡기 놀이를 하다 손에 하나씩 계란을 쥐어 주었다. 서로에게 깨뜨리며 화려한 색종이를 흩날렸다.

행복했다. 시끄럽고 복잡한 축제 속에서 우리끼리 뛰어놀 수 있는 공간을 찾았다는 것, 그 속에서 아이들과 함께 했다는 것, 아이들에게 작은 행복을 알려줄 수 있었다는 것, 역시 아이들은 뛰어 놀 때 가장 예쁘다는 것을 발견한 시간이었다.

어느 곳에서나 화려함 뒤에는 초라함이 숨어있다. 축제를 즐기는 사람과 축제에서 돈을 벌려는 사람, 부모님과 즐거운 시간을 보내는 아이들과 부모님을 기다리느라 외로운 아이들. 어쩔 수 없이 공존하는 것들이다. 그러나 우리는 이 초라함을 불쌍하다거나 불행하다고 여기면 안 된다. 모두가 행복해지려면 이 초라함까지도 같이 수면 위에 올려 함께 누려야 한다. 신영복 선생님의 〈함께 맞는 비〉를 떠올렸다. 비 오는 날 누군가의 우산을 들어주는 것이 아닌 함께 비를 맞으며 동행하고 싶다.

진희

배탈이 났다. 늦잠을 자고 일어나 죽을 끓이고 있는데 한 한국인 유학생이 올라왔다.

"어디 많이 아프세요? 앙켈리나가 걱정하고 있어요. 혹시 약 필요하면 제가 갖다드릴게요."

호스텔 매니저 앙켈리나가 걱정한다고 무슨 일이 있는지 알아봐 달랬다며 우리의 안부를 물었다. 부지런히 바람 쐬러 나갈 사람들이 정오가 다 되도록 나오지 않으니 걱정이 되었나보다. 때마침 자주 들르던 한국 유학생 친구가 왔고, 우리의 안부를 확인해달라고 부탁했던 것이다. 작은 변화도 놓치지 않고 마음을 쓰는 앙켈리나와 번거로움도 마다않고 우리의 안부를 확인하러 온 마음이 아픈 배 뿐 아니라 마음까지 쓰다듬어주는 기분이었다. 앙켈리나와 우리가 말이 통하는 사이였다면 얼마나 더 좋은 친구가 될 수 있었을까. 나는 그녀에게 고맙단 말밖에 할 수 없음이 아쉽기만 했다.

선불로 지불했던 5박의 숙박기간이 다 끝나갔다. 다시 멕시코시티로 돌아가 이제 동쪽으로 향할 것인가 조금 더 머무를 것인가를 고민해야 했다. 아름다운 도시와 고마운 사람들 곁에 조금 더 머물러도 괜찮을 것 같았으나 찾아보면 볼수록 가고 싶은 곳이 늘어만 났다. 이제 또 낯선 곳으로 떠나기로 마음을 먹고 여러 정보를 알아보던 중 근처에 이 도시만큼이나 아름다운 도시가 존재한다는 것을 알게 되었다. 세계에서 가장 아름다운 도시 1위로 선정되었는데 많이 알려지지 않은 도시라고 했다. 우리는 가던 길에 다시 샛길로 새어 이 도시와 만나보기로 결정했다. 그렇게 아름다운 과나후아토를 떠나 더 아름다운 산 미구엘 데 알렌데에 도착했다.

과나후아토와 첫인상은 다소 비슷했다. 알록달록 파스텔 톤의 아름다운 건물들, 언덕 아래로 펼쳐진 색의 향연, 돌이 깔려진 골목. 그러나 한두 시간 걸어 다니다 보니 과나후아토와는 다른 이 도시만의 색이 보였다. 보다 완만한 경사, 더 넓은 길과 더 큰 집, 그리고 정원에 가득 핀 꽃들. 과나후아토가 중세시대의 기사 같다면 이곳은 아름다운 정원에서 그 기사 이야기를 읽고 있는 숙녀와도 같았다.

어느 도시든 처음 들어섰을 땐 늘 감동받고 이보다 더 아름다운 곳은 없을 거라며 감탄했지만 그보다 더 아름다운 곳은 늘 나타났다. 마치 멕시코의 온 도시들이 미인대회에 나온 미녀들처럼 자신이 가장 아름답다고 뽐내는 것 같다. 어쩌면 나는 가장 아름다운 곳에 살면서도 땅에 떨어진 먼지만 보며 한숨짓고 살았던 것일지도 모르겠다. 세상 그 어디를 가도 아름다움이 곳곳에 널려 있는데 보려고 하지 않았던 것 같았다. 그 찬란하고 보편적인 아름다움을 더 찾아봐야겠다고 마음먹었다.

태양과 가까워 강한 햇살이 내리쬐는 나라, 그러나 그 자극이 전혀 싫지 않은 나라. 그 햇살처럼 따듯한, 아니 뜨거운 마음을 간직하고 있는 사람들. 그들이 오늘도 내게 미소를 전한다.

6장

슬픔을 대하는 방법

이번이 마지막은 아닐 거야

도선

과나후아토에서 산 미구엘 알렌데를 거쳐 다시 멕시코시티로 왔다. 다음 목적지인 와하까에 가려면 이곳에서 버스를 타야하기 때문이다. 일정상 바로 와하까로 향하는 버스를 타야했지만 아내의 몸 상태가 좋지 않아 일본인 매니저가 있는 게스트하우스에 이틀 동안 묵으며 몸을 회복시키기로 했다.

숙소에서 오랜만에 한국인들을 만났다. 만난 그날이 세계일주를 시작한 지 1년이 되는 날이라고 소개한 여행자 성훈이 형은 이제 멕시코를 시작으로 남미로 갈 계획이라고 했다. 성훈이 형은 훗날 제주도에 정착했으며 우리와의 귀한 인연을 지금까지 이어나가고 있다. 또 다른 한 사람은 회사를 관두고 무작정 멕시코행 비행기에 올랐던 뭔가 대책 없는 영혼의 소유자인 소연 누나였다.

오랜만에 한국인들을 만나니 정말로 반가웠다. 함께 한국음식을 해 먹으며 각자가 해온 여행 이야기들을 나누다 보니 그간의 피로와 걱정들이 말끔히 씻겨나가는 듯했다. 멕시코로 넘어오니 한국인은커녕 동양인 보는 것도 매우 귀했다. 어딜 가나 한국인으로 북적대는 동남아나 인도, 유럽과는 사뭇 달랐다. 그래서 사람이 더욱 소중하게 느껴졌다. 말이 통하고 교감할 수 있는 그런 사람이.

와하까로 떠나기 전날 한국인 한 분이 숙소로 찾아왔다. 한국인들이 이곳에 있다는 이야기를 듣고 일부러 찾아왔다고 한다. 몇 달 만에 한국인을 본다는 이 분은 2년에 거쳐 브라질에서부터 멕시코까지 올라왔고 이제 여기서 여행을 마무리 한다고 했다. 그러면서 이제 중남미 여행을 시작하는 우리들에게 중남미에 대한 알뜰한 여행정보를 서슴없이 알려주었다. 그리고 자신의 배낭을 뒤적거리더니 쓰다 남은 각국의 돈과 여행에 필요한 물품들을 아낌없이 나눠주기 시작했다. 처음에는 아쉬운 듯 물건들을 소개하며 건네주는 손길이 무척이나 느렸지만 이윽고 의미 모를 미소를 가득 짓더니 배낭을 통째로 뒤집어 나오는 물건들을 나눠주었다.

한때는 저것들이 그의 여행에 있어서 너무나 중요하고 소중한 물건들이었을 것이고, 두고두고 잊지 못할 추억일 텐데 처음 보는 우리들에게 서슴없이 나눠주는 모습이 조금은 비장해 보였다. 어떻게 해석해야할까. 이제 여행의 환상은 접고 일상으로 돌아가야 하는 여행자의 마지막 발버둥일까. 예전에 다른 사람을 통해 이런 도움을 받아서일까. 여행 내내 끈질기게 괴롭혔던 비움과 채움, 그 깨달음의 결실일까. 아니면 그냥 짐을 덜어내려는 걸까.

나는 그 이유를 물어보았고 뜻밖의 대답을 들었다.

"사실 이 물건들은 두세 달 전부터 내게 필요가 없었어요. 당신들이 강조하는 것처럼 배낭은 미련의 무게라는 생각이 들어서 싸그리 버리려고도 했었고요. 근데 있잖아요. 차마 버릴 수가 없더라고요. 내가 버리려고 하는 이 물건이 누군가에겐 정말 필요한 물건일지도 모른다는 생각이 들었거든요. 전 그동안 이 물건들을 정말 필요로 하는 사람들에게 전해주기 위해 배낭에 계속 넣고 다녔어요. 그리고 이제야 당신들을 만나게 된 거예요. 당신들이 남미로 내려가게 되면 제 말을 이해하게 될 겁니다."

나는 망치로 머리를 두드려 맞는 듯한 기분을 느꼈다. 비워내기만 중요하게 생각했던 내가 누군가를 위해 채워 넣고 짊어지는 것 또한 중요하다는 것을 깨달았기 때문이다. 때로는 누군가를 위해 짐을 짊어질 수 있다는 것. 그것만큼 숭고한 행위가 또 있을까.

여행을 하면 할수록 부끄러워지는 나를 대면한다.

진희

이틀이 지나고 또다시 떠날 날이 왔다. 우리는 떠나기 전 소연 언니와 함께 저녁식사를 하기로 했다. 짐을 단단히 챙긴 뒤 방을 비워주고 숙소 마당에 앉아 버스시간과 오전에 만난 반가운 인연을 기다렸다. 시간은 계속 흘러갔고 숙소엔 우리 말고 아무도 없었다. 맑고 무더웠던 하늘이 조금씩 어두워지더니 이내 굵은 빗방울이 떨어지기 시작했다. 굵은 빗방울은 한데 모이고 모여 폭우로 변했다. 처마 밑에 앉아 있는데도 비를 피할 수 없을 지경이었다. 구멍이 뚫린 듯 물 폭포가 마구 떨어지자 배낭을 메고 걸어가야 할 길이 막막했다.

'이럴 때 그냥 쉴 수 있으면 얼마나 좋아.'

그러나 어떤 상황에도 가야할 길을 가야할 때가 있다. 이동하기 전 마지막으로 스마트폰을 통해 세상 소식을 접하는 순간 심장이 철렁 내려앉았다. 한국에서 제주도로 수학여행을 가던 배가 기울었다는 소식이었다. 그래도 아직 난파된 것은 아니니 큰일 없을 거라고 마음을 진정시키며 빨리 수습되길 기도했다. 버스에 올라서도 모든 사람의 안전을 위해서 기도했다. 내 기도는 잘 들어주시니 좋은 소식이 있을 거라고 중얼거리며 밤을 뚫고 가는 버스에서 잠이 들었다.

버스는 예상보다 더 일찍 도착했다. 새벽 4시 반, 온통 어둠으로 덮인 광장 한가운데 섰다. 함께 버스를 타고 왔던 사람들은 마중 나온 가족들의 차를 타거나 택시를 타고 순식간에 사라졌다. 자신을 데리러 올 가족이 있다는 것, 돌아갈 집이 있다는 것이 이토록 큰 사치였던가. 우리는 너무 이른 시간이라 숙소를 구할 수도 없었고 마땅히 알아보고 온 곳도 없어 택시를 탈 수도 없었다. 앉아서 선잠을 잔 탓에 허리가 아팠고 추위에 오들오들 떨었다. 그리고 배가 고팠다.

남편은 나를 벤치에 앉히고는 침낭을 둘둘 말아 덮어주더니 잠시만 기다리라고 했다. 어린아이가 된 기분이었다. 가난하고 배고프던 시절, 먹을 것을 구하러 떠나는 엄마를 바라보는 아이의 기분이 이러했으리라. 남편이라고 왜 두렵지 않았겠나. 언어도 통하지 않고 어둠이 짙게 깔린 낯선 골목을 헤집고 다녀야 하는 상황인데…. 한참이 지나서야 어둠 속에서 희미하게 남편의 그림자가 보였다.

"이것밖에 없다야."

남편은 작은 종이컵에 든 커피를 내밀었다.

"근처에 문 연 호스텔도 없고 슈퍼도 없네. 우리나라 시장에 가면 수레 같은 데에 커피 파는 아주머니들 있잖아? 그런 식으로 커피를 파는 할머니가 있더라. 길에 앉아서 종이컵에 담아 팔고 있어. 신기하지? 이 새벽에 커피 파는 할머니마저 없었으면 추워도 못 가실 텐데. 다행이야."

마침내 엄마가 돌아왔다. 오늘 구해온 건 이 물 한 컵밖에 없다며 미안해하는 엄마가 돌아왔다. 아이는 물을 주든 돌을 주든 그저 엄마가 돌아온 것이 마냥 좋기만 하다. 아이가 할 수 있는 건 엄마가 사라졌던 길 끝만 계속 바라보며 엄마가 돌아오기만을 기다리는 것뿐이었다. 나는 커피에 들어간 눈물의 짠맛이 느껴질까봐 서둘러 커피를 마시며 말했다.

"고마워. 미안해… 이제 혼자 가지마. 앉아있다 같이 숙소 찾으러 가자."

받아놨던 지도는 엉망이었다. 몇 블록을 걸어 길을 찾았지만 골목을 샅샅이 뒤져도 숙소는 보이지 않았다. 어깨가 무거워질수록 허리가 구부러졌다. 해가 뜨니 추웠다고 말하기가 무색할 정도의 더위가 찾아왔다. 왜 그랬을까. 나는 갑자기 울기 시작했다. 지쳐서 그런 것도 있고 투정을 부리고 싶어 그런 것도 있었지만 지금 생각해보면 그래선 안됐었다. 남편은 당황하기 시작했다.

"가방 이리 줘."

남편은 앞뒤로 큰 배낭을 이고는 눈에 보이는 숙소를 향해 들어갔다. 좋은 시설도 아닌데 값이 꽤 나갔다. 그래도 망설일 여유가 없었다. 수십 개의 계단을 여러 번 오르내리며 짐을 실어 나르고 나서 남편은 대자로 뻗어버렸다. 가장 지쳤을 사람은 내가 아니라 남편이었을 것이다.

도선

대중매체를 통해 보는 멕시코의 모습은 온통 범죄와 마약뿐이다. 격양된 목소리로 마약밀매와 살인을 일삼는 과격한 멕시코 갱단, 이를 보고도 눈감아주거나 아예 갱단과 손을 잡는 부패한 경찰, 이로 인해 삶의 희망을 잃은 멕시코 시민의 모습….

미국 드라마 속에서도 멕시코인은 항상 범죄의 온상이었고 영화 속에서도 마찬가지로 멕시코는 항상 마약과 가난에 찌든 나라로 소개되기 일쑤였다. 이런 걸 제외하고 떠오르는 멕시코의 모습은 선인장과 사막뿐이었다. 〈나쵸 리브레〉(자레드 헤스 감독, 잭 블랙 주연 2006) 이 영화를 보기 전까진 말이다.

난 주인공이 어설프면서도 진지한, 그러면서 해학적인 요소가 들어가 있는 코미디 영화를 좋아하는데 대표적인 것으로는 주성치 영화들과 〈나쵸 리브레〉다. 특히 〈나쵸 리브레〉는 실화를 바탕으로 만들어진 것이라 더욱 좋아한다. 수도승으로 살아가던 남자는 아이들을 위해 몰래 프로레슬링 선수 생활을 하게 된다. 그러면서 자아를 찾고 차차 아이들의 영웅이 되어간다는 내용이다. 이 영화는 단순한 스토리라인과 잭블랙을 비롯한 주연배우들의 명연기, 그리고 멕시코의 일반적인 도시의 모습과 생활환경들을 서정적으로 잘 표현해 멕시코에 대한 편견을 어느 정도 없애주기까지 한 특별한 영화였다.

멕시코 여행의 중반, 우린 〈나쵸 리브레〉를 촬영한 멕시코 와하까에 들리게 되었다. 영화 속에 나오던 멕시코스러운 거리를 걷게 된다는 설렘, 잭블랙이 복면을 쓰고 레슬링을 하던 곳을 직접 볼 수 있다는 기대감, 영화를 보는 내내 군침을 흘리게 만들었던 치즈 뿌린 군옥수수를 먹게 된다는 생각에 몹시 들떴다. 그러나 막상 그렇게 그리던 와하까에 도착했을 때 우린 그동안 누적된 여행의 피로와 한국에서 들려온 불행한 뉴스로 인해 아무것도 할 수가 없었다.

아내는 통증이 계속 되었고, 나는 그런 아내를 보살펴야 한다는 책임감과 낯선 환경에서 오는 긴장감으로 인해 여행의 아름다움이 눈에 들어오지 않았다. 예측할 수 없는 미지의 세계에 대한 희망과 기대감은 이제 불안과 두려움으로 바뀌어가고 있었다.

진희

지친 몸을 뉘여 한숨자고 일어나 세상 소식을 열었다. 그리고 나는 한동안 오열했다. 출발할 때까지만 해도 약간 기울어있던 배가 이제 완전히 바닷속으로 들어가 있었다. 그 배에는 내가 만나 뵀던 선생님이 타고 있었다. 내가 사랑하는 언니의 아주 친한 친구분이었다. 찬 바다의 온도를 가늠해보았다. 지난 새벽녘 추위에 발을 동동 구르던 내 모습이 미안해졌다. 새벽의 짙은 어둠을 무서워했던 내 모습 위로 심해 속 폐쇄된 공간에서 떠는 아이들의 모습이 오버랩 되었다.

'이게 무슨 고통이라고 그까짓 것을 참지 못하고 울면서 왔을까.'

이런 생각에 고개를 들 수가 없었다. 오열을 했다. 호스텔에 머무는 사람들이 이상한 눈으로 쳐다봤지만 어쩔 수가 없었다. 마음이 찢어지는 것을 눈물로 닦지 않으면 더 상처받을 것 같았다.

도선

한국에서 들려온 세월호 소식에 우린 아무것도 할 수 없었다. 와이파이가 되는 숙소를 찾아 하루 종일 한국 소식에 귀 기울이며 눈물을 흘렸다. 심해지는 통증과 피로 그리고 한국에서 들려오는 소식으로 매일같이 퉁퉁 부은 눈만 부여잡고 있는 아내. 그런 아내를 보며 난 이제 정말 돌아가야 한다고 생각했다.

"우리 이제 여행 그만하고 돌아가자."

"안 돼."

아내는 여전히 강경하게 반대했다. 통증으로 제대로 걷지도 못하면서, 시커먼 바닷속에 갇혀 있는 아이들 생각으로 잠 한숨도 못 자면서 이 여행을 계속 이어나가고 싶어 했다.

"아니, 왜 이렇게 만신창이가 되면서까지 여행을 계속하려는 거야. 나중에 또 오면 되잖아!"

이 모든 상황에 짜증이 난 나는 여행을 떠나오고 나서 처음으로 아내에게 언성을 높였다. 뜻밖의 성화에 놀란 아내는 울며 대답했다.

"이번이 마지막 여행일지도 모르잖아… 여기서 포기하고 싶지 않아."

그럴 리는 없겠지만 마지막이라는 단어에 가슴이 미어져왔다. 아내는 마지막일지도 모른다는 생각으로 이번 여행에 임하고 있었던 것이었다.

"여보… 이번이 마지막은 아닐 거야…."

난 더 이상 아내에게 돌아가자는 말을 할 수 없었다. 아내의 얼굴을 물끄러미 보았다. 언제부터였을까? 오래된 건물들 사이로 저녁노을이 삐져 들어와 아내의 얼굴을 감싸 돌고 있었다. 그 안으로 투명하게 흐르는 눈물, 그리고 흐느끼는 여린 어깨. 나는 이 모든 것을 감내하고 감당해야 한다는 일종의 사명감 같은 것이 생기게 되었다. 무슨 일이 생겨도 이번 여행을 완주해야 한다는 아내의 소원을 아니 우리의 소원을 꼭 이뤄야 한다는 사명감이. 그리고 그게 우리를 살게 하는 길이라고 생각했다.

진희

남편이 한국을 떠나 살자고 했을 때 난 쉽게 대답을 하지 못했다. 아이들을 가르치는 일을 너무나 하고 싶었고 그 아이들이 건강하게 사고할 수 있도록 키워내고 싶었다. 우리 다음 세대는 올바른 사람들이 사는 세상이 되기를 바랐기 때문이다. 내가 당장 할 수 있는 일이 없을지라도, 지금은 사는 게 힘들지라도, 훗날 내 나라와 내 자식들이 사람답게 살게 하고 싶은 마음이 컸다. 방관하고 싶지 않았다.

하지만 아이들이 살기에, 희망을 꿈꾸며 밝은 미래를 기대하기에는 근본적인 문제가 많다는 것을 두 눈과 귀로 확인했다. 아이들이 부족해 세상이 바뀌지 않는 게 아니라 어른들이 문제를 모르는 척 덮어버려 밑바닥이 썩어가고 있었던 것이다.

무너진 주춧돌을 바로 세우고 기둥을 세웠어야 하는데 우린 근본부터 고치진 않고 보이는 미세한 부분만 수리해왔다. 우리가 아무리 아이들을 희망으로 잘 키워낸들 썩은 주춧돌이 받치고 있는 한 언젠가 또 무너질 것이다. 대대적인 수선을 해야 다시는 비극이 일어나지 않을 것이다.

슬픔이 혼란이 되고 혼란이 부정을 낳고 또 불신을 만들고 있다. 떠난 이들과 남은 이들의 망가진 삶, 그들의 울부짖음, 고통, 비탄 등과 같은 온갖 공포의 단어들이 세상을 뒤덮고 있는 지금의 작태를 보니 눈물이 분노가 되어 내 터전을 부정하게 되었다. 그래도 희망을 품어봐야

할까? 세상에서 멀리 나와 있으면 행복할 줄 알았는데 정말 비통했다.

비통함을 달래려 거리를 걸었다. 스페인의 색이 아닌 멕시코의 색으로 가득했다. 더 투박해 보이는 사람들, 지극히 평범해 보이는 사람들이 빵을 팔고 고기를 팔며 음악을 즐기고 있었다.

슬픔을 가슴에 안고 길을 나섰지만 세상 그 어디에도 슬픔은 없었다. 거리엔 활기찬 음악에 맞춰 힘차게 걷는 사람들, 하늘을 보며 쉬는 사람들, 그리고 온갖 먹을거리가 넘쳤다. 지구 한편은 먹물이 쏟아부어졌지만 또 다른 한편은 햇살만 내리쬐고 있었다. 이 넘치는 에너지를 받아들이다 문득 또 나만 즐거운 것은 아닌가 하는 생각이 들면 걸음을 멈춰서 말없이 앉아있곤 했다. 지구 한 쪽에 불행이 엄습했다고 해서 반대편의 사람도 슬픔과 비탄에 잠겨 있어야 한다는 법은 없다지만, 떠나온 사람은 그 사람대로 삶을 살아가야 한다지만, 두 가지를 다 받아들이기에는 내 마음이 좁았다.

숙소 마당에 들어서자 병이 들어 미쳐가고 있는 앵무새가 악을 쓰고 있었다. 새의 아름다움을 손아귀에 두고 계속 보고자했던 인간의 어리석은 욕망이 새를 병들게 했고 아름다운 지저귐은 발악에 가까운 비명소리로 바뀌었다. 새의 비명소리가 잠을 이루지 못하게 했다. 인간의 욕심이 망가뜨린 건 결국 인간 그 자체였다.

진희

• 말레꼰 해변에 비친 석양을 뒤로 하고 서로 한참을 마주보았다. 뜨거운 열정의 태양과 냉정하기만 한 바다가 어느새 한 몸이 되어 서로에게 물들어가는 시간. 우리는 서로의 눈을 통해 그 아름다움을 받아들였다.

심리적인 요인이었을까? 세월호 사고로 수백 명의 아이들의 죽음을 맞이하고 또 지인의 친구인 남선생님의 부고를 접하자 더 이상 밀려오는 슬픔을 버텨낼 수가 없었다. 몸은 지칠 대로 지쳤고 통증은 날이 갈수록 심해졌다. 더 예민해져서 하루 종일 먹지도 않고 누워만 있었다. 와하까는 이런 나의 슬픔을 받아주기에는 너무나 화창했고 맛있는 향내로 가득했으며 에너지가 넘치는 도시였다. 진짜 멕시코적인 그리고 인간다운 도시였다. 그러나 우리는 이 매력이 넘쳐흐르는 도시를 끝내 즐기지 못하고 떠나기로 했다. 저 편에서 괴로워하는 사람들의 고통, 슬픔과는 달리 우리는 너무나도 행복해보이기에 자괴감이 들었다.

우리는 왜 세상이 내지르는 비명을 뒤로하고 아름다운 장면을 찾아 먼 곳으로 여행을 떠나온 것일까? 이것이 진짜 세상을 보는 것일까? 아니면 세상을 보기 싫어 회피하는 것일까? 슬픔과 고통은 비단 한국에서만 일어나는 것은 아니다. 여기 멕시코에도 가난과 질병, 나라와 싸우는 사람들이 많다. 그러나 여행객의 눈에는 이 모든 것들이 보이지 않는다. 삶은 지독하니까 여행지에서만이라도 아름다운 것을 보아야 할까? 아니면 세상 곳곳에 숨은 삶의 비명소리를 찾아 그 실체를 마주하고 도와야 하는 것일까?

아직 정답은 모르겠다. 어쨌든 나는 길을 나섰고 되돌아가기엔 너무 먼 곳까지 왔다. 슬픔을 모르는 척할 수 없으므로 길을 걷는 내내 이 슬픔을 대하는 방법과 세상을 아름답게 할 방법에 대해 고민해봐야 할 것 같다.

진희

와하까에서 아래로 구불구불한 산길을 7시간가량 달리면 바다를 볼 수 있다. 그곳은 일명 와하까 해변이라 한다. 캐리비안이 아닌 태평양, 서퍼들의 천국, 멕시코에서 몇 안남은 누드 비치로 유명한 곳, 마순떼.

6시간 정도 고통스러운 차멀미를 끝내고, 뒷사람이 버스 바닥에 남긴 흥건한 토사물을 피해 내리자 여간 당황스러운 게 아니었다. 허허벌판, 숨이 막히도록 뜨거운 태양, 높은 습도가 나를 덮쳤다. 숙소를 구해야 하는데 이정표를 삼을만한 건물도 표지판도 없었다. 구글 지도도 잡히지 않았다. 그야말로 맨땅이었다.

가방을 메고선 한 걸음도 걸을 수 없는 습도와 더위 때문에 나는 짐을 지키고 남편은 근처에 숙소가 있나 알아보러 나섰다. 티셔츠가 땀으로 흠뻑 젖어 돌아왔으나 허탕이었다. 근처에 경찰이 지나가기에 도움을 요청했으나 말이 통하지 않는 바람에 아무런 도움을 받지 못했다. 때마침 서핑을 마치고 지나가는 유러피언의 도움으로 가까스로 민박집을 구할 수 있었다. 짐을 내려놓고 마을을 둘러보았다. 이런 날씨는 생전 처음이었다.

'사막에 가면 이처럼 더우려나. 아니다, 사막은 이렇게 습하진 않겠지. 생각조차 할 수 없을 만큼 덥다. 생각을 하지 말자.'

들이마시는 숨이 내장을 익히고 있다는 기분이 들었다. 더워서 한

걸음 떼기가 어려웠지만 이 마을은 안 둘러볼 수가 없었다. 개발이 안 됐다고 설명하기엔 부족하다. 해변 곳곳에 근사한 숙박시설도 있기야 하지만 전체적으로는 집이 몇 안 되는 아주 작은 시골마을이었고 사람들은 자연을 많이 훼손하지 않은 채로 집을 짓고 살았다. 집들이 숨어있기에 찾기 어려웠던 것이었다. 아스팔트로 된 길은 버스가 오가는 큰 도로 하나뿐이었다. 거의 흙길이거나 자갈길이었다. 그렇기에 유러피언들은 대부분 맨발로 생활했다.

가로등이 없어 해가 지면 암흑이었고, 몇몇 식당과 바는 간판도 조명도 멋진 테이블도 없이 초로 나무 탁자 몇 개를 밝혀 장사를 했다. 메뉴를 보기 위해서는 희미한 촛불 밑에서 한참을 들여다봐야 했다. 화장실도 달랑 초 한 자루가 밝혀줄 뿐이었고 옆에 빗물 통을 열어 물을 내려야 했다. 주방시설이 없어 화덕 같은 곳에다 나무로 불을 때어 요리를 했다. 그나마 이렇게 음식을 만드는 식당이 다섯 손가락 안에 꼽혔다. 다양한 메뉴는 꿈도 꿀 수 없었다. 먹을 것이 많지 않으니 한 솥 가득 케첩을 발라 나오는 스파게티도 맛있게만 느껴졌다.

'아… 내가 얼마나 찾아 헤매던 소박함인가!'

촛불로 어둠을 밝히고, 나무로 불을 지펴 음식을 만드는 걸 불편함이나 가난함으로 인식하는 시대에, 젊은 사람들이 이렇게 생활을 하고 있는 모습을 보게 된 것이다. 나는 강렬한 감동을 받았다.

자본주의는 경쟁주의 구도를 가져왔고 경쟁은 더 많은 기능을, 더 많은 기능은 시간의 단축을 가져왔지만, 우리는 기계로 인해 줄어든 시간을 인간답게 활용하고 있지는 못한 것 같다.

등교 후 1교시가 시작돼 필통을 열면 아빠가 칼로 정성껏 깎아준 연필들이 나란히 누워 있을 때, 안부를 묻기 위해 예쁜 편지지를 골라 편지를 쓸 때, 이제는 몸집이 커져 입을 수 없게 된 조끼의 실로 엄마가 새 목도리를 만들어 줬을 때, 여름 밤 정전으로 인해 더워진 몸과 마음을 달래려 대문을 나서면 약속이라도 한 듯 모여 있는 친구들을 만날 때.

조금 불편하고 조금 느린 이때의 경험들이 과연 지워야만 하는 불편과 가난일까? 무엇이 인간다운 편안한 삶인가에 대한 나름의 정의를 다시 내리게 되었다.

샤프가 나오기 전에는 연필이 최고의 상품이었다. 지금은 시대가 바뀌어 다양한 종류의 샤프를 고를 수 있는 시대가 되었다. 이제 필통 가득 연필을 넣으면 촌스러운 사람이 되어버리지만 아직 연필이 존재하는 한 나는 필통 가득 칼로 깎은 연필을 넣어 다니고 싶다.

7장

다시 시작

새로운 땅에 가족이 생겼다

도선

어느 정도 각오는 되어 있었지만 막상 여행 중에 아내의 몸이 안 좋아지는 것을 보니 적잖이 당황했다. 최대한 아내의 몸에 무리가 가지 않게 루트를 짜고, 쉬어 가고, 짐을 대신 들어주는 등 내가 할 수 있는 영역에서 모든 것을 다해보았다. 하지만 여행이라는 것 자체가, 집을 떠나와 있는 것 자체가 고행이기에 무리가 가지 않을 래야 가지 않을 수가 없는 것 같았다. 아직은 쉬운 코스지만, 남미로 가면 갈수록 더 험난하고 더 고될 것을 예상하면 도저히 가능할 것 같지가 않았다.

낯선 곳들에 대한 두려움, 한국에서 일어난 참사, 그리고 아픈 아내. 이 모든 것들을 감당하기엔 너무 버거웠다. 그리고 이것들을 이겨내더라도 아픈 몸을 이끌고 여행을 하는 것이 맞는 건지, 나라가 침몰하고 있는 중인데 우리만 이렇듯 여행하는 게 맞는 건지 계속 의문이 들었다. 돌아가야겠다는 생각이 들었다.

진희

삶은 매 순간 선택과 후회 그리고 깨달음의 연속이다. 일상생활에선 너무나 평범해서 잘 느껴지지 않지만 여행에선 선택에 관한 고민이 가장 큰 부분을 차지한다. 이 도시를 가냐 저 도시를 가냐와 같은 숱한 고민의 연속에서 이제는 여행을 계속해야 하나 말아야 하나 라는 선택의 단계에 이르렀다. 여러 이유가 있겠지만 결정적으로 몸이 아파서였다.

아파서 배낭을 멜 수 없을 지경이 되자 비싼 돈을 주고 캐리어를 샀다. 새 제품이라 할 수 없을 정도로 빛바래고 낡아있었지만 이 마저도 살 수 있다는 것에 만족했다. 가게 구석에 몇 년 동안 방치해 뒀는지 캐리어 안은 대왕바퀴벌레의 집이 되어 있었다. 환불을 받냐 마냐에 대한 선택의 고민 끝에 약을 뿌려 잘 닦아 쓰기로 마음먹고 살충제 한통을 열심히 뿌렸다. 낡은 캐리어의 삐그덕 거리는 바퀴가 울퉁불퉁한 돌길 위를 잘 굴러갈리 없었다. 캐리어를 끌고 가는 것인지 내가 끌려가는 지 구분이 안됐다.

비싼 돈을 주고 구입한 캐리어마저 내 몸에 잘 맞지 않자 남편은 이제 여행을 더 해야 할지 말아야 할지 선택을 하라고 다그쳤다. 나는 대답을 하지 못했다. 그렇게 버스는 반나절을 넘게 달렸고 나는 산크리스토발의 길 위에서 잘 굴러가지 않는 캐리어를 힘겹게 끌었다.

도선

버스로 14시간을 달려 산크리스토발에 도착했다. 역에 내리자마자 화려한 색감의 도시가 우리를 반겼지만 역시나 별 감흥은 느끼지 못했다. 몸이 지칠 대로 지쳤던 것이었다. 우리는 무거운 몸을 이끌고 터덜터덜 숙소를 향해 걸어갔다. 멕시코시티에서 만난 성훈 형이 추천해준 한인 숙소였다. 다소 생소한 방식으로 벨을 세 번 누르고 숙소 안으로 들어갔더니 익숙한 한국말이 들린다. 실로 오랜만에 들어보는 한국어였다. 아니 한국어가 이렇게 정겹고 반가울 수 있다니! 내가 쓰는 언어가 이렇게 아름다운 언어였던가?

나는 우리말을 다시금 생각하게 됐다. 숙소에는 열댓 명 정도의 한국인이 있었는데 그 틈에 낯익은 얼굴도 보였다. 멕시코시티에서 만난 소연 누나가 이곳에 있었던 것이다. 얼마 안 되는 짧은 만남이었지만 우리는 서로 반가움을 감추지 못하고 끌어안았다. 나머지 사람들도 모두 반갑게 우리를 맞이해주었다. 마음이 급속도로 안정되는 것이 느껴졌다. 아내를 쳐다보니 얼굴에 화색이 돌았다. 방에 들어가 짐을 풀고 따뜻한 물에 샤워를 하니 그간의 피로가 사라지는 듯했다.

개운한 몸으로 침대에 누워 있으니 이내 잠이 쏟아졌다. 30분이나 되었을까? 고소한 냄새가 방 안으로 들어와 잠에서 깼다. 뭔가 굉장히 익숙한 냄새였다. 아내와 나는 궁금한 마음에 1층에 있는 거실로 나갔다. 거실에 있는 식탁에 죽이 차려져 있었다. 이곳 주인인 정식 형이 아내가 몸이 좋지 않다는 이야기를 듣고 직접 준비해 주신 것이다. 잘 익은 김치와 함께 먹었던 그날의 죽은 지금도 그 맛이 잊히지 가 않는다. 불과 며칠 전까지 여행을 포기해야 하나 싶을 정도로 극도로 피곤하고 예민했던 우리는 말과 정서가 통하는, 교감을 할 수 있는 사람들을 만나면서 치유되어 갔다.

결국 여행이라는 건 사람과 사람의 만남으로 의미와 에너지가 생기기 마련인데 멕시코로 넘어와서는 너무 다른 정서와 환경, 통하지 않은 언어로 인해 사람들과 교감하는 과정이 거의 없었던 것이다. 사람에 대한 목마름이 결국 우리를 이곳으로 이끌었고 또 목마름이 해결되니 여행을 다시 시작할 수 있는 힘이 생겼다.

진희

허리가 아프다보니 유독 침대에 민감하다. 여행자는 이런 불편을 감수하고 다녀야 한다는 것을 알지만 마음과 달리 몸은 내게 신호를 보낸다. 이런 몸의 신호가 다른 사람들에게 어떤 불편을 끼치는지 잘 알고 있기에 아플 때면 항상 미안해지곤 한다. 이곳 산크리스토발의 호스텔에서도 몸은 계속 신호를 보냈다. 더 쾌적한 방으로 옮겼는데도 통증이 사라지지 않자 이번엔 옆방의 학생과 매트리스를 바꿨다. 다른 사람들에게 불편을 강요하는 것 같아 또 미안해지기 시작했다. 호스텔 사장님께 번거롭게 해서 죄송하다고 하니 놀라운 대답이 돌아왔다.

"별말씀을요, 가족인데."

가족. 나를 그저 며칠 묵고 지나가는 손님이 아닌 공간과 시간을 공유하고 있는 사이로 받아들여 주는 것 같았다. 가족이란 단어가 이렇게 크게 와 닿은 적이 있었는지 생각했다. 익숙하고 익숙해서 평소에는 그다지 감흥을 느낄 수 없는 단어, 가족. 내 가족의 얼굴 하나 하나를 떠올려보았다.

엄마. 나를 위해서라면 그 어떤 어려운 일도 마다하지 않고 묵묵히 늘 내 뒤에 서 계시는 분. 전쟁의 상처를 가진 할아버지로 인해 힘든 유년시절을 보내고 그 아픈 상처를 돌봐줄 틈도 없이 나의 엄마가 되었다. 엄마도 소녀였고 학생이었고 아가씨였고 새댁이었다. 그러나 이제는 '진희 엄마'라는 이름으로 불리고 있다.

내가 28살이었을 때, 많은 친구들은 결혼을 해 행복하게 사는 모습을 보여주고 있는 반면, 나는 직장을 그만두고 학교에 들어갔다. 그리고 학교 앞에 방을 얻어 나가 살겠다고 선언을 했다. 엄마는 집에서 통학하면 될 것을 굳이 집을 떠나냐며 화를 냈다. 나는 이제 간섭 받지 않고 살만큼 컸다며 대들었다. 그러나 엄마는 완강했다. 그리고 나는 막무가내였다.

하루 이틀을 더 다투다 엄마는 내가 들어와도 내다보지 않았다. 그리고 며칠 후, 나를 불렀다. 고개를 돌리지 않고 벽을 보고선 말하고 계셨지만 붉게 물든 눈이 보였다. 그리고 목소리가 떨리고 있었다.

"돈 보태 써라."

"……."

할 말을 잃었다. 이런 것을 바란 게 아니었다.

"내가 해준 게 없어서 그래. 해준 게 없어서 못 보내겠어."

결혼을 해서 보내는 것과 무엇이 다르랴. 그렇게 자기 상처도 못 돌보며 키워온 딸이 이제 이 안락한 그늘이 싫다며 떠나겠다는데 어찌 가슴이 메이지 않으랴. 엄마를 부여안고 둘이 한참을 울었다. 결국 나는 독립에 성공했다. 내가 참 못됐다는 걸 부정할 수 없는 행동이었다. 이런 못난 자식인데도 엄마는 집에 가는 날마다 반찬을 싸주셨다.

30년 가까이 아침밥을 먹어온 나는 독립을 하자마자 소화불량으로 고생해야 했다. 규칙적인 식사시간이 몸에 밴 탓에 아침을 거르면 속이 쓰려 하루 종일 불쾌한 기분이 지속됐다. 쓰린 속을 달래며 우유 한 컵을 마실 때면, 아침 6시 밥 짓는 냄새가 풍기던 우리 집이 그리워졌다. 엄마는 그렇게 나보다 한 시간 먼저, 한 시간 뒤에, 한 걸음 앞서서, 내 뒤를 지켜주고 있었다.

아빠. 상처받은 몸과 마음으로 내 대신 무거운 삶의 짐을 짊어지고 가시는 분. 사실 전쟁은 많은 사람들의 삶에 아주 작은 부분까지도 영향을 주었다. 아빠는 유복자였다. 전쟁 중에 아버지를 잃고 늦둥이로 태어났다. 20살 넘게 나이 차이가 나는 큰 형님께서 아버지 역할을 해주셨다고 한다. 그러다 어릴 적에 소아마비를 앓으셨다. 먹을 것 하나 제대로 먹기 어려웠던 시절이라 제때에 치료를 받지 못했고, 그 고통의 흔적은 고스란히 발에 남게 되었다. 짧아진 다리와 뒤틀어진 발.

멋진 구두를 신을 수 없어 항상 가장 싼 흰 운동화를 사 신었던 우리 아빠. 그 싼 운동화마저 제대로 신을 수 없어서 굵은 고무줄로 발등을 감싸야만 했다. 아주 어릴 적에는 그런 아빠의 모습이 이상하지 않았다. 아무런 편견이 없었다. 어떤 모습을 하던 그냥 우리 아빠일 뿐이었다. 그러나 사춘기를 지나며 남들이 하는 말에 신경을 쓰기 시작했다. 유난히 크게 울리는 아빠의 발자국 소리가 들리면 조용히 방에 들어가곤 했다. 아빠는 아팠을 것이다.

몸으로 인해 상처받고 또 그것을 받아들이지 못하는 가족들의 차가운 시선에 상처받았다는 것을 이제야 알 것 같다. 나도 몸에 병이 생기고 난 후 조금만 힘들어도 제대로 움직이지 못하는 내 모습을 보며 상처를 받았고, 그럴 때마다 남들에게 주는 불편함과 알게 모르게 전해지는 냉랭한 시선에 또 상처를 받았다. 나는 눈에 보이지 않는 병과 싸웠지만 아빠는 한 평생을 눈에 보이는 자신의 모습과 싸워야 했다. 얼마나 아팠을까. 내가 방문을 닫고 마음을 닫는 모습을 보며 얼마나 미안하고 슬펐을까….

아빠는 그 미안함을 견디지 못하고 결국 큰 수술을 받았다. 다리 길이를 연장하고 뒤틀린 발을 바로 잡는 대수술이었다. 그때를 잊지 못한다. 내가 11살 되던 해 여름. 살면서 그토록 더웠던 때가 없었다. 집에 할머니가 오셔서 나를 돌봐주셨고 엄마, 아빠는 수술을 하러 갔다. 하교 후 집에 오니 아빠가 와 있었다. 현관문을 열자 후끈한 열기가 한번에 밀려나왔다. 아빠는 허벅지에 큰 보조장치를 달고 있었기에 긴 바지를 입을 수 없었다. 반바지 아래로 고스란히 드러난 다리를 보고 말문이 막혔다. 내 팔목만큼 가는 다리 위로 굵은 쇠심이 박혀 있었다. 아빠는 고통에 신음했고 엄마는 삶에 지쳐갔다. 나는 두 분의 고통과 신음이 뒤섞인 찜통같이 더운 방 안에 들어가기 싫어 현관 앞 계단에 앉아 조용히 울었다. 해는 식을 줄 모르고 이글거렸고 우리 가족은 그렇게 녹아내리는 것 같았다.

내가 조금 더 컸을 때, 아빠는 내가 시집가는 날 같이 손을 잡고 입장할 때 부끄럽지 않게 해주고 싶어서 그 큰 수술을 했노라고 하셨다. 나는 아빠를 부끄러워 한 적 없었다고 말했지만 차마 눈을 마주칠 순 없었다. 미안하고 고마웠지만 그저 고개를 숙이고 "왜 그랬어요. 나는 괜찮은데…"라고 말했다.

어찌 보면 나는 가장 쉬운 병과 싸우고 있는 것일 지도 모른다. 평생을 괴롭히던 몸의 불편함과 그로 인해 얻은 마음의 상처와 싸우는 게 더 어려웠을 것이다. 나는 뼈를 빼내는 수술이 두려워 피해가길 간절히 기도했지만 아빠는 용기를 냈다. 뼈를 잘라내는 고통을 감내하면서까지 딸을 생각했던 그 사랑과 용기를 똑같이 차가운 수술대에 누워보고서야 아주 어렴풋이 이해할 수 있게 되었다. 아빠는 한 번도 그때 얼마나 아팠는지 아냐고 내게 말한 적이 없다. 그냥 가슴에 묻어두고 사신다. 늘 빨리 걷는 딸 뒤로 천천히 걸어오시던 아빠. 같이 가고 싶단 말도 못하고 오늘도 내 뒷모습을 지켜주시는 분이다.

남편. 부모님이 내 앞과 뒤를 받쳐주고 계시다면 남편은 내 옆에서

늘 손을 잡아주고 있는 존재다. 가는 길이 두려워 발길이 떨어지지 않을 때면 남편은 늘 손을 꽉 잡고 이끌어주었다. 기꺼이 내 대신 짐을 들어주는 사람, 항상 좋은 것을 먼저 내어주는 사람, 한 걸음 먼저 내딛어 길을 확인하고 내 손을 잡아 끌어주는 사람. 남편은 오늘도 아픈 나를 조금이라도 편안히 해주기 위해 분주하게 침대를 옮겼다.

내가 이렇게 편히 숨 쉬고 살아갈 수 있는 것은 어쩌면 가족 덕분이었을지도 모른다. 내 삶과 싸워 나가는 것은 나 자신이지만, 가족은 힘겨운 삶의 투쟁 속에서도 내가 무너지지 않게 지지대 역할을 해주었다. 정신의 안식처, 내가 마음을 기대 또다시 길을 나설 수 있게 해주는 중심축, 그것이 가족이었다.

여행지에서 만난 사람들은 나에게 우리는 가족이란 말을 자주 했다. 그들은 피를 섞거나 평생의 삶을 동반하지 않아도 이 순간을 공유하고 있었다. 또 지칠 대로 지친 자신과의 싸움에서 힘들었던 마음을 툭 떨어뜨려 휴식할 수 있게 도와주었다. 그들은 낯선 곳에서 만난 새 가족이었다. 어렵기만 하던 공간이 내 집처럼 안락해지는 것을 느꼈다.

여기 모인 사람들 중 나처럼 지친 몸과 마음을 가지고 대문에 들어섰던 사람들이 분명 있었을 것이다. 그들 역시 자신의 길을 걸어나가는 데 어려움을 겪어봤고 포기하고 싶은 순간에 누군가 내민 손을 잡고 다시 일어났을 것이다. 그리고 힘든 몸과 마음에도 불구하고 나를 위로하고 웃게 만들었다. 이젠 나도 사람들에게 손을 내밀어봐야지. 내게도 분명 누군가를 일으킬 힘이 남아있을 것이다.

이곳의 매니저 유유가 피리를 분다. 바람이 불자 그 청아한 소리가 창 위로 떠오른다. 대문이 열리고 만난 지 얼마 안 돼 내게 마음을 활짝 열어준 사람들이 들어온다. 창문 위로 손을 흔들며 소리친다.

"진희야! 내려와!"

속으로 이름을 하나씩 불러본다. 유유, 소연 언니, 준모, 정식 사장님…. 새로운 땅에 가족이 생겼다.

도선

잠시 스쳐지나가려 했던 이곳에서 3주를 머물렀다. 갈수록 이곳이 마음에 들었다. 덥지도 춥지도 않은 기후와 마치 전주 한옥마을 같은 풍경을 자아내는 익숙한 기와양식의 집들은 고향에 온 듯한 착각을 불러일으켰다. 또 시장에는 아보카도와 망고 등 한국에서는 비싸서 손쉽게 먹을 수 없었던 각종 과일과 채소들이 너무 싼 값에 팔리고 있었다.

소깔로에는 매일같이 음악과 춤을 즐기는 사람들이 우리의 눈과 귀를 즐겁게 했다. 홍대에 가도 이런 맛을 만들어낼 수는 없을 것이다. 왜냐하면 소깔로에는 어린아이부터 백발의 노인까지 한 곳에서 음악과 춤을 즐기고 있었기 때문이다. 음악을 즐기는 데에는 나이가 필요하지 않았다. 소깔로 근처에는 깊은 맛을 내는 커피향이 모락모락 피어나는 멋스러운 카페들이 줄지어 있었고, 타코와 또르타스를 비롯한 맛있는

• 한인민박 까사무에서 사람들과 함께 보낸 저녁시간.
이곳에서 사람들과 매일 음식을 나누어 먹고 아픔을 다독이며 다시 일어설 힘을 얻었다.

멕시코 음식을 파는 가게들이 널려 있었다. 이 모든 것들이 이곳에 머무를 수밖에 없게 만들었다. 그러나 그 무엇보다도 여기서 만난 좋은 사람들, 밤이 깊어가는 줄도 모르고 매일 같이 옥상에 앉아 도란도란 삶을 이야기 하던 사람들, 결국 그것이 인연이 되어 그 후의 여정도 함께하게 되는 깊은 인연의 사람들이 우리를 이곳에 머무르게 했다.

여전히 한국에서는 지독히 고통스러운 소식들이 전해졌지만 우리는 달라졌다. 소중한 인연들이 마음이 무너져 주저앉아 있던 우리를 부축해주었고, 덕분에 서서히 기운을 차려나갔다. 이제 마음을 회복하여 다시 여행을 시작할 수 있을 있을 것 같은 예감이 들었다.

진희

산크리스토발은 멕시코시티처럼 해발 2,000미터가 넘는 고산지대이다. 여기서도 역시 고산병 증세가 나타났다. 남편은 괜찮았지만 나는 계속 숨이 가빠졌고 기력이 없고 배탈이 잦았다. 몸을 생각해서 높은 지대는 피해 다니는 게 현명한 처사일 것이다. 그러나 나는 이곳을 떠나지 못하고 오래 머물러 있었다. 딱히 볼 것도 할 것도 없는 조용한 동네인데도 불구하고 이곳에 마음을 빼앗긴 이유는 사람들이 있기 때문이었다.

멕시코에 도착한지 한 달이 넘었다. 이곳으로 오면서부터 몸이 심하게 아파졌고 앞으로 나아가는 게 옳은지 그른지 판단할 겨를도 없이 어딘가 있을 안락한 쉼터를 찾아 무작정 걷고 걸었다. 한국에서 들려오는 슬픈 소식은 지친 몸을 더 주저앉게 만들었고, 그 어떤 아름다운 곳을 찾아가도 그 빛의 이면에 숨은 사람들의 눈물이 더 크게 보였다. 주저앉아 엉엉 울고 싶기도 했고, 지치고 힘이 드니 위로를 좀 해달라고 직접적으로 말하고 싶기도 했다. 그러나 그 어떤 것도 할 수가 없었다. 말할 사람이 없었기 때문이다. 남편은 언제나 나의 등을 받쳐주고 있는 든든한 기둥이었기에 이런 슬픔을 너무 자주 내색할 수 없었다.

내가 울면 그도 울 것이기에. 끊임없이 길 위를 걷는 고통을 같이 나눌 수 있는 친구가 필요했다. 나는 가슴을 열고 대화를 하고 싶었던 것이다. 주변엔 내가 전혀 모르는 언어로 둘러싸여 있었고 영어가 통하는 외국인과는 즐거움은 쉽게 나눌 수 있었지만 고통은 나누기가 어려웠다. 이런 고비를 넘기지 못하면 향수병이 생겨 고향으로 되돌아가게 되는 것이었다.

그러던 중 이곳 산크리스토발에 왔다. 내가 조금이라도 몸이 아프면 약을 챙겨주고 아침에 산책을 갔다 오며 싱싱한 과일주스를 사 건네는 사람들이 있는 곳에 오게 된 것이다. 여행 중 속이 상했던 얘기를 서슴없이 털어내도 부끄럽지 않게 만드는 사람들, 여행 중에 겪었던 비슷한 고통을 나눌 수 있는 사람들, 함께 밥을 먹고 노래를 부르는 사람들, 다시 길을 떠나는 이들을 위해 문 앞까지 배웅을 하고, 새로 들어온 사람을 위해 환영의 인사를 나누는 사람들. 나는 이 사람들을 '친구'라고 말한다. 외로운 나그네들이 친구를 사귀는 방법은 어찌

보면 한국에서보다 더 쉽고 간단하다. 말이 통하는 것, 그리고 온 힘을 다해 서로의 말을 들어주는 것. 그것뿐이다.

진희

무리하지 않으려고 허리 보호대를 차고 다녔다. 어떤 사람이 물었다.

"허리 아픈 거예요?"

"네."

"디스크는 내가 좀 아는데…."

"아뇨, 전 암 환자에요. 전혀 달라요."

"아니, 환자가 무슨 여행을 한다고 그래."

"……."

난 이런 시선이 싫어서 애초부터 어떤 병을 갖고 있다고 밝히는 편이다. 상대가 모르고 있으면 이런 식으로 오해가 생기기 십상이기 때문이다. 대부분 이런 걱정을 했다.

"환자가 무슨 여행을 가?"

"배낭을 어떻게 메려고?"

"멀쩡한 사람도 못 하는 걸 네가 어떻게 하려고?"

아픈 사람이 여행을 하겠다하면 "넌 안 돼" 혹은 "위험하니 하지마"라고 선을 긋는 사람들이 꽤 많다. 물론 평범한 사람보다 더 염려되는 것을 모르는 것은 아니다. 몸이 아프고 불편한 사람 모두 여행을 하며 새로운 세상을 만끽할 수 있고 삶을 더 아름답게 즐길 수도 있다.

우리는 이런 염려와 편견 때문에 하고 싶은 것을 많이 억누르며 살아간다. 그러나 안전을 위해 가만히 있는다고 삶이 더 윤택해지지는 않는다. 여행을 떠나와 몸이 힘든 것은 사실이다. 그러나 집에 있었다고 몸이 더 건강해졌을까? 대자연 앞에서 많은 것을 내려놓고 사는 사람들을 볼 수 있었을까? 집이 없어도 행복한 사람들을 볼 수 있었을까? 저녁을 나누는 삶을 살아볼 수 있었을까? 지금 내가 얼마나 만족스러운 삶을 살아가고 있는지 깨달을 수나 있었을까? 떠나왔기에 또 이런 고생을 겪어봤기에 얻을 수 있었던, 시간이 주는 교훈이었다.

나는 몸이 아프니까, 나는 나이가 많으니까, 나는 돈이 없으니까, 나는 그렇게 살면 안 되니까. 스스로에게 하는 합리화의 변명들이 어쩌면 자신을 더 망가뜨리고 있는 것일지도 모른다. 이제 그런 변명보단 이렇게 말하고 싶다.

"나는 비록 아픈 몸을 가졌지만 세상을 더 보고 싶어서 이곳까지 왔다. 지금은 몸이 피로하고 힘들어도 이 고통이 나를 더 성숙한 영역으로 이끌어줄 것이다. 나는 지금도 변화하고 있고 앞으로도 더 많이 변화할 것이다. 몸과 마음에 아로새겨진 통증의 기억이 사색의 시간으로 이끌어줄 것이기 때문이다.

나는 이 순간을 잊지 않을 것이다. 행복, 고통, 즐거움, 외로움, 사색, 무념 등이 끝없이 얽힌 이 순간을 헤쳐나가는 내 모습을 영원히 잊지 않을 것이다. 나는 조금 더 성장했다. 그러니 성공한 삶이다."

유쾌한 나날들이 계속되었지만 몸은 호전되지 않았다. 내 몸은 조금 낮은 지역으로 이동하길 간절히 원하는 모양이었다. 그러나 이곳을 쉬 떠나기 힘들었다. 때마침 소연 언니가 과테말라의 산 페드로 지역으로 여행을 갔다 돌아오겠다고 했고, 나는 동행하길 원했다. 언니와 우리 부부가 잠시 이곳을 떠나 옆 동네로 여행을 갔다 오겠다고 하자 유유는 서서히 다가오는 이별을 의식한 것 같았다. 언젠가 우리는 그를 여기에 두고 또다시 길 위로 오를 것이었기에, 그는 조금이라도 함께 머물며 특별한 추억을 쌓고 싶어 했다. 그래서 이 여행 속 짧은 여행에 유유도 합류하게 되었다.

꼭 필요한 짐을 몇 개만 넣고 콜렉티보에 올랐다. 널찍한 좌석에 앉아 쭉 뻗은 고속도로를 막힘없이 달렸다. 그리고 과테말라의 국경 앞에 다다르자 우리는 좁고 낡은 차로 갈아탔다. 길이 포장되지 않아 바닥에 튀어나온 돌의 감촉이 엉덩이로 고스란히 전해졌고, 높은 산을 오르는 구불구불한 산길을 두려움 없이 운전하는 기사 때문에 손잡이에서 손을 뗄 수가 없었다.

바로 아래 낭떠러지가 아찔하게 펼쳐져 있었다. 떨어지면 죽겠구나, 내가 여기서 생을 마칠 수도 있겠구나 하는 생각을 하면서도 인간이 건드리지 못한 신의 성역을 코앞에서 보는 경이로운 순간을 경험하기도 했다. 인간이 결코 설 수 없는 절벽 위에도 숲은 살아 숨 쉬고 있었다. 그리고 이 험악한 산속에서도 자연의 일부를 구성하고 있는 사람들이 살아가고 있었다.

국경을 넘어 과테말라의 산길을 달려오는 동안, 학교를 마치고 집으로 달려가는 아이들 무리를 보았다. 자유롭게 하늘을 나는 독수리 떼를, 맨발로 논밭을 달리고 있는 남매를, 양을 치다 산비탈에서 잠이 들어버린 소년을 보았다. 짧은 빨랫줄에 빽빽하게 널린 빨래를, 자유롭게 돌아다니며 풀을 뜯는 소와 양을 보았다. 무릎을 꿇고 기도하는 소년을 보았고, 장작불에 음식을 하는 아낙네를, 장미 한 송이를 들고 가는 예쁜 아가씨를, 굵은 빗방울이 떨어지자 무심히 하늘을 바라보던 양치기 소년과 양 한 마리를 보았다. 짙은 푸르름과 비포장 도로 위로 넘어질 듯 달리는 치킨 버스를 보았으며, 지게에 장작을 한 아름 지고오는 형과 그 뒤를 받쳐주는 동생을 보았고, 어린 동생을 목마 태워주는 7살 남짓한 어린아이를 보았다.

세상 곳곳에서 볼 수 있는 어지러운 삶과 비통한 사람들을 떠올리니 이내 이 가난한 삶이 부러워졌다. 그러다 문득 이들의 삶을 어째서 가난하다고 여기는 건지 그 알 수 없는 기준으로 세상을 바라보는 내 자신이 부끄러워졌다.

버스가 마침내 호수 앞에 도착했다. 이곳 호수는 아름답고 평온했다. 모든 이들에게 마음의 평화가 찾아오길 기도했다. 나처럼 마음의 평화를 얻기 위해 현실을 피해 떠나기보다 끝까지 남아 세상을 바꾸려는 분들을 위해 기도했다. 가만히 생각해보면 우리 모두는 자연의 위로가 필요한 아주 약한 사람들인 것 같다.

도선

산크리스토발에 짐을 맡겨두고 어느새 가족같이 편해진 유유와 소연 누나와 함께 아티틀란 호수에 일주일 동안 다녀오기로 했다. 독일인 탐험가 알렉산더 폰 훔볼트가 19세기에 '세상에서 가장 아름다운 호수'라고 극찬했고, 체 게바라는 혁명을 멈추고 머물러 있고 싶다고 말했던 아티틀란 호수. 면적이 127킬로미터이고 깊이는 300미터가 훨씬 넘는다는 이곳은 빠나하첼을 중심으로 12개의 마을이 호수 주위로 둘러싸고 있었다. 우리는 그중에 비교적 관광객들에게 널리 알려진 마을 산 페드로를 가기로 했다. 산크리스토발 숙소에서 6시간 동안 콜렉티보를 타고 과테말라 국경으로 갔다.

과테말라에 들어서자 드넓은 평야와 사막밖에 보이지 않던 창가에 어느새 푸르고 울창한 산이 나타났다. 산은 허리에 하얀 벨트를 두른 듯 구름 띠를 두르고 있었고, 그 사이에 매와 독수리들이 마치 신선놀음을 하듯 오르락내리락하며 나타났다 다시 구름 속으로 사라지기를 반복했다. 거대한 산을 지나자 온통 푸른 대자연이 펼쳐졌다.

초원, 들판, 산, 집, 백과사전에 존재하는 모든 형상들은 스쳐지나간 것 같았다. 버스는 현실과 판타지 세계를 가로지르는 타임머신인 것처럼 가끔은 구름 속을 달리기도 하고 바로 눈앞에 장관을 이루고 있는 햇무리를 향해서 돌진하기도 했다.

대자연의 판타지만 보여준 것이 아니었다. 꼬불꼬불하고 좁은 도로를 위태롭게 달리던 트럭 하나가 끝내 엎어졌다. 안에 실려 있던 콜라 수십 박스와 식료품들이 도로 위로 쏟아져 나왔고 곧이어 안개에 가려져 있던 마을에서 사람들이 개미떼처럼 끝없이 몰려와 쏟아진 식품들을 다급히 품속에 담아갔다. 자주 있는 일이었을까? 사람들은 기쁘다거나 흥분했다거나 하는 표정 없이 무척이나 덤덤한 표정으로 제 몫을 챙겨 집으로 돌아갔다.

안개 속으로 사라지는 사람들을 보며 잠시 이게 현실인지 환상인지 헷갈렸다. 개미처럼 낮고 겸허하게 자연 속에 웅크리고 살던 사람들은 대자연을 이기지 못해 쓰러진 인간들이 뱉어낸 것들을 주워담았다. 이것이야 말로 진정한 공생이었다.

과테말라에 들어선 순간부터 내내 이게 현실인지 환상인지 알 수 없는 기분이 들었다. 다큐멘터리에서나 자세히 들여다 볼 수 있었던 맹금류들이 어디서나 내 머리 위를 맴돌고 있었다. 마을의 한복판에서는 흡사 우리나라의 60년대와 같은 풍경과 정서가 펼쳐지고 있었다. 사람들이 눈만 마주치면 수줍게 웃으며 인사를 해 오랜 친구 같다는 느낌이 들었다.

이 모든 것들이 한 번도 경험해보지 못한 시간 속으로 빨려 들어간 듯한 착각을 하게 만들었다. 그리고 그 환상의 대미는 아티틀란 호수였다. 압도 당할 만큼 광활한 크기, 잔잔하고 고요한 푸른 물의 움직임이 마치 마음의 짐을 내려놓고 편히 쉬라는 언어로 들려왔다. 이 땅에 발을 디디고 있는 그 자체로 위로를 받는 것 같았다.

아무것도 하지 않아도 즐거웠고 아무것도 먹지 않아도 배불렀다. 그저 이 땅에 숨 쉬고 있는 것만으로도 부족함이 채워지는, 어떤 목적에 다다른 듯한 느낌이 들었다. 하늘과 땅과 물이 주인인 세상에 낮은 자세로 도달한 것이었다.

진희

우리는 산 크리스토발에서 만난 일본인들에게 추천받은 숙소를 찾기 위해 나섰다. 산 페드로에는 멕시코처럼 화려한 건물이 없었다. 오래된 기와를 얹은 시멘트 벽 집들을 지나 한 사람이 겨우 지나 갈 수 있는 골목 앞에 다다랐다. 이곳 주민의 말로는 이 길로 들어가라고 했는데 우리가 보기엔 건물과 건물 사이의 공간일 뿐 길처럼 보이지 않았다. 이미 해는 지고 사방은 어둑어둑해 괜스레 골목길 끝에 무슨 불길한 일이 우리를 기다리고 있지 않을까 하는 섬뜩한 기분이 들었다. 랜턴을 들고 좁은 길로 들어섰다.

길은 생각보다 길었다. 계속 걸어가도 숙소를 알려주는 간판이 보이지 않았다. 어둠이 깔린 시각 낯선 이방인들이 골목을 헤집고 다니는 것을 탐탁지 않아 하는 개들이 무리지어 짖어대기 시작했다. 우리는 길을 잘못 들은 것이라 생각하고 되돌아가려고 했다. 그때 한 소녀가 대문 밖으로 얼굴을 빼꼼 내밀고선 "하뽀네스(Japones)?"라고 묻는다. 우리는 고개를 끄덕였다. 소녀는 바로 옆집 대문을 열고 들어가라는 손짓을 했다. 그곳에 일본인 스스무 상과 그의 아내 가비, 그리고 그들의 두 딸이 있었다.

도선

호스텔이란 명판도 없이 원주민 집들 사이에 다소곳이 숨어있던 숙소는 국적이 다른 부부가 운영하고 있는 곳이었다. 일본인 남편 스스무와 멕시코 산 크리스토발이 고향인 멕시코인 아내 가비. 과테말라에 자리 잡은 일본인과 멕시코인 부부라, 우린 이들의 이야기가 몹시 궁금해졌다.

"아… 일본인이 아니시군요. 실례지만 국적이 어디신지요?"

"한국입니다."

"반갑습니다. 저희 숙소에 외국인이 온 건 처음이에요."

스스무는 처음 받아보는 외국인 손님을 어떻게 대해야 할지 몰라 조금 당황하는 눈치였다. 잠시 어색함이 흘렀는데 때마침 회색과 흰색의 조화가 절묘하고 꽤나 덩치가 큰 고양이 한 마리가 들어오더니 우리들에게 얼굴을 비비며 애교를 부리기 시작했다.

"어머 귀여워라~ 얘 이름이 뭐예요?"

"고르도입니다."

"고르도? 이름 참 귀엽네요! 근데 고르도가 무슨 뜻이죠?"

"아, '뚱뚱한'이란 뜻입니다. 얘가 어릴 때부터 엄청 뚱뚱해가지고….”

아마 뚱보라고 해석하면 될 듯하다. 고양이 이름이 뚱보라니. 우린 별거 아닌 이야기에 웃으며 어색함을 지워갔다. 곧이어 아이들도 들어왔다. 이제 걸음마를 뗀 듯한 인디언 인형 같은 귀여운 코코로와 그보다 4살 많은 깜찍하고 이국적인 외모의 나가레. 둘은 오자마자 호기심 어린 눈초리로 우리를 지켜보더니, 곧장 손을 잡고 앞마당으로 이끌었다. 함께 놀자는 신호였다. 아내를 보니 이미 아이들에게 푹 빠져 있었다. 아직 여독은커녕 짐도 풀지 않았는데 아이들과 함께 한바탕 뛰어 다닌다. 아이들과 노는데 있어 통하지 않는 언어와 서로 다른 문화는 전혀 문제가 되지 않았다.

스스무는 방을 안내하곤 숙소에 대해 소개해줬다. 총 3층으로 된 이 건물은 몇 년째 스스무와 가비가 직접 짓고 있는 중이라고 했다. 투박하지만 하나하나 자신들의 손길로 함께 만들어가는 집이라는 것에 의의를 두고 있었다. 방은 실로 단순했다. 침대 하나, 책상 하나. 그 외엔 아무것도 없었다. 손님 방만 그런가 했는데 스스무와 가비의 방도 마찬가지였다. 정말 생활에 필요한 단출한 물건들 외엔 소유하고 있는 것이 없었다. 잠을 잘 때는 큰 침대 위에 스스무와 가비, 코코로와 나가레 그리고 뚱보 고양이 고르도가 함께 잤다. 그들의 방에선 항상 웃음소리가 가득했다.

아내인 가비가 가끔 마당에 있는 나무에서 직접 잎을 따 차를 끓여줬는데 알고 보니 민트였다. 마트에서 파는 커피믹스나 차가 아닌 마당에서 직접 잎을 따다 차를 내어주는 모습은 꽤나 인상 깊었다. 이들은 어떻게 만났고, 많은 곳 중 왜 하필 이곳에 정착했으며, 지금 삶에 대해 만족하는지 궁금해졌다. 가슴속엔 이미 이들에 대한 동경과 관심이 싹트고 있었다. 우리는 매일 저녁 카드놀이를 하며 서로에 대해 알아갔다.

숙소에 묵은 지 4일째 되는 날 스스무 식구들에게 부침개와 비빔밥 등 한국음식을 대접하며 이 생활에 만족하냐 묻자 그는 이렇게 말했다.

"저희 부모님은 제가 아주 어렸을 때부터 성인이 될 때까지 맞벌이를 하셨어요. 처음에는 형편이 어려워서 할 수 없이 맞벌이를 했지만 나중엔 더 좋은 삶을 위해 계속 맞벌이를 하셨죠. 저희 부모님이 생각하는 행복의 기준은 좋은 동네, 좋은 집, 좋은 차였어요. 그것을 갖추고 유지하면 저도 행복할 거라 굳게 믿으셨죠. 하지만 저는 아니었어요. 워커홀릭인 부모님보다는 제가 커나가는 모습을 옆에서 항상 지켜봐 주는 부모님이 필요했어요. 다함께 아침을 먹고, 밤에는 키우는 강아지와 함께 산책을 나가고, 가끔 밤하늘의 별을 보며 내 꿈을 이야기할 수 있는 그런 따뜻한 가정이 필요했어요.

전 다짐했죠. 제가 만약 결혼을 하게 된다면 우리 부모님과는 다르게 살 거라고. 그리고 전 실천했어요. 물론 아내의 생각도 저와 같아서 가능했지만요. 저흰 아이들이 태어나고 지금까지 일거수일투족을 함께 겪고 지켜봐왔어요. 함께 웃고 함께 울고 함께 부대끼고 살아가는 중에 많은 것들을 배웠답니다. 자연, 생명, 존중, 책임, 배려. 부모이기 전에는 그저 단어로써의 의미만 알았던 것들의 참 의미를 알게 되었어요. 분명 도시에서의 삶 보다는 물질적으로 매우 열악하지만 그것은 아무 문제가 되지 않아요. 왜냐면 여기서 누리는 행복이 훨씬 크기 때문이죠. 전 이 생활에 매우 만족합니다. 가족들도 마찬가지일 테고요."

식사를 마치고 방으로 돌아온 나는 침대에 누워 한참이나 스스무 부부의 이야기와 삶에 대해 생각했다. 여행이 끝난 뒤 우리의 삶을 그려보았다. 회색 빛 하늘, 막연한 조급함, 상대적인 궁핍함, 그리고 그 속에서도 행복하려 발버둥치는 우리의 모습. 무거운 돌 하나가 얹어져 가슴이 무거워졌다. '돌아가면 어떻게 살아야 할까.' 아침이 될 때까지 뒤척이다 나는 결론에 이르렀다.

'여행을 와서 왜 미래를 걱정하고 있을까. 지금 현재에 충실하자. 아내와의 여행에 집중하자.'

현재의 행복에 충실하자고 떠나온 여행에서 미래를 걱정하고 있다니, 이것보다 한심한 경우가 또 있을까. 난 미래에 대한 고민은 가슴 한 귀퉁이에 넣어두고, 다시 여행에 집중하기로 마음을 먹었다.

진희

스스무 상 집 주방에는 싱크대가 없었다. 우물 같은 물 저장고에 이틀에 한 번씩 물을 받아놓고 사용했다. 설거지는 둘이 해야 편리했다.

• 호숫가에서 아낙들은 빨래를 하고 아이들은 수영을 하며 몸을 씻었다.
아티틀란 호수는 마을의 생명줄 같았다. 이곳에서부터 삶이 시작되었다.
이곳은 거대한 우물이기도 했고, 목욕탕이기도 했고, 수영장이기도 했고, 놀이터가 되기도 했다.
우리는 매일 호숫가에 나와 돌이나 선착장에 걸터앉아 주변을 바라보았다.

한 사람이 바가지에 물을 퍼 조르륵 흘려주면 다른 사람이 그 아래에서 그릇을 닦았다. 이틀간 쓸 수 있는 물이 한정되어 있어 아껴 쓰려고 노력했지만, 스스무 상이 설거지하는 모습을 보고 반성하게 됐다. 평소 우리가 쓰는 물의 반도 사용하지 않았기 때문이다.

한국에 있을 때는 물을 틀어놓고 양치하는 일이 부지기수였고 오랫동안 샤워를 하고 수시로 세탁기를 돌렸다. 이렇게 펑펑 써도 수도꼭지는 마르지 않았기 때문에 말로는 환경을 걱정한다고 하면서도 물을 낭비하고 있었다.

사용한 가치만큼 돈을 내기 때문에 절약하는 것이 오히려 궁색하게 보였다. 누군가는 환경에 따라 다르게 살아갈 수밖에 없다고 말할 것이다. 물이 부족한 곳에서는 아끼며 살고 풍부한 곳에서는 넉넉하게 쓰는 것이라고. 그러나 그 넉넉함의 기준은 누가 정하는 것일까? 인터넷 쇼핑몰을 들여다보며 이미 가지고 있는 것과 비슷한 물건들인데도 더 많이 가지려 했던 내 모습이 떠올랐다.

물질이 부족했을 때 불편함을 느끼는 것은 많이 가져봤기 때문이다. 애초에 가져보지 않았더라면 느끼지 않을 감정이었다. 내가 쓰고 있던 많은 것들이 넉넉한 정도가 아닌 넘치는 것이었음을 이들의 삶과 비교한 후에야 깨닫게 되었다.

이곳에서 생활해 보니 물질의 부족함은 불편함보다 친밀감을 더 많이 유발했다. 둘이 함께 설거지를 하며 어깨를 나란히 포개고 있는 시간이 길었고, 가로등이 없는 탓에 해가 진 뒤에는 꼭 둘이서 앞뒤로 랜턴 불빛을 밝히며 손을 잡고 나가야했다. 둘러보니 이곳에는 혼자 있는 사람이 드문 것 같았다.

빨래하던 아낙들도 여럿이 함께 있었고, 커피를 말리던 할머니도 혼자가 아니었다. 이불을 너는 아저씨도 둘이었고, 목욕을 하는 소년들도 여럿이 함께 였다. 기술은 인간을 더 외롭게 만들었다. 갖고 있는 기계가 많아질수록 사람들은 자꾸만 방 안으로 외로이 기어들어갔다.

진희

호수 주변으로 12개의 인디오 마을이 모여 있었다. 어찌나 큰 호수인지 우리가 마을과 마을을 가로질러 가는데 한 시간 이상 걸리기도 했다. 우리가 머무르는 곳은 12개의 마을 중 가장 큰 마을인 빠나하첼에서 배를 타고 한참을 달려야 도착할 수 있는 작은 마을 산 페드로이다. 아직도 대부분의 마을은 예전의 생활을 고스란히 이어나가고 있었다.

아낙네들이 호숫가에서 모여 빨래를 하고 그 옆에서 아이들이 목욕을 즐겼다. 전통무늬를 수놓은 옷감을 장에 내다 파는 아낙네들과 머리에 짐을 지고 나르는 지게꾼들이 이가 빠진 잇몸을 드러내며 웃어 보였다. 마을은 걸어서 다닐 수 있을 정도로 작았고 제대로 된 상점 하나 없었다. 선착장 근처에 유럽 히피들이 직접 만든 액세서리를 내다 팔고 있었고 관광객을 상대하는 상점 몇 개가 줄지어 있을 뿐이었다. 마을 안으로 들어서자 어린 시절 보고 자랐던 작은 구멍가게들이 골목골목 있었고 정해진 가격이 없어 가게마다 다르게 값을 불렀다. 돈을 소비하며 머무를 수 있는 공간이라곤 선착장 근처에 모여 있는 몇 개의 식당과 카페가 전부였다.

멕시코처럼 비옥한 토지를 갖고 있지 못한 까닭에 음식이 귀했고 따라서 다양한 메뉴는 꿈도 꿀 수 없었다. 달콤한 것이 먹고 싶어 들어간 빵집에는 딱 두 종류의 빵이 있었는데 그 마저도 달지 않았다. 모든 것이 값지고 귀했기 때문에 그간 내가 누렸던 행복이 얼마나 커다란 사치였는지 피부로 와 닿았다.

도선

아침에 일어나 호숫가 주변을 한 바퀴 돌았다. 호수에서 피어오르는 물안개와 말갛게 피어오르는 해의 조합은 꿈의 한자락처럼 몽환적인 느낌을 준다. 한 장면도 놓칠 수가 없어 걸음을 천천히 옮겼다. 걷다보면 얼굴에 물방울들이 송골송골 맺혔는데 탁한 느낌이 아닌 시원하고 맑은 느낌이라 소매로 닦지도 않은 채 그대로 내버려 뒀다.

숙소로 들어가 아침을 먹는다. 고양이 고르도는 식사를 할 때마다 옆에 꼭 붙어 애교를 부린다. 빵 한 조각을 떼어 입에 넣어주면 그 작은 입을 한참이나 오물오물 거리는 게 여간 귀여운 게 아니다. 식사를 마치고 옥상에 올라가 해먹에 누워 아티틀란 호수와 그 뒤에 병풍처럼 하늘을 막고 있는 높다란 산을 하염없이 바라봤다.

멀리서부터 먹구름이 생기더니 곧이어 이곳까지 드리워졌다. 비가 내렸다. 널었던 빨래를 걷고 아이들과 마당에서 숨바꼭질이나 술래잡기 등 장난감이나 도구가 필요하지 않은 놀이를 한다. 그새 아이들과 정이 많이 들었다. 세상이 다 놀이터라 이리 구르고 저리 구르는 탓에 옷에는 온통 흙이 묻어있고 얼굴에도 코 투성이지만 사랑스럽다. 난 여태껏 이렇게 사랑스럽고 행복에 겨운 아이들을 본 적이 없었다.

비가 그치고 선착장이 있는 곳까지 걸어가 커피를 한 잔했다. 커피 맛을 잘 아는 편은 아니지만 이곳 과테말라 커피가 세상에서 가장 맛있는 커피 중에 하나라는 것만은 알 것 같았다. 그 향, 그 깊은 맛은 한국에서 먹어본 커피와는 사뭇 달랐다. 허기가 느껴져 근처에 일본인 여성이 운영하는 1평짜리 자그마한 오코노미야끼 집에 들렀다. 이곳을 여행하다가 마음에 들어 눌러앉아 장사를 시작했다는 그녀, 음식 솜씨가 어찌나 좋은지 이곳에서 장사하기엔 재능이 아깝다는 생각이 들었다.

한참을 수다 떨다 호숫가로 나갔다. 아주머니들이 여기저기서 빨래를 하고 있다. 신기한 건 가지고 온 빨래를 다한 후 입고 있던 옷에 비누칠을 하면서 빨래와 동시에 샤워까지 한다는 것. 우리나라의 아주머니들도 옛날엔 저랬을까?라는 생각으로 피식거리며 선착장을 바라보니 아이들이 다이빙 놀이를 하고 있었다.

팬티 하나 달랑 입고 푸른 물속으로 풍덩 빠지는 아이들. 여기 아이들에겐 온 세상이 놀이터이자 교육장인 듯했다. 아이들과 몇 마디 인사를 나누고 사진 한 장 찍어달라는 부탁을 흔쾌히 들어준 뒤 근처의 서점으로 향했다.

캐나다 사람인 로저스 역시 이곳에 여행을 왔다가 여기에 눌러 앉았다고 했다. 반가운 마음에 나도 서점에서 일을 했었고 나중에 꼭 내 서점을 차릴 거라고 얘기했더니 "여기 사람들은 책을 많이 읽지 않아. 장사가 안 돼 죽겠어!"라며 다소 신경질적인 반응을 보인다. 로저스는 내가 여기에 서점을 차릴거라고 잘못 이해한 것이다. 별다른 해명을 하지 않고 킥킥 거리며 서점을 나섰다.

아내를 쳐다보니 미소가 가득하다. 산 페드로에 온 후론 표정이 항상 밝다. 허리의 통증도 많이 완화되었고 무엇보다 마음이 너무나 편안해져 줄곧 밝은 모습이다. 덩달아 나도 행복한 기운이 온몸에 가득했다. 숙소로 들어가는 길에 시장에 들렀다. 앙상한 체구에 머리에 수건을 동여맨 할머니가 민물생선을 담은 수레를 끌고, 그 뒤로 뭔가 시들시들한 야채들을 파는 상인, 바구니에 계란을 파는 아이 등 세계 어느 시장에서나 볼 수 있는 모습들이 이곳에서도 펼쳐졌다.

돼지고기를 한 근 가량 샀다. 냉동시설 없이 푹푹 찌는 더위에 돼지를 그냥 매달아 놓은 모양새가 어찌 좀 비위생적으로 보이지만 "아… 그렇기 때문에 더욱 신선해요"라고 걱정하는 나에게 스스무가 일러준다. 냉동시설이 없기 때문에 고기는 그날 잡아서 그날만 판매한다고. 그래서 한국이나 일본에서보다 더 신선하다고 했다.

멕시코시티 한인마트에서 산 고추장을 풀고 양파와 당근 각종 야채를 넣어 제육볶음을 만들어 아내와 유유, 소연 누나, 스스무 가족들과 함께 저녁식사를 했다. 식사가 끝나면 스스무가 직접 볶은 커피로 내려주는 구수한 커피와 맥주를 마시며 카드놀이를 한다. 휘영한 달빛이 비추며 온통 풀벌레 소리가 가득한 공간에서 마음 맞는 사람들과 도란도란한 카드놀이라. 어떤 시간과도 바꿀 수 없는 소중한 시간들이었다.

산 페드로에서는 늘 이런 식으로 별일 없이 하루하루를 보냈다. 자연스럽게 물 흘러가는 듯이 그렇게 그렇게…. 그리고 마지막 날. 스스무 식구들과 송별회를 하는 도중 하늘을 무심히 올려다봤다. 빠이에서 보았던 달무리가 여기서도 우리를 위로하고 있었다. 나는 문득 체게바라가 혁명을 멈추고 여기에 눌러 앉고 싶어 했던 마음이 무엇인지 이해되었다.

진희

아침에 호숫가에 앉아 사람들 사는 모습을 바라보고 있었다. 아무것도 하지 않아도 마음이 편안하고 숭고해졌다. 빨래를 하는 아낙들 위로 지게를 짊어진 청년이 지나간다. 그들 역시 치열하게 하루를 사는 모습이겠지만 우리에겐 노동이 아름다움으로 승화되었다. 따뜻한 밥 한 숟가락에 어깨에 진 짐의 무게가 녹아내리길 기도했다.

호숫가에 앉아있노라면 상념이 거울 속 세상으로 빨려 들어가는 판타지 영화를 찍는 것 같은 기분이 들었다. 산 크리스토발보다 낮은 지대로 내려오니 몸도 한결 평안해졌고 마음이 그야말로 호수처럼 잔잔해지는 것 같았다. 머릿속을 복잡하게 만들었던 잡념의 실타래들이 빠져나와 저 깊은 수면 아래로 들어가고 있었다. 편안했다. 혁명의 용사 체 게바라가 혁명을 포기할까 고민하게 만들었단 말이 거짓이 아니었으리라 생각되었다.

하루 일과가 단조로워도 지루하지 않았다. 수천수만의 놀거리, 먹을거리, 볼거리를 자랑하는 곳은 아니었지만, 아주 주의 깊게 둘러보면 물질적인 것들 없이 놀 수 있는 것이 많았다. 이곳은 그 보물을 찾아내기 위해 천천히 걷고 많은 생각을 하게 만들었다.

도선

선착장 근처에 카약을 빌려 탈 수 있는 곳이 있어 아내와 함께 노를 저어 호수 가운데로 나가보았다.

"하나 둘, 하나 둘!" 어설픈 내 구령에 맞춰 노를 저어갔다. 둘 다 처음 해보지만 호흡이 잘 맞았다. 배는 빠른 속도로 파랗고 하얗게 너울거리는 물살을 가르며 마을과 멀어져갔다. 마을이 시야에서 멀어질수록 뭔가 세속에서 멀어지는 것 같은 기분이 들었다. 마음이 맑고 청량해졌다. 호수의 중심부에 다다라 깊이를 알 수 없을 정도의 시커먼 물에 손을 담가보았다. 적당한 냉기와 온기가 동시에 느껴졌다. 살다 보면 가슴이 시린 날도 있고 따뜻한 날도 있으니 그 온도의 차이를 적당히 즐기며 살라고 물이 나에게 속삭이는 것 같았다.

노 젓기를 멈추자 배가 얌전히 물 위에 서있었다. 주위를 둘러봤다. 신이 음소거 버튼이라도 눌렀던 것일까. 세상이 믿을 수 없을 정도로 조용했다. 그 흔한 풀벌레 소리와 바람소리 하나 들리지 않는다. 아주 멀리서 목욕하는 아이들의 웃음소리가 희미하게 메아리치는 것도 같았으나 귀를 기울이는 순간 끝나버렸다. 작디작은 마을도 손톱만하게 보였고 그 속에 살고 있는 사람들의 그림자조차도 보이지 않았다. 날아가는 새들도 넓은 호수 한복판까지는 다가오지 않았다.

호수 표면도 잔잔했다. 모든 것이 정지해 있었다. 구름도 산도 물결도 바람도. 움직이는 거라곤 사랑하는 아내의 깜빡이는 눈꺼풀과 그것을 따라 움직이는 내 눈동자 뿐. 아내와 나, 그리고 세상이 하나 됨을 느꼈다. 마음이 이렇게 잔잔했으면, 어떤 나쁜 소식도 아픔도 이 물을 건너오지 않았으면, 그리고 이 시간이 영원했으면 했다.

진희

스스무의 집은 소박했다. 어떤 것도 넘치지 않았다. 넘칠만한 것들을 보관할 공간을 만들지도 않았다. 주방기구도 꼭 필요한 것 한 두 개가 전부였다.

어느 저녁, 스스무 상이 차를 대접하겠다며 냄비에 물을 올렸다. 그러곤 마당에 나가 레몬그라스 풀을 뽑아와 물과 함께 끓이기 시작했다. 예쁜 차기세트와 주전자를 구비해야 차를 마시는 것이라 여기는 사람들과는 사뭇 다른 모습이었다. 밥하고 스프를 끓이던 냄비가 상황에 따라 차를 끓이는 주전자가 되기도 하고 물동이가 되기도 했다. 냄비가 두세 개밖에 없다는 것을, 수십 벌의 옷을 담을 옷장이 없다는 것을, 몇 벌의 옷이 가진 전부라는 것을 부끄러워하지 않는 삶을 살고 있었다.

여행자의 배낭보다도 더 적은 짐을 갖고 있음에도 불구하고 그는 우리 중 가장 평온하고 여유로워 보였고 사람들을 진심으로 사랑하고 있는 것처럼 보였다. 더 가지려 하지 않고 가진 것으로 아껴 쓰며 경쟁보단 더 많은 사람을 만나고 더 사랑하는 삶을 사는 것. 이것이 내가 희망하던 삶이었다. 그리고 먼 땅의 조그만 동네에서 실제로 그렇게 살아가는 사람을 만나게 된 것이다. 내게 이런 삶은 희망으로 꾸는 꿈일 뿐이었다. 실제로 가능한 삶이었으나 뜬 구름을 바라보듯 희망사항이라고만 되뇌였을 뿐 행동으로 옮기지 않았었다. 그러나 이제 확신이 생겼다. 내가 앞으로 살아가야하는 삶에 대한 그림이 조금 더 완성되었다. 그리고 점점 더 용기가 생겼다.

호수를 둘러싼 마을 중 가장 번화한 빠나하첼로 나들이를 갔다. 아주 오랜만에 비가 오지 않는 맑은 하늘이 보여서 호수가 더욱 파랗게 변해 있었다. 배가 광활한 호수를 가로질러 간다. 호수의 깊이가 600미터가 넘는 곳도 있다는 말이 맴돈다. 해발 1,500미터의 호수 속으로 수백 미터의 물이 고여 있었다. 내가 있는 곳이 하늘인지, 땅인지, 물

속인지 가늠하기 어려워졌다.

발아래 또 다른 세상이 존재할 것만 같았다. 그 안에 초고층 빌딩이 숨어 있을 수도 있고 용궁이 존재할지도 모르겠다. 인간이 도무지 알려 해도 알 수 없는 엄청난 세상이 있었으면 좋겠다는 생각을 했다. 왜냐하면 문득 바다에서 아직도 돌아오지 않은 아이들이 생각났기 때문이다. 그 아이들이 물속에서 용궁을 발견해 공부 걱정, 돈 걱정, 미래 걱정 없이 재밌게 놀고 있는 중이라면 얼마나 좋을까… 용왕님이 "이제 그만 돌아가거라"하면 거북이 타고 "엄마!!"하고 돌아오면 얼마나 좋을까…. 나는 갑자기 깊디깊은 이 물이 두려워졌다.

물은 이곳을 건너가는 사람들의 마음에 파도를 철썩이고 아무 일 없었다는 듯 또 잠잠하게 흘러갔다. 두려움을 이겨내지 않으면 영원히 길을 건널 수 없을 것이다. 용기를 얻기 위해 어린아이처럼 동화 속 이야기를 믿어봤다. 호수는 출렁이는 내 마음도 모른 채 잔잔하기만 했다.

8장

그들과 우리의 다른 점

내 앞에서 춤을 추던
모든 이들은 웃고 있었다

진희

중간에 과테말라로 여행을 다녀오긴 했지만 산크리스토발에 머문지 거의 한 달이 지났다. 이제는 새로운 곳으로 떠나야 할 때가 되었음을 감지했다. 과테말라에서 돌아오니 그 많던 사람들이 하나둘씩 제 갈 길을 떠나갔다. 인사도 못하고 기약도 없이 이별통보를 받았다. 나는 남아있는 사람들을 두고 가기가 힘겨웠다. 여기서 헤어진들 영원히 못 만나는 것도 아닌데 그 순간만큼은 시간이 끝나는 절벽 아래로 떨어지는 순간처럼 느껴졌다.

그 누구보다도 우리에게 진심으로 마음을 열고 대했던 유유가 마음에 남았다. 앞으로 자전거를 타고 먼 땅을 달려갈 것을 생각하니 안타까웠다. 마지막으로 근사한 저녁식사를 함께 하며 앞으로 갈 길을 서로 축복했다.

날이 밝고 버스 시간이 다 되어가자 또 억수 같은 비가 쏟아지기 시작했다. 집 앞으로 택시가 한 대 왔고 비로 범벅이 된 사람들을 들여보내느라 제대로 인사도 못하고 차에 올랐다. 창밖에서 유유가 젖은 손을 내밀어 인사를 했고 나는 그 손에 편지 하나와 지폐 한 장을 쥐어줬다.

"먼저 가서 미안해. 자전거 타다 목마르면 주스라도 사 먹어."

해 줄 수 있는 선물이라곤 그게 다였다. 터미널 창밖으로 비가 쏟아졌고 난 또 주저앉아 엉엉 울었다. 만남의 기약이 없는 길 위의 이별은 언제나 가슴을 공허하게 만들었다.

도선

남미가 아닌 쿠바를 다녀오기로 했다. 산 크리스토발에서 쿠바로 가는 비행기가 있는 칸쿤까지는 버스로 20여 시간이 걸렸다. 아메리카 대륙으로 넘어오니 이정도 버스를 타는 것은 이제 기본이 되었다. 가는 길에 버스 창밖으로 구름 속에서 빼꼼히 얼굴을 내민 집들과 안개가 감싸 안은 마을, 드넓고 푸르른 고원지대와 정글이 펼쳐졌다. 나와 아내는 그 위에서 자유로이 노래하는 산새들 마냥 끝없이 재잘거렸다.

희미해져가는 추억과 그리운 친구들 이야기를 할 때면 함께 눈물 흘렸고, 각자의 꿈, 우리의 미래를 이야기를 할 때면 서로를 다독거렸다. 여행지에서 만난 인연들을 이야기하면서 미소지었고 재밌었던 사건들을 떠올리며 힘껏 웃었다. 혼자 하는 여행에 익숙했던 우리는 어느덧 몸과 마음과 정신을 함께하는 진정한 부부 여행자로 거듭난 느낌이었다.

생각해보면 여행을 떠나오기 전, 아무리 결혼한 사이라고 해도 하루에 얼굴을 마주하고 대화를 할 수 있는 시간은 그리 많지 않았다. 일터에 나가서 들어오면 밤이었고 저녁 밥을 먹고 고작 한두 시간 대화를 하는 것이 대부분이었다. 서로 개인적인 약속과 스케줄이 있는 날이면 아예 못 보는 경우도 있었다. 가정이라는 테두리 안에 있었지만 실제 함께하는 시간은 얼마 되지 않았다.

1년이면 며칠을 온전히 이 사람과 함께할 수 있을까. 일생이면 몇 년이나 이 사람과 함께할 수 있는 것일까. 계산이 빠른 편이 아니라 정확히 예측하긴 어렵지만 함께 얼굴을 마주보고 대화하고 웃고 즐기는 시간은 생각보다 많지 않을 것이다. 한데 여행을 나와 보니 24시간을 함께 있게 되었다. 그동안에 아주 쥐꼬리만큼이라도 감추고 있었거나 모르고 있었던 각자의 내면과 습관 내지는 생각들, 그 모든 것들을 낱낱이 보게 된다.

특히 여행을 하다보면 예기치도 못한 돌발적인 상황에 맞닥뜨리게 되는 경우가 다반사인데 이로 인해 진짜 자신의 모습이 적나라하게 까발려지는 경우가 빈번했다. 사람에 따라 그것이 실망과 스트레스로 다가올 수도 있겠지만 우리에겐 참 고마운 과정이었다. 여행을 하면 할수록 이 사람을 더 사랑해야 할 이유가 분명해졌다. 날이 갈수록 서로에게 더욱 진실해졌다. 여행은 그렇게 우리를 진짜배기 부부로 만들어주었다.

도선

멕시코 칸쿤에서 혁명의 나라, 체 게바라를 품고 있는 나라, 쿠바로 넘어왔다. 택시를 타고 들어선 아바나. 난 큰 충격을 받았다. 온통 폐허와 다름없는 건물들에, 저게 어떻게 굴러가나 싶을 정도로 낡은 차, 그리고 우월한 신체 조건을 가지고 있는 쿠바노들. 예컨대 메이저리그 LA다저스의 몸집 좋은 푸이그 같은 선수들이 길거리에서 과일을 팔고 있었다. 커다란 몸집을 가진 친구들이 숙소로 가는 내내 다소 위협적으로 코히바 시가를 사라며 호객행위를 하는 통에 정신이 혼미해졌다. 이국적인 것을 넘어 시대를 거슬러 온 듯한 풍경과 세계…. 그 어떤 나라와도 확연히 차이나는 이질적인 모습에 적잖게 당황했다. 아니, '쫄았다' 라는 표현이 더 맞겠다.

멕시코와 같이 스페인어를 쓰지만 억양이 전혀 달랐다. 안 그래도 말이 통하지 않았는데 쿠바에서는 더더욱 말이 통하지 않았다. 숙소도 문제였다. 게스트하우스나 호스텔이 없었다. 호텔 아니면 무조건 까사라는 현지인 집에 딸린 숙소에 머물러야만 했다. 호텔은 비용문제로 엄두가 나지 않았고, 일단 멕시코, 과테말라에서 만난 성훈 형이 알려준 까사를 찾아갔다. 간판이 없어 한참을 헤매다 이게 정말 사람이 사는 건물인가 싶을 정도로 폐허 같은 건물에 있는 숙소를 찾아냈다. 3층이었다.

초인종도 없고 문을 아무리 두드려봐도 대답이 없었다. 한참을 그렇게 있는데 앞 건물 2층에 있는 사람이 우리를 부르더니 좀 기다리라는 제스처를 취했다. 앞 건물 2층에 있는 사람이 숙소 건물 2층에 있는 사람을 큰 소리로 불렀다. 이윽고 2층에서 사람이 나왔다. 우리를 힐끔 본 후 어디론가 전화를 했다. 그리고 몇 분이 지나니까 3층 까사의 주인 할머니가 고개를 빼꼼히 내밀었다. 2층 아줌마가 3층에 전화를 걸어 알려준 모양이었다. 이게 무슨 시스템인가 당황해 하는 와중에 3층 할머니가 열쇠꾸러미를 바구니에 담아 우리에게 내려 보냈다. 문을 열고 들어오란다. 아, 이게 또 무슨 시스템인가 당황하다 삼중으로 굳게 잠긴 철문들을 열고 안으로 들어갔다. 이미 무거운 배낭을 메고 한참을 헤맸기에 우리는 달리 뭘 할 것도 없이 숙소에 쓰러져서 잠이 들었다.

다음 날 아침 백발의 할머니가 아침을 차려주었다. 커피 한 잔과 과일 몇 가지 그리고 잼이나 버터가 없이 먹는 빵 한 조각. 지난 저녁부터 아무것도 먹지 않아 허겁지겁 허기진 배를 채웠다. 식사를 마치고 테라스로 나가 아바나 도심을 찬찬히 살펴보았다.

저 멀리 옛 쿠바 국회의사당 엘 카피톨리오가 주위로 족히 몇 백 년은 되어 보이는 건물들이 가득했다. 어둠 속에서 처음 봤을 땐 폭격을 맞고 폐허가 된 도시처럼 보였지만, 자세히 보니 고풍스러운 양식의 건물들이 가지런히 잘 정렬되어 있는 게 상당히 안정감을 주었고 옛스러운 멋이 있었다. 건물들 사이로 신호를 기다리고 있는 20세기 초 미국 흑백영화에서나 볼 법한 올드카들은 마치 타임머신을 타고 시간여행을 온 듯한 착각을 불러일으켰다. 요즘 사회는 새 것에 민감하고 병적으로 집착한다고 생각해왔던 나에게는 이 모든 것이 신기할 따름이었다. 위압감을 느꼈던 아바나에 금세 적응이 되었고, 또다시 반해버렸다.

나는 아내에게 어릴 때 인기 있었던 만화캐릭터 〈돈데크만〉을 아냐고 물었다. 그 만화를 보며 나도 옛날 어떤 시대로 가고 싶다고 생각했는데 정말 그 주전자 타임머신이 존재하는 것 같다고, 우리는 과거로 온 게 확실하다고 말했다. 아내는 자신이 바로 그 돈데크만이라며 "돈데기리기리"를 외쳤다. 주전자가 타임머신이든 아내가 마법을 부린 것이든 상관없었다. 여기는 분명 과거였다.

진희

쿠바를 오랫동안 들여다보게 된 것은 영화 〈부에노비스타 소셜클럽〉 때문이었다. 그곳에 비친 쿠바의 모습은 낡은 건물, 노랗게 혹은 붉게 칠해진 벽, 길에서 노래를 부르는 사람들, 지글지글 거리는 뜨거운 태양이었다. 아바나에는 붉고 노란 빛의 낡은 건물들 사이에 온통 노래하는 사람들이 앉아 있을 줄 알았다. 그러나 내가 느낀 아바나의 색은 회색과 푸른색이었다.

아바나의 중심에는 쓰러질 듯한 회색빛의 낡은 고층 건물과 더위에 지친 사람들의 몸부림이 가득했다. 영화에서 본 것처럼 길에서 노래를 부르는 사람들은 순수한 예술보단 돈을 벌기 위한 목적이 더 많아보였다. 가이드 책자에는 CD를 틀어놓는 짝퉁 부에나비스타 소셜클럽

이 있다고 안내되기도 했다. 아바나에는 이미 영화 속 한 장면을 기대하고 온 관광객이 많이 보였다. 현지인들이 그것을 모를 리 없었을 것이다. 아바나 한복판에서는 이런 상업적인 행위가 일어나고 있었다.

낡은 빛의 아바나를 벗어나면 푸르디푸른 시골 길과 훼손되지 않은 태곳적 자연 모습 그대로를 간직한 채 소박하게 사는 사람들, 인간의 손이 아직은 덜 탄 아름다운 곳이 존재했다. 아바나를 벗어나 산타클라라에 들렀을 때였다. 거리를 걷다 사람들이 모여 있어 그쪽으로 발길을 옮겼다. 식당도 아니었고 호텔의 로비도 아닌 길 한복판에 사람들이 모여 음악을 연주하고 있었다.

연주하는 사람들의 나이도 제각각이고 아이, 노인 할 것 없이 리듬에 맞춰 춤을 췄다. 외국인은 우리 둘 뿐이었고 다들 집으로 들어가거나 데이트를 하다 멈춰 서서 춤을 췄다. 나도 흥에 겨워 춤을 추고 싶었으나 능숙한 살사 스텝을 뽐내는 사람들 앞에 나설 용기가 없어 그 자리에서 어깨만 들썩였다.

그러나 이곳에서는 춤을 잘 추지 못하는 것이 흉이 아니라 오히려 춤추고 싶은 감정을 억누르는 것이 이상한 것이었다. 음악은 우리를 더 솔직하게 드러내기 위해 연주되는 것이었다. 영혼을 흔드는 음악에 몸이 반응하는 것은 지극히 당연한 일인데 그것을 감추려드는 것은 부자연스럽고 음흉한 일임에 틀림없었다. 나는 용기를 냈다. 남편과 마주서서 손을 잡고 엉망인 스텝으로 리듬을 탔다. 바보 같은 모습인 걸 알았기에 둘이 마주보며 박장대소했다.

할아버지가 연주하는 음악에 맞춰 춤추는 아이의 모습을 바라보았다. 음악은 나이에 상관없이 삶에 스며들었고, 사람들은 그것을 어느 곳에서든 즐길 준비가 되어 있었다. 그리고 그들은 춤을 추며 흐르는 감정에 자신을 내맡겼다.

열악한 환경과 자본의 맛을 본 사람들로 인해 쿠바가 실망스러웠다던 사람들도 많다. 그러나 나는 잠 못 들고 배회하는 이들이 만들어내는 시끄럽고 복잡한 골목의 소음, 그리고 가슴 속에서부터 끓어 흐르는 에너지를 토해내는 음악소리와 춤이 좋았다.

찡그리고 화내면서 춤추고 노래하는 사람은 어디에도 없다. 내 앞에서 춤을 추던 모든 이들은 웃고 있었다. 오늘 하루 서러운 마음으로 지친 발걸음을 내딛었던 사람들도 그 순간만큼은 행복했을 것이다. 내일 또다시 슬픔이 찾아오더라도 순간을 최고로 행복하게 즐길 줄 아는 사람들이었다. 언제나 인생은 롤러코스터처럼 오르내린다. 음악이 나올 때만큼은 모두 다 잊고 웃으며 춤을 추듯, 내 삶도 어떤 상황 속에서도 작은 것에 행복을 느끼며 희망의 꽃을 피우리라 마음을 다잡아본다.

도선

아바나에서 차를 타고 6시간 걸려 도착한 트리니다드. 이곳 역시 유네스코 세계문화유산에 등재된 곳이다. 스페인 식민지 시절 사탕수

수 생산의 중심지였던 곳으로 많은 노예가 동원되었던 아픔의 역사가 깃든 도시이다. 아직도 사탕수수 밭 가운데에는 30미터 가량의 높은 노예 감시탑이 남아 있다. 노예들의 애달프고 처절했던 삶이 눈앞에 보이는 듯했다.

당시 노예들이 즐겨 먹었던 달콤한 술 칸찬차라(럼, 꿀, 사탕수수 등을 혼합해 만든 술)를 마시며 고단한 몸을 이 술 한 잔으로 녹였을 그들의 마음을 조금이나마 헤아려보았다. 이들은 매일같이 힘든 노동을 마치고 칸찬차라 한 잔을 마신 뒤 광장으로 가서 한 맺힌 삶을, 고단한 삶을 음악과 춤으로 달랬다. 그 문화는 현재도 고스란히 남아있어서 저녁마다 광장의 까사 데 라 뮤지까에 가보면 일과를 마친 쿠바노들이 여전히 예전처럼 음악과 술, 그리고 살사를 즐긴다.

모든 주민들이 모여 크게 벌어지는 춤판은 관광객들의 몸을 절로 들썩거리게 만든다. 함께 즐기고 기뻐하고 슬퍼하는 이들의 삶을 통해 우리의 지난날들을 되돌아보게 되었다. 일을 마치면 이웃끼리 옹기종기 모여서 체스를 하고, 살사를 추고, 시가를 나눠 피는 쿠바인들….

우리의 고되고 지루한 일상 뒤에 TV와 컴퓨터 그리고 스마트폰이 있다면 이들의 일상 뒤엔 음악과 춤이 있고 사람들의 어울림이 있다. 이게 그들과 우리의 다른 점이다.

아바나에선 이런 일이 있었다. 버스를 타고 말레꼰 해변으로 가는 도중 소형차가 버스 옆구리를 박아 버렸다. 버스는 유리창이 박살났고 소형차는 범퍼가 떨어져나갔다. 내가 봤을 땐 신호를 어긴 소형차의 100퍼센트 과실인 것 같았다. 이곳 사람들은 이런 사고가 났을 때 어떻게 대처하나 궁금해졌다. 자리에서 일어나 상황을 유심히 지켜보았다.

버스기사는 먼저 승객들이 다친 곳은 없는지 일일이 물어보며 확인했다. 그러고선 버스에서 내려 사고를 낸 운전자와 마주했다. 질책을 하거나 고성이 오갈 줄 알았는데 그게 아니었다. 이들은 마치 자신의 가족을 대하듯 다친 곳이 없는지 서로의 몸을 자세히 살폈다.

"괜찮니? 팔이 아프진 않아? 다리가 아프진 않아?"

"너는 괜찮니? 놀라진 않았니?"

아픈 곳이 없는지 서로의 몸을 한참 동안 살펴보곤 정말 다행이야라는 표정으로 포옹을 하였다. 그리고 누가 먼저랄 것도 없이 자신이 잘못했다면서 미안하다고 사과를 했다.

믿을 수 없는 광경에 입을 다물 수 없었다. 그동안 나는 어떤 세상에서 살아왔던 걸까. 따뜻하고 인간적인 속성에서 점점 벗어나고만 있는 우리는 정말 잘 살고 있는 것일까. 정다운 이웃 대신 집 안에 쓸모없는 물건들만 채우고 눈 닫고 귀 막고 마음마저 자물쇠로 채우고 살았던 우리, 정말 잘 살고 있었던 것일까. 수많은 생각이 머릿속에 맴돌았다.

도선

우락부락한 몸을 가지고 있는 쿠바노들도 알고 보니 모두 순수하고 친절하기만 했다. 나와 조금 떨어져 걷던 아내를 보고 휘파람을 불면서 연신 윙크를 날리던 아저씨, 할아버지들이 뒤늦게 나를 보고 수줍은 인사 건네는 모습에 웃음이 절로 나온다. 치노 치노(중국인) 하며 시가를 사라고 하루 종일 달라붙어 귀찮게 하는 사람들도 이제는 정겹고 귀여워 보인다.

특히 여경들은 어찌나 매력적인지 한결같이 탄력적인 몸매에 조각 같은 얼굴이다. 게다가 단추 두어 개쯤 풀어헤친 꽉 달라붙는 제복을 입고, 선글라스를 끼고 팔짱을 낀 모습이란! 반하지 않을 수가 없더라. 당장 수갑을 채우라고 손을 내밀고 싶은 심정이었다.

아바나에서 삼일 째 되던 날, 헤밍웨이가 그토록 예찬했던 아바나 교외의 코이마르를 다녀왔다. 아바나에서 조금만 교외로 나가도 풍경이 무척이나 달랐다. 형형색색의 단층 건물에 조그마한 정원을 갖추고 있고 흔들의자에 앉아 여유로운 자태를 뽐내는 사람들과 삼삼오오 모여 체스며 카드놀이를 하는 사람들을 쉽게 찾아 볼 수 있었다. 아바나의 번잡함과는 전혀 다른 분위기를 자아냈다. 조금 걸어 마을 바깥쪽으로 나가보니 바다가 보였다.

끝없이 펼쳐지는 플로리다 해협과 거친 바람의 냄새, 펠리컨이 낙하를 하며 물고기를 잡는 모습, 방파제에 앉아 미동도 하지 않은 채 낚시를 즐기는 사람들, 이 모든 것들을 가만히 바라보고 있자니 어느

• 아프고 상처 입은 건 사실이다. 그럼에도 불구하고 떠나오길 잘했다.
내가 남들과 똑같이 여행할 수 없음을 인정하고 받아들여야 한다. 힘들면 길을 나서지 않아도 된다.
이게 끝은 아니지 않은가.

덧 절묘한 조화를 이루는 게 보였다. 이루 말할 수 없는 잔잔한 평화로움이 내게 깃들었다.

뒤를 돌아보니 헤밍웨이 동상이 세상 그 어떤 이에게서도 볼 수 없는 환한 미소로 바다를 바라보고 있었다. 나는 그가 얼마나 쿠바를 사랑했는지, 사랑할 수밖에 없었는지 이해할 수 있을 것 같았다. 그가 자살을 한 가장 큰 이유는 쿠바를 다시 못 간다는 좌절감과 상실감이란 설이 있는데 사실인 것 같았다. 이곳을 본 순간 나는 알 수 있었다.

진희

환자가 무슨 여행을 하냐는 질문에 이젠 어느 정도 동의할 수 있을 것 같다. 자꾸 아프니까 동행하는 사람들의 눈치가 보이기 시작했고 괜스레 약간의 죄책감도 들었다. 나 때문에 다른 사람들이 피해보는 일도 많이 생겼다. 하고 싶은 것도 못하고 가고 싶은 곳도 포기하는 일이 다반사였다. 일행 사이에선 늘 뒤처졌다. 아무도 나를 나무라지 않았고 오히려 먼저 배려했지만 그랬기에 더 마음이 아팠다. 다른 사람들의 배려가 더 미안했기에 그냥 집으로 들어가기도 했었다. 그래서 동행했던 친구들과 따로 떨어져 우리끼리 비날레스에 왔다.

자연 그대로의 모습이 남아있는 곳이었다. 밥그릇을 엎어놓은 듯 동그랗게 솟아오른 산 뒤로 시조새가 날아오를 것 같은 기분이 들었다. 짙은 푸르름은 우리나라 산에도 많았지만 독특한 지형은 흉내 낼 수 없었다. 영화 속에서도 보지 못한 장면이 눈앞에 펼쳐지고 있었다. 더 담아두고 싶어 남편과 길을 나섰지만 길 중간에 걷기를 포기했다. 몸이 너무나 아팠기 때문이다. 되돌아가는 길도 멀었고 차 한 대도 지나다니지 않았다. 땡볕 아래서 몇 걸음 걷다 주저앉아 울다 또 다시 걷기를 반복했다. 남편은 빨리 가지도 천천히 가지도 못하고 안절부절했다.

'아픈 사람이 여행이라니, 집에서 요양하는 게 여러모로 도움이 되는 걸 잘 아는 데 난 왜 이 고집을 피우고 있는 걸까.'

남에게 피해를 주고 있다는 자책감이 마음에 상처를 냈고 몸이 아픈 것보다 가슴의 상처가 나를 더 괴롭혔다. 지상의 천국도 몸과 마음이 행복하지 않으면 그저 보고 잊혀질 그림 한 장에 불과했다. 이 여행이 나를 망가뜨리는 것인지 고통을 이겨내는 힘을 기르는 것인지 아직도 모르겠지만 조금은 미친 짓이고 무모한 짓이었다는 것은 인정해야했다.

아픈 사람은 여행하면 안 되냐며 오기를 부리던 모습을 버리고 내가 남들과 똑같이 여행할 수 없음을 인정하고 받아들여야 한다. 힘들면 길을 나서지 않아도 된다. 아니 그래야 한다. 지금 천국을 맛보지 못해도 좋다. 이게 끝은 아니지 않은가. 이건 프롤로그였다. 내 인생을 바꿀 길고 긴 여행의 서막에 불과한 것이었다.

숙소에 돌아와 아픈 몸을 누이고 창밖을 내다봤다. 한 아저씨가 흰 수탉을 들고 닭싸움을 하러 간다. 건너편 아저씨가 말을 거니 무어라

답한다. 알아듣지는 못했지만 오늘 자신이 이길 것을 확신한 듯 의기양양한 모습은 읽을 수 있었다. 전망대에는 오르지 못했지만 닭싸움을 하러 가는 아저씨의 기대어린 미소는 보았다. 한국에 있었더라면 결코 보지 못했을, 그 어떤 인터넷 사이트를 뒤져도 찾을 수 없을 미소를 나는 실제로 본 것이다. 아프고 상처 입은 건 사실이다. 그럼에도 불구하고 떠나오길 잘 했다. 살면서 저 아저씨를 어디서 만날 수 있었겠는가….

진희

남편과 나는 누워서 휴대전화를 만지작거리고 있었다. 와이파이가 되지 않아 인터넷도 안 되는 폰을 그냥 들여다보는 것이었다.

"인터넷 하고 싶어 미치겠지?"하고 남편에게 물었다.

"솔직히 말하자면 좀 그래."

"나도 그렇긴 해. 근데 우리 이러지 않기로 하고 온 거잖아."

"맞아."

그제야 우리는 폰은 넣고 책을 집어 들었다.

쿠바는 아직도 50~60년대 같다. 사실 그 시기를 살아보지 않아서 실제로 그때 같은지는 모르겠으나 지금 우리네 삶과는 확연히 다르다. 스마트폰은커녕 휴대전화도 많지 않았다. 여전히 공중전화 뒤로 긴 줄이 서있다. 지역 전화국에서는 무료통화를 할 수 있는지 문 밖으로 긴 줄이 줄지 않고 늘어서 있었다. 컴퓨터도 있긴 있으나 인터넷이 되지 않기에 무슨 용도로 사용하는지는 잘 모르겠다. 우리가 여가를 즐기기 위해 사용하는 도구들이 이곳에는 존재하지 않았다. 문득 멕시코에서 한 대화가 생각났다. 공원을 걷고 있는데 남편이 내게 질문을 던졌다.

"멕시코와 우리나라의 가장 큰 차이점이 뭔 줄 알아?"

"음, 기후?"

"잘 봐봐. 답은 이 공원에 있어."

"광장문화가 발달한 거?"

"아니, 사람들이 스마트폰을 보지 않아. 스마트폰이 없는 게 아니야. 그런데 지하철에서도 공원에서도 스마트폰을 계속 들여다보는 사람이 없어. 젊은 사람들은 스마트폰으로 음악을 듣곤 하는데 그렇다고 계속 게임을 하지는 않더라. 지하철에선 대부분 책을 읽고 공원에서는 대부분 사람들이나 주변을 바라보고 있어."

얘기를 듣고 주변을 둘러보니 그러했다. 휴대전화는 전화 걸 용도로만 사용하고 공원에서는 주변 사람들과 대화를 하거나 지나가는 사람들, 흘러나오는 소리, 새가 나는 모습 등을 바라보고 있었다. 멕시코에 오기 전 태국에 머물렀을 때, 길에서 상인들이 게임을 하느라 손님이 말을 거는 줄도 몰랐던 장면이 떠올랐다. 또 여행을 떠나기 전 한국의 지하철에서 책을 읽는 사람은 단 한 명, 스마트폰을 보고 있는 사람은 거의 전부였던 모습도 떠올랐다. 공원에 앉아 주변을 바라보던 사람들과 스마트폰에 매달려 있던 사람들은 그 순간 무슨 생각을 했을까.

가만히 생각해보니 우리는 점점 아무것도 하지 않아도 되는 시간을 견디지 못하는 것 같았다. 쉬는 시간에는 인터넷으로 뉴스를 보거나 SNS를 하거나 게임을 한다. 결혼을 하고 집에 텔레비전을 들여놓으면서 잘 보지 않았던 티비 보는 시간도 늘었다. 정보가 넘쳐나는 것이 과연 좋은 가에 대한 의문이 들었다. 아름다운 여행지도 어떻게 하면 사람들을 홀려 오게 만들까 고민하여 보여주는 것 같았다. 멕시코의 공원에 앉아 지나가는 아이의 웃음을 바라보는 사람들에게 세상은 보이는 그대로였을 것이란 생각을 했다.

쿠바의 사람들은 어떠할까?

사람들은 아바나의 회색빛 낡은 건물들 속에서 사람들의 비참함을 보려하지만 그들은 우리보다 훨씬 행복해보였다. 나는 그들에게 최대한 더 늦게, 더욱더 천천히 발전하는 것이 더 행복할 지도 모른다고 말해주고 싶었다.

매체를 이용해 소통하는 것에 익숙해지는 시대, 시간의 공유를 어떻게 해야 하는지 점점 잊게 된 사람들, 공원에 앉아 몇 시간이고 사람들의 웃음을 바라볼 여유를 잊게 된 사람들. 이런 사람들에게는 사이버 공간보다 직접 사람을 만나는 광장이, 1초도 안돼 전송되는 메시지보다 몇 번을 구겨버리다 마침내 완성된 편지가, 컴퓨터를 상대로 하는 게임보다 다함께 둘러 앉아 하는 놀이가 필요했다. 더 많은 스마트폰을 팔 생각보다 사람과 사람이 더 진실하게 소통할 창구를 만드는 게 시급해 보였다.

멕시코와 쿠바에서 우리는 이런 아날로그적인 인간관계가 유지되는 장면을 목격했고, 이 먼 곳에서도 스마트폰을 만지작거리는 우리 모습을 보며 길들여진 습관을 떨쳐내야 할 이유를 찾았다. 활자가 주는 즐거움, 연필로 무언가를 끄적이는 즐거움, 광장에서 사람의 소리와 바람의 소리를 듣는 즐거움, 공중전화의 잔돈을 뒷사람에게 양보하는 즐거움. 느릿느릿 시간을 거슬러 여행하며 이 즐거움들을 되찾아 즐겨 봐야겠다.

9장

여행에서 정말 필요한 것

미안하다, 고맙다,
사랑한다는 말을 아끼지 않기

도선

쿠바로 떠나기 직전 산 크리스토발에서 버스를 기다리고 있을 때의 일이다. 남는 시간 동안 앞으로 남은 일정과 자금을 점검해 보니 돈이 턱없이 부족하다는 것을 알게 되었다. 큰일이었다. 이대로라면 한 달 여밖에 지낼 수 없을 듯했다. 원래의 계획대로라면 멕시코에서 2주가량만 지낸 뒤 과테말라, 니카라과 등 중미를 거쳐 남미로 내려갈 예정이었으나 멕시코에서 근 2개월을 보내게 되었다. 그리고 여기서 생각 없이 돈을 너무 많이 써버렸다. 몸이 힘들다 보니 숙소나 음식에 사용할 비용을 줄이지 못한 게 화근이었다. 앞으로 3개월 정도의 시간이 남았는데 남미는커녕 중미도 돌지 못할 것 같았다. 숙소 주인인 정식 형에게 이런 상황에 대해 이야기했다.

"형님 어떡하죠? 저희 이제 돈이 바닥나기 시작하네요. 혹시 돈을 벌면서 여행을 할 수 있는 방법이 없을까요?"

"왜 없어요. 있죠. 자 봅시다. 지금이 5월 말이니까… (손뼉을 치며) 여기에 가면 되겠네."

정식 형님은 세계지도의 어느 한 부분을 짚어주었다. 캐나다였다.

"6월 중순부터 말까지 캐나다 오소유스라는 지역에 가면 체리 따는 일을 할 수 있어요. 체리 한 박스 당 5불을 쳐주는데 제가 하루에 많이 딸 때는 50박스 가량을 땄어요."

한 박스에 5불인데 50박스라, 계산을 해보니 꽤나 많은 금액이었다.

"그런데 어려운 게 정말 많아요. 일단 그곳이 사막기후라 낮에는 엄청 덥고 밤에는 엄청 추워요. 농장생활을 해야 하는데 숙소는 따로 없어요. 텐트나 차에서 숙식을 해결해야 해요. 샤워시설도 없어요. 농장에 있는 호수에서 대충 하든가 아니면 차를 타고 20~30분 정도 걸리는 거리의 타운으로 나가 캠핑장에 있는 샤워시설을 이용해야 해요. 음식은 별로 해드실 게 없을 거예요. 벤쿠버 한인마트에서 쌀과 반찬거리를 한가득 실어 가는 게 좋을 거예요. 그리고 체리를 딸 땐 10단이 훨씬 넘는 사다리를 타야 하는데 무척 위험해요. 저와 함께 일하던 외국인 중 사다리 위에서 넘어져 병원에 입원한 애들이 꽤 있어요. 끝으로 제가 하루에 50박스를 딴 건 거의 전문가 수준이라고 보면 됩니다. 하루에 10박스 미만으로 따는 애들도 부지기수예요."

내겐 선택의 여지가 없었다. 이대로라면 한 달 뒤에는 귀국을 해야 하는 상황이 벌어질 것이다. 세상을 더 많이 보고 더 많이 배우고 싶었다. 그리고 농장일 또한 삶에 있어서 소중한 경험이 될 것 같았다. 살면서 남의 나라 농장에서 일을 하게 되는 일들이 또 있을까. 고생길이 눈앞에 훤히 펼쳐졌지만 거부할 수 없었다. 그러나 많이 좋아지긴 했지만 여전히 몸이 불편한 아내가 잘 생활할 수 있을까 걱정이 됐다. 그리고 아내는 농장에 가자는 내 제안을 처음으로 단호하게 거절했다.

"다시 한 번 말씀드리지만 힘든 게 많아요. 일단 차가 꼭 필요해요. 국제운전면허증은 있죠?"

"아, 없는데…."

뭔가 답이 보인다 생각하고 가슴이 부풀어 올랐는데 면허증에서 확 식어버렸다. 그런 것까지 만들어 나오진 못했던 것이다. 그때 가만히 옆에서 듣고 있던 유유가 이야기에 끼어들었다.

"그거라면 내가 있는데. 나랑 같이 가자!"

소연 누나와 준모도 한마디 거든다.

"우리도 같이 갈래!"

같이 있던 유유와 준모, 소연누나는 너무나도 간절히 함께 떠나길 원했다. 그러나 나는 고생스러운 길을 가자고 아내에게 계속 제안할 수가 없었다. 아쉬움을 뒤로한 채 유유와도 긴 이별을 고하고 칸쿤행 버스에 몸을 맡겼다.

다음 날 아내는 "갈까? 아니야, 못해. 그래도 가고 싶은데. 아니야, 힘들어" 이런 혼잣말을 중얼거렸다. 그리고 쿠바로 떠나기 바로 직전 나와 준모, 소연 누나를 모두 불러놓고 중대 발표를 했다.

"나 가면 다 같이 캐나다로 가는 거지? 그렇다면 갈게. 힘들 것 같아 좀 걱정이지만 같이 이렇게 떠날 날이 언제 또 오겠어. 가자!"

나중에 아내는 모두의 눈빛에서 간절함을 보았다고 말했다. 그리고 힘든 생활이지만 분명히 얻는 것이 있을 것이라 했다. 그렇게 아내의 다짐 한마디로 모든 계획이 변경되었다. 한참을 못 볼 것처럼 울먹이며 헤어졌던 유유도 보름 만에 다시 만나게 되었다. 나중에 우연히 만난 기열 형 부부도 합류하게 되었다. 그렇게 7명은 난데없이 생각지도 않았던 캐나다에서 다시 재회하게 되었다.

진희

여행의 묘미 중 하나는 계획이 무의미하다는 것이다. 여행을 나서기 전 한 여행커뮤니티에서 글 하나를 보게 되었다. 1년간의 세계일주를 계획하며 정확한 날짜까지 빼곡하게 적어놓은 일정표였다. 글 아래에는 이런 세부적인 일정까지 짤 필요가 없다는 답변이 수두룩하게 달렸다.

먼저 여행을 경험한 사람들이 해줬던 그 답변들이 이제 절절히 이해된다. 동남아, 인도, 터키를 거쳐 유럽을 가는 일정을 짜고 왔지만 난데없이 멕시코로 와버렸다. 과테말라에서는 6월 1일까지 중미를 통과해 콜롬비아에 가려고 계획했지만 결국 남미가 아닌 북미로 와버리게 되었다.

결국 우리의 여행은 동남아 여행도 중남미 여행도 북미여행도 아니었다. 굳이 이름을 붙일 필요가 없었지만 사람들은 여행의 종적에 의미 붙이기를 좋아했다. 우리도 그들처럼 이 여행의 다른 이름을 붙여

보고자 고민하다 우리 여행만의 특징을 발견하게 되었다. 우리는 나라와 나라를 잇는 루트로 여행한 게 아니었다. 여행에서 만난 인연의 발자취를 찾는 루트로 여행을 했다.

한국의 한 작가님의 사진에서 본 태국펍을 찾아갔고 그곳에서 준영 오빠와 천호 형님, 대의 오빠와 인연이 닿았다. 이분들이 우리 마음에 새로운 세계에 대한 환상의 씨앗을 심어줬고, 우리는 먼저 다녀간 분들의 자취를 찾아 멕시코로 왔다. 멕시코에서 인연이 닿은 사람들의 아득한 추억을 찾아 과테말라에 갔고, 그곳에서 삶의 모티브로 삼을 만한 사람들의 생활을 보고 배웠다. 그리고 정식 사장님의 신화를 찾아 캐나다에 발을 디뎠다. 인연의 꼬리는 서로 그렇게 맞닿고 맞닿아 우리가 태국에서 만났던 분들과 멕시코에서 만났던 분들이 다시 한자리에 모이는 경이로운 기적을 만들어내기도 했다.

우리는 책자에 나온 순서대로 여행하는 것이 아니라 사람들의 기억과 추억을 공유하는 연결고리가 되고자 여행한 것 같았다. 인연이 만들어 놓은 길을 따라 정처 없이 걸어보는 것, 이것이 한치 앞도 알 수 없어 항상 설레는 여행의 진짜 묘미가 아닐까.

도선

보름간의 쿠바여행을 마치고 칸쿤으로 돌아와 하루를 보낸 후 캐나다 벤쿠버로 향하는 비행기에 몸을 실었다. 우리는 어쩌다 여기까지 오게 되었을까. 동남아부터 시작해 인도를 거쳐 유럽으로 가려던 일정은 중미로 선회되더니 결국엔 꿈에도 생각지 않았던 캐나다로까지 흘러 들어오게 된 이 과정들이 모두 꿈만 같았다.

캐나다 벤쿠버는 서울과 같은 현대적인 도시였지만 풍기는 분위기는 매우 달랐다. 도시지만 녹색이 풍부했고 전체적으로 매우 안정되고 편안한 분위기였다. 마음에 쏙 들었지만 물가가 너무 비싸 오래 머물 수는 없을 것 같았다. 우리는 농장생활을 할 때 필요한 자동차를 먼저 사기로 했다. 지하철을 타고 인터넷으로 검색해서 알아본 중고차센터를 방문했다. 몇 시간 동안 이것저것 비교해 본 후, 최대한 짐을 많이 실을 수 있고 여차 하면 잠도 잘 수 있는 SUV를 비교적 싼 가격에 사게 되었다. (나중에 비싸게 주고 산 걸 알게 된 후 눈물을 흘렸지만…) 마트에 들러 텐트도 사고 이불을 비롯한 침구세트도 샀다. 사막기후라 밤에는 무척 춥다 들었기 때문이다. 한인마트에도 들렀다. 마치 어디 캠핑이라도 가듯 우리는 설레는 마음으로 여행을 하면서 그토록 먹고 싶었던 쌀, 김치, 라면 등 한국음식들을 구입했다. 마트 안에 있는 분식집에서 순대와 떡볶이를 맛봤을 땐 눈물이 터져 나오는 줄 알았다. 아아, 그 매콤한 고추장의 맛이란, 아아 그 쫄깃한 순대의 맛이란!

모든 준비를 마치고 나와 아내, 소연, 준모, 기열, 영희, 유유 총 7명은 체리농장이 있는 오소유스로 향하게 되었다. 가는 내내 설산과 얼음이 언 강이 눈앞에 펼쳐지고 나는 그 위에서 노래를 불렀다.

여행 초기 태국 빠이에서 준영 형이 알려준 신치림의 〈배낭여행자의 노래〉를 캐나다 설산 밑에서 부르고 있다니. 모든 것이 꿈만 같았다.

노래를 들으며 어느덧 도착한 오소유스는 생각보다 훨씬 아름다웠다. 마을 한가운데로 강이 흐르고 있었고, 강 주위에는 농장과 모래사장이 넓게 펼쳐져 있었다(강 주변에 모래사장이 있는 건 처음 보았다). 마을을 둘러싸고 있는 산에는 나무가 없고 선인장류로 채워져 매우 이질적인 풍경을 자아냈다. 비록 우린 지금 이런 자연을 즐기며 여행하는 것이 아닌, 농장에서 일을 하기 위해 온 것이지만 이것도 일종의 여행이라, 캠핑생활이라 생각하면 얼마든지 즐겁게 생활할 수 있을 것 같았다.

진희

우리를 포함하여 총 7명, 가난해진 여행자들이 모였다. 함께 움직이자니 인원이 많아 유유와 우리 부부가 한 조를 이루어 준비했다. 낡은 중고차를 하나 사고 야영을 할 채비를 했다. 허리가 아프다보니 딱딱한 바닥에서 자는 것이 제일 염려됐지만 다른 방도가 없었다.

아직 본격적인 수확철이 되지 않아 일자리가 많지 않았다. 여러 곳에 들러 캠핑을 할 수 있는 농장을 찾아 그곳에 텐트를 쳤다. 아직 아무도 없었다. 일주일 정도를 쉬며 지냈다. 근처 호숫가에 가서 발도 담가보고, 공원 뒤에 앉아 무료 와이파이를 이용해 인터넷도 하고, 수영장에 가 물놀이 겸 샤워를 하며 워밍업을 했다.

그리고 마침내 체리를 따기 시작했다. 새벽 4시 반에 일어나 몽롱

한 정신으로 식빵에 딸기잼을 바를 것이냐, 포도잼을 바를 것이냐 하는 고민으로 하루를 시작했다. 5시, 농장 앞에 모이면 매니저는 각자에게 나무 하나씩을 지정해주었다. 그러면 10단 사다리를 들고 나무를 타며 체리를 따기 시작했다.

사다리를 들기 힘든 나 때문에 남편은 그 크고 무거운 것을 두 개나 들고 뛰기 시작했다. 지체하다간 좋은 나무를 다른 사람들에게 뺏기기 십상이었기 때문이다. 열매가 많은 나무를 받는 것이 중요했다. 사다리를 타고 올라가 어깨에 멘 바구니에 체리를 담았다. 체리가 가득 차면 찰수록 주머니는 두둑해졌지만, 바구니 무게가 더해질수록 몸은 더욱더 지쳐갔다. 지탱할 것 없는 사다리 꼭대기에 매달린 것처럼 점점 더 위태로워졌다.

한낮에는 체리가 물러져 터지기 쉽기 때문에 11시쯤에는 일이 끝났다. 일을 마치면 수영장에 가 샤워를 하고 공원 나무 밑에 누워 낮잠을 잤다. 사막기후여서 한낮에는 40도 가까이 온도가 올라갔지만, 그늘 아래는 시원했다. 오후에는 농장 야영장에서 밥을 해먹었다. 일을 시작한지 2주 정도가 지날 때까지는 힘이 들었지만 그 뒤부터는 친구들과 함께 야영을 하러 놀러온 기분이 들었다.

도선

일을 할 수 있는 농장을 구하기까지 우여곡절이 많았다. 수확을 할 시기보다 일주일 정도 일찍 온 바람에 찾아가는 곳마다 일거리가 없었다. 일단은 규모가 커서 체리를 많이 딸 수 있고, 취사시설이나 샤워시설이 있는 농장을 이틀 동안 찾아봤다. 적당한 곳을 고르고 그곳에서 일단 캠핑생활을 하면서 일을 할 수 있는 날을 기다리기로 했다. 얼마 후 시작된 농장생활, 하루의 일과는 이렇다.

아침 4시 20분에 텐트에서 일어나 식빵에 주스 한 잔 마시고 대충 씻은 뒤 농장 사무실로 집결한다. 농장 매니저가 배정해 주는 체리나무로 10단 내지 12단짜리 사다리를 들고 이동한다. 사다리에 올라가 체리를 딴다. 한 박스당 5불을 쳐준다. 12시나 1시까지 사다리 위에서 다리를 후들거리며 체리를 딴다. 1시 이후엔 햇볕이 너무 강해 체리가 물러지기 때문에 일을 중단한다.

온몸이 땀에 흠뻑 젖는다. 농장에는 샤워를 할만한 시설이 없다. 퀘벡과 스페인 친구들 몇몇은 호수로 물을 연결해 수영복을 입은 채 샤워를 하지만 우린 아직 그런 용기가 없었다. 차를 타고 타운에 있는 캠핑장 샤워실을 이용하러 간다. 5분 샤워하는데 1불이다. 처음에는 5분 안에 씻는 게 무척이나 힘들었지만 금세 적응이 됐다.

샤워를 하고 맥도날드나 A&W라는 패스트푸드점에 간다. 햄버거 하나를 간단히 사먹고 와이파이를 이용해 한국에 있는 친구들에게 소식을 전하기도 하고 뉴스를 보기도 했다. 그리고 강 주위에 있는 모래사장에 가서 물놀이를 하거나 낮잠을 잔 뒤 농장으로 돌아갔다. 농장으로 돌아가면 할 게 아무것도 없었다. 대부분의 시간을 텐트를 정비하거나 아니면 식탁이나 의자 등 생활에 필요한 물건들을 만들며 보냈다. 그리고 저녁이 되면 기다리고 기다리던 밥을 먹었다.

간단한 취사도구로 밥을 짓고 국을 끓이고 반찬을 만든다. 벤쿠버에서 사온 김치와 각종 양념들로 다양한 음식들을 해먹었다. 냉장고가 없는 관계로 식재료는 땅을 파서 속에 묻고 밥을 먹고 친구들과 이야기를 나누다 10시쯤 잠이 든다. 이 시간까지 하늘은 환하다. 자고 일어나도 환하다. 이 동네는 밤이 무척이나 짧아 여간해서는 어두운 밤을 볼 수가 없었다. 이렇게 하루가 흘러갔다.

아름다운 자연, 좋은 사람들과 함께 지내는 건 정말 즐겁지만, 솔직히 힘든 점도 많았다. 관리인들에게 인종차별을 겪을 때도 있고, 낮에는 너무 덥고 밤에는 너무 추워서 컨디션을 유지하기가 어려웠으며 농장일이 힘들어 몸이 축나기도 했다. 또한 음식을 제대로 먹지 못하는 것도 스트레스로 다가왔다. 하지만 끝까지 이겨내보고 싶었다. 이것만 이겨낸다면 세상 그 어떤 어려움이라도 헤쳐나갈 수 있을 것만 같았다.

그리고 나중에 회상했을 때 기억에 제일 많이 남을 만한 경험일 것 같았다. 언제 또 이런 일을 해볼까, 언제 또 아내와 이런 추억을 만들 수 있을까 생각하며 하루하루를 버텼다.

진희

체리피커로서의 생활이 익숙해졌을 무렵, 모든 것이 악몽 같아지기 시작했다. 우선 생활하는 공간이 엉망이 되었다. 이제는 일을 하러 오는 사람들이 넘치고 넘쳐났다. 농장에선 자리가 없다고 거절할 정도가 됐다. 텐트 칠 공간이 없어 마지못해 비탈진 경사로에 치는 사람도 생겼다. 이 많은 사람들 중에 동양인은 우리들뿐, 나머지는 대부분 캐나다 퀘벡에서 온 청년들이었다.

그전에 알고 있던 퀘벡은 프랑스어를 쓰고 중세유럽의 건물과 아기자기한 거리가 남아있는 아름다운 과거로 돌아간 듯한 이미지를 가진 곳이었다. 도시의 이미지는 그러했으나 실제로 그곳에서 넘어온 사람들의 모습은 몹시 초췌해보였다. 일자리가 없어 여름철에 이곳에서 돈을 벌어 생활하려는 사람들이 많이 온다고 했다. 퀘벡에서 온 사람들이 전부 그렇지는 않았지만 우리 농장에 있는 사람들은 심각한 약물중독자들이 많았다. 일을 제대로 하는 날이 거의 없었고, 대부분 둘러앉아 하얀가루를 코로 흡입했다. 마약이었다.

그때부터 이 사람들이 겁나기 시작했다. 술과 약에 취해 공용으로 쓰는 시설을 엉망으로 만들어놓는 일이 부지기수였고, 지나가는 사람을 붙잡고 시비를 걸기도 했다. 자기네들끼리 싸워 문을 부셔놓는 일도 있었다. 새벽까지 소리를 높이며 노는 탓에 귀마개를 껴야만 겨우 잠들 수 있었다. 더 심각한 것은 자기 먹을 것도 잘 챙겨먹지 못하는 사람들이 큰 개를 서너 마리씩 데리고 다닌 다는 것이었다. 배가 고픈 개들은 텐트를 찢고 그 안에 있는 음식을 훔쳐 먹기 시작했고 쫓아내려고 하면 사납게 덤벼들었다. 더 이상 이곳에서 생활할 수가 없었다.

불편한 생활이 시작되자 예민해졌고 몸이 또 반응하기 시작했다.

• 캐나다 오소유스 체리농장. 한 상자에 5달러. 돈의 가치는 노동력의 가치와 정비례했다. 그동안 쉽게 버는 법에 대해서만 고민해왔는데 그 생각이 산산이 조각나는 순간이었다. 새벽 4시부터 긴 사다리 위를 쉴 새 없이 오르내리며 체리를 땄다.

이제 아파서 아무것도 할 수가 없었다. 남편은 밭에 나가지 말고 쉬라고 당부했지만, 모두 다 일을 나간 야영장에 약에 취해 있는 사람들과 함께 머무를 수는 없었다. 또 해가 뜨기 시작하면 텐트는 찜질방처럼 더운 김으로 가득해 누워있을 수도 없었다. 남편과 좀 더 가까운 곳에 있는 것이 더 낫겠다고 판단해 일단 밭으로 갔다.

의자를 가지고 가 나무 그늘 아래서 쉬려고 했다. 그런데 그곳은 모두가 돈을 벌기 위해 뛰어든 전투장이 아니던가. 열심히 노력하는 사람들 사이에서 아무것도 안하고 앉아있는 것이 오히려 더 불편했다. 살살 체리를 땄다. 몸의 통증이 손가락 끝에서부터 발끝까지 생생하게 지나갔다. 아픔을 잊으려고 집중했다. 내 이름을 부르는 것도 못 들을 만큼 집중해서 일했다. 그래야 덜 아팠기 때문이다.

내가 스스로 선택해서 이곳까지 왔고, 또 같이 생활하는 친구들 중 몇몇은 내가 같이 가자고 해서 온 사람들이었다. 그들 앞에서 아프다고 무너질 수 없었다. 그러나 남편과 둘이 있을 때는 이제 정말 지쳤다고 하며 엉엉 울었다.

우린 이곳에서 결혼기념일을 맞이했다. 사실 기념일인 줄도 모르고 일했다. 불과 1년 전, 세상에서 가장 아름답고 멋졌던 우리는 농약과 흙먼지를 뒤집어 쓴 채 땀줄기가 선명한 까만 얼굴을 하고 있었다. 손톱 밑에 까만 흙과 붉은 체리물이 눌러 붙어있었다. 기념일을 맞이해 맥도날드에서 제일 맛있는 햄버거를 주문하고 마주 앉았다. 서로의 얼굴을 보니 웃음이 났다.

"작년엔 우리의 첫 결혼기념일이 이런 모습일 거라고 생각도 못했는데. 1년 동안 멀리도 왔다. 그치? 내년엔 또 어디서 어떤 모습으로 결혼기념일을 맞이하려나?"

좋은 선물도 근사한 식사도 없이 첫 기념일을 보냈지만 남편은 만족스러워했다. 아프지 않고 여행을 나서지 않았더라면 아마 평범하게 생활을 하다 특별한 외식을 하며 선물을 주고 받았을 것이다. 물론 그런 행동이 좋지 않다는 것은 아니다. 다만 서로에 대한 마음을 확인하고 감사하는 과정 없이 형식에 그치는 이벤트를 했을지도 모른다는 것이다.

선물도 멋진 식사도 편지 한 장도 없었기에 서로에게 충실한 것으로 의미를 부여했던 첫 결혼기념일. 곁에 있다는 것만으로도 힘이 되고 든든하다는 것을 다시 한번 확인하는 날이 되었다.

"이번 한 해도 곁에 있어줘서 고마워. 내년에도 잘 부탁해!"

진희

여행기간 동안 숙소를 잡을 때면 남편은 항상 제일 먼저 침대에 누워보았다. 아픈 내가 편히 잘 수 있는지 몇 번이고 누워보고 앉아보고는 이불을 겹겹이 깔아 최대한 푹신하게 만들어 주었다. 자신은 돌이 등에 배기는 딱딱한 자리에 누워 자면서도 내게는 비싼 매트를 사서 깔아주었다.

수술실에 들어가던 날 내 손을 잡고 눈물을 흘리던 남편의 모습이 아직도 생생하다. 오롯이 내가 견뎌야 하는 고통을 덜어줄 수 없어 미안하다며 그렇게 울고 또 울었다. 가끔 아픈 내가 그의 아내가 된 것이 죄스러워서 미안하다고 말하면 그런 소리는 꺼내지도 말라고 했다. 아픈 사람의 마음도 힘들지만 그걸 지켜보는 가족의 마음은 더욱 힘겨웠을 것이다.

우린 무엇을 위해 힘들고 불편한 것들을 감수하며 여행을 하고 있는 걸까. 슬슬 답을 내려 보고 싶었다. 그건 아마 살아있을 때, 사랑할 수 있을 때, 아름다움을 그대로 받아들일 수 있을 때, 사랑하고 느끼며 살아야 한다는 생각 때문일 것이다. 내일 더 사랑할 거야 라는 말은 성립하지 않는다. 늘 찾아오기에 가장 쉽고 만만하게 생각되는 '내일'. 그러나 모두에게 늘 그런 것은 아니다. 그러므로 내일이 아닌 '오늘' 더 사랑해야 한다. '지금 이 순간' 세상을 바라봐야 하고 더 열심히 살아야 한다. 그래서 우리는 여행을 하고 있다.

내 짐까지 대신 지고 가려는 사랑하는 남편…. 농장 일에 지쳐 곤히 잠든 남편을 바라보다 나도 눈을 감는다. 사람을 사랑하는 일이 죄 짓는 일이 되지 않길 바라며 두 손 모아 간절히 기도했던 나날들이 파노라마처럼 펼쳐진다.

진희

통증이 극에 달했다. 떠나올 때 챙겨온 독한 진통제들을 다 먹었다. 약을 먹지 않고선 버틸 수 없을 지경에 다다른 것이다. 통증을 참으려고 이를 악문 탓에 턱 관절도 아팠다. 아파서 제대로 씹을 수가 없자 기력이 떨어졌고 그 틈을 타 몸의 통증은 더 크게 활개를 쳤다. 여행을 떠나며 맡겨놓은 고양이에게도 사정이 생겼다. 모든 것들이 이제 집으로 돌아가라고 신호를 보내고 있었다.

남편은 그 전부터 돈이 무슨 소용이냐며 이러다 더 큰 병을 얻을 것 같으니 다 포기하고 돌아가자고 했지만, 친구들과 로키산맥을 오르고 싶은 마음이 굴뚝같아 거절했다. 그러나 이제는 거부할 수 없는 지경에 이르렀다. 턱 통증으로 인해 말도 하기 어려워졌다. 겨우 입을 벌려 기어들어가는 소리로 말했다.

"집에 가자."

남편은 왜 그러냐고 묻지도 않았다. 그냥 조용히 안아주었다. 품에 안겨 엉엉 울었다. 친구들이 모여 있는 숙소에 가서 조심스레 이야기를 꺼냈다. 더 이상 견딜 수가 없어 집으로 가기로 했다고. 유유는 눈시울이 붉어졌고 기열 오빠는 잘 생각했다며 다른 사람들 시선은 생각 말고 내 몸에 집중하라고 조언해줬다. 내가 내린 결정이 잘못된 것이 아니라고 말해주니 마음이 그렇게 편안할 수가 없었다. 함께 더 머무르고 싶은 마음이 들었지만 지금은 무엇보다 내 몸을 챙기는 것이 가장 중요한 때임이 확실했다.

약 7개월 반을 생각하고 나왔지만 딱 6개월 만에 돌아가게 되었다. 서둘러 여행을 마치는 것도 아쉬운데 못 먹고 못 놀고 고생만 하다 들어가는 게 다소 억울하기도해, 인도네시아 우붓에 들러 잠시 쉬었다 들어가기로 했다. 항공권을 구매하고, 갖고 있던 짐들을 슬슬 싸기 시작했다.

나를 그토록 힘들게 해 원망 많았던, 그러나 이미 너무나 정든 농장 일을 접었다. 새벽 4시 반, 잠도 깨지 않은 상태로 바구니를 메고 긴 사다리와 사투를 벌이며 하루를 시작했었다. 오늘은 얼마나 땄는지를 물어보며 더 많이 따고 싶어 빨리빨리 손가락을 움직이던 하루, 50일을 그렇게 열심히 벌어 미국 캐넌을 여행하고 싶었던 들뜬 마음, 사다리 위로 뜬 무지개, 흙냄새, 그리고 새까만 내 손톱. 이 모든 것들이 떠날 때가 되니 미치도록 아름다워서 눈물이 났다.

갑자기 떠난다고 통보했음에도 불구하고 우리 돈도 잘 챙겨주고 또 보고 싶다고 계속 이야기하던 농장 매니저 아저씨 마르코, 그리고 매일 나에게 윙크를 날려주던 자메이카 청년 가리, 그리고 이웃 텐트에 사는 참한 아가씨 마리아나, 이들이 너무 그리울 것 같다. 그리고 이제는 내 친동생이 되어버린 유유. 둘에서 하나로 줄어든 텐트를 보니 우리의 공백이 더 와 닿았을 것이다. 유유의 마음도 이리 텅 비어 허전하겠지. 잠 못 드는 밤, 혼자 이 앞에 나와 별을 보겠지. 그 모습을 생각하니 어찌나 마음이 아려왔는지 모른다. 길 위의 이별, 아니 세상의 모든 이별은 언제 해도 견디기가 힘들다.

'이곳도 꼭 돌아와야지. 꼭 건강해져서 체리 시즌 끝날 때까지 지내야지. 그래서 진정한 체리피커계의 전설을 쓰자던 다짐을 지켜봐야

지.'

나는 잠시 발을 디딘 이곳에서 또 날아간다. 나는 떠나는 것이 아니라 계속 날고 있는 것뿐이다. 또 올 것이다. 반드시 언젠가 곧!

한 번도 버킷리스트를 써본 적이 없었다. 말만 그렇게 했지 실제로 삶이 유한하다고 느낀 적이 별로 없었기 때문이었다. 내겐 늘 '내일'이 다가왔고 그 든든한 백이 있었기에 오늘의 삶이 두렵지 않았다. 가방을 싸고 버스에 올라 버킷리스트를 썼다.

1. 베가본더가 되어 온 세상 구경하기
2. 남편과 캠핑카를 타고 전국 이곳저곳 떠다니기
3. 끊임없이 배우기
4. 작은 텃밭을 가꿔 매일 아침 내가 농사지은 채소로 식사하기
5. 지속가능한 교육하기
6. 대안교육을 위해 노력하기
7. 적게 먹고 적게 쓰고 최대로 행복하기
8. 건강하기
9. 매 순간 최선을 다하기
10. 열심히 사랑하기
11. 싸울 때 싸우더라도 금방 화해하기
12. 미안하다, 고맙다, 사랑한다는 말 아끼지 않기

죽기 전에 해봐야 할 것들이 거창할 것 같았지만 의외로 소소했다. 죽기 전에 나보다 더 오래 살 것 같은 건축물을 보고 싶은 생각이 사라졌다. 가고 싶으면 갈 수 있다는 것을 배웠기 때문일까? 어느 나라를 가봐야지 하는 욕심도 사라졌다. 어디에서 행복을 얻어야 하는지를 잘 몰랐던 때에는 남들이 쉽게 가지 못하는 곳을 배경으로 사진을 찍고 싶어 했었다. 그러면 구름 위에 붕 뜬 기분이 될 것 같았고, 삶이 더 만족스러워질 것 같았다. 그러나 지구 한 바퀴를 돈다고 해도 내 욕심은 채워지지 않을 것 같았고, 행복해질 것 같지도 않았다. 경험은 나를 풍부하게 만들 뿐이었다. 행복은 손에 쥐고 있는 열쇠였다. 어디를 가느냐는 중요치 않았다. 문을 여느냐 마느냐가 중요하다.

10장

운명이 떠미는 대로

네버랜드는 바로 그곳이었다

진희

예전부터 내가 그토록 사랑하던 마을 빠이와 우붓이 닮았다는 이야기를 많이 들었다. 그래서 한국으로 돌아가기 전 우붓에 들르기로 했다. 자연 속에서 천천히 쉬며 몸을 충전시킬 요량이었다. 캐나다 오소유스에서 벤쿠버를 거쳐 LA에 도착해 환승을 하고 마침내 인도네시아 발리 섬에 도착하기까지 총 45시간이 걸렸다. 너무 힘들어 공항에서 택시를 잡아타고 숙소에 가 하루 종일 식사도 거른 채 잠만 잤다. 만 하루가 지난 후에야 숙소 밖을 내다보았다.

한국이 도시에 자연을 얹어놓은 모습이라면, 이곳은 자연 속에 마을을 살짝 숨겨 둔 것 같은 기분이 들었다. 빠이보다는 좀 더 큰 마을이었는데, 울창한 나무와 풀 숲 사이로 구불구불 나 있는 길에서는 당장이라도 신들이 튀어나올 것만 같았다.

멕시코에서도 스페인의 흔적으로 인해 고풍스러운 도시의 모습이 많이 보였었고, 캐나다 역시 사방이 밭과 산으로 둘러싸여 있었어도 선진국 도시의 모습이 남아있었다. 서방 사람들이 아시아에 열광하는 이유를 이제 알 수 있었다. 고대 신들의 흔적이 남은 듯한 돌담 사이로 무성하게 자라나는 나무들이 자연 속에서 살아가야만 하는 인간의 유전자를 자극하는 것 같았다.

내가 나고 자란 서울에도 산과 밭이 많았다. 6살이 될 무렵이던가. 어느 날 집 앞에 흙더미가 쌓였다. 친구들과 그 위에 올라가 뿌연 흙먼지를 뒤집어쓰며 미끄럼틀 타듯 내려왔다. 그 신나는 놀이는 오래 지속되지 못했다. 포클레인이 오더니 흙을 고르게 폈고 다음 날 그곳엔 새로 깐 아스팔트의 열기가 끈적끈적하게 올라왔다.

초등학교 1학년, 하교 후 친구들과 깻잎밭에 들어가 술래잡기를 했다. 들깻잎의 향기가 온몸에 퍼졌다. 그 맛도 모르면서 고소하다 여기며 향을 음미했다. 그리고 바로 다음 해, 그곳엔 아파트 단지가 들어섰다. 깻잎밭에서 놀던 친구들은 아파트 놀이터로 발길을 옮겼지만, 그곳 주민이 아니라는 이유로 쫓겨나기 일쑤였다. 우리는 쇠사슬이 떨어진 그네가 있는 놀이터로 장소를 옮겨야만 했다.

소꿉놀이는 주변을 샅샅이 살펴 식재료를 구해오는 일부터 시작되었다. 나뭇잎으로 나물을, 붉은 꽃으로 김치를, 흙으로 밥을 지어 먹는 척을 했다. 그러나 어느 순간부터 놀이터 바닥에 흙이 없어지고 말캉한 우레탄이 깔렸다. 소꿉놀이가 사라지기 시작했고 우리보다 더 어린 아이들은 더 이상 꽃 이름을 알려고 하지 않는다.

중고등학교 시절에도 가로수는 플라타너스가 전부인 줄 알았다. 다른 나무를 심으면 안 되는가 보다 하고 넘겨버렸다. 어느 샌가 나도 나무의 이름을 알려고 하지 않았고, 내 주변에서 자연이 사라지고 있다는 것을 인식조차 하지 못하게 되었다.

여행을 하지 않았더라면 이러한 변화조차 인지하지 못했을 것이다. 다른 세상을 만날 때마다 나는 화려한 삶이 아닌 자연 속에서 눈에 잘 띄지 않는 나무처럼 살아가고 싶어졌다. 집으로 갈 날이 머지않았다. 이토록 밝은 햇살을 쬐고 푸른 숲 속에서 숨을 쉬다가 다시 한줌 볕도 잘 들지 않는 빌딩숲 속으로 들어가 살 수 있을까. 덜컥 겁이 났다. 다른 세상을 볼 때마다 내가 머무르는 곳이 싫어지면 어쩌나, 그래서 현재의 삶에 만족하지 못하고 자꾸만 더 좋다는 곳을 찾으러만 떠나게 되면 어쩌나 하는 생각이 들었다.

여행을 통해 앞으로 어디에 살아도 만족하고, 행복하게 삶을 꾸려나가겠다 마음먹었던 것이 순식간에 물거품이 될까봐 겁이 났다. 깊게 호흡을 하며 마음을 가라앉혔다.

'30살이 넘어서야 내가 아주 조금 변했듯 삶은 천천히 변화할 거야. 조급함이 늘 삶을 불만족스럽게 만들고 마음을 붙이지 못하게 만들었어. 그러니 천천히 가자. 당장 빌딩숲에 들어가 살아도 그게 불행은 아니야.'

그래, 미리 불행을 예측하고 겁낼 필요는 없다. 나는 지금 신들의 정원에서 노닐고 있으니 이 순간을 빠짐없이 즐기면 되는 것이었다. 시간이 얼마 안 남았다. 내일은 잊고 지금은 신선놀음을 즐기자!

그것이 언젠간 삶을 즐기는데 한 몫 거들어 줄 것이다.

진희

"요리사는 여행을 많이 다녀야 할 것 같아. 세상에 이렇게 다양한 음식과 맛이 존재하는데 많이 맛 보아야 창의적인 메뉴가 나오지 않을까?."

"건축가도 여행을 많이 다녀야 할 것 같아. 동서양의 건축을 합치면 창의적인 건축을 할 수 있을 것 같아."

"사진가도 여행을 많이 다녀야지. 세상엔 담아야 할 것이 아주 많잖아?"

"작가도 여행을 많이 다녀야 하지 않겠어? 세상엔 재미있는 이야기가 너무 많아."

"디자이너도 여행을 많이 다녀야 할 것 같아."

식사를 하다가 멋진 정원을 걷다가 하늘을 보고 사람들을 보며, 이런 이야기를 나누었다. 음악가도, 공학도도, 예술가도, 회사원도, 부부도 여행을 많이 다녀야할 것 같았다. 학생들도, 청년들도, 꿈이 있는 사람도, 없는 사람도….

이야기를 하다 보니 모든 사람이 여행을 많이 다녀야만 했다. 여행이 꼭 해외여행이나 장기여행을 말하는 것은 아니다. 어디든 단 몇 시간이든 상관없다. 자신을 둘러싼 주변을 자세히 관찰하고 낯선 환경과 이야기하며 자신만의 시간을 만드는 것이 모든 이에게 필요한 것 같다. 삶이 조그만 움직임에도 창의적으로 변화하는 작품처럼 느껴졌다.

도선

돌아간다 생각하니 약간의 우울한 감정들이 올라왔다. 우기인지 하루 종일 거무튀튀한 이곳 날씨도 내 감정을 더욱 부추겼다. 엘리엇 스미스의 음악을 듣고 싶은데, 충전기를 분실해 폰 배터리가 없다. 아내는 옆에서 개구리 포즈로 뭔가를 열심히 한다. 물끄러미 아내를 바라보고 있는데 두꺼비가 울었다.

한 번, 두 번, 세 번, 네 번… 울다 그친다. 일곱 번 울면 행운이 찾아온다는 속설이 있다. 한 번도 일곱 번을 다 채워 들은 적은 없었다. 언젠간 들을 수 있는 날이 올까? 그런 날이 오면 그 소원을 빌어야지 하며 등을 뉘어 천장을 보는데 팬이 시끄럽게 돌아가고 있었다.

인도가 생각났다. 인도에 있는 게스트하우스의 팬은 천장을 꽉 메울 정도로 크고, 도대체 저게 어찌 돌아갈까 할 정도로 썩어 삐걱대는 게 대부분이었다. 매번 두려운 마음으로 자다가 이번엔 정말 죽겠구나 느꼈던 적이 있었는데 카주라호쯤이었나? 탈이 나서 숙소에 꼼짝없이 누워 천장을 보는데 제기랄! 여태껏 본 것 중 제일 크고 낡은, 마치 풍력발전기에 쓰일 법한 거대한 팬이 나를 잡아먹겠다고 웅웅 소리를 내며 돌아가고 있었다. 여기서 빠져나가야겠다는 생각이 들었지만 몸은 잘 움직이지 않고, 침대 밑으로 들어가자니 쥐 따위가 지나다닐 게 뻔했다. 더위는 내 내장을 데워서 탕이라도 끓일 것처럼 기승을 떨었다.

나는 '에라 모르겠다'하고 머리만이라도 보호하기 위해 옆에 있던 작은 의자를 쓰고 잠이 들었다. 다음 날 별일은 없었지만 내 꼬라지를 보고 한참을 웃다, 난 도대체 왜 여기까지 와서 이런 생고생을 하고 있나 하는 생각이 들었다. 여행을 하다보면 누구나 겪는 감정, 그땐 그렇게 싫고 힘들었는데 막상 집에 돌아가면 사무치게 그리운 그 감정.

이번 여행은 어느 때보다 그런 감정이 많이 들었는데, 혼자가 아닌 둘이라서, 또 아내가 아파서 더 그런 것일 수도 있겠다. 지금 생각하면 참 용케 잘 견뎌냈구나 싶다. 아마 우리 인생에 있어서 이번 여행을 두고두고 추억하겠지.

진희

약 6개월 동안 꿈과 희망의 공간, 네버랜드를 찾아 나선 우리 피터팬들의 모험은 이제 끝이 났다. 그동안 정말 자유롭게 날아다녔다. 어떤 코스에 맞춰 바삐 움직이는 것이 아니라 운명이 떠미는 대로, 어디선가 만난 고마운 사람들의 발자취를 따라 동서남북 가리지 않고 날아갔다. 잠시 멈춰 선 곳에서 다른 이들과 어울리기도 했다가 다시 둘이 되었다가 어느 날은 일곱이 되었다가 행복했다가 외로웠다가 슬펐다가 기뻤다가…. 자유롭게 표현하며 여기저기 날았다. 이제 여행을 떠나기 전 찾으려 했던 네버랜드는 찾았냐는 질문에 답을 할 시간이다.

답은 이러하다.

“아니요. 네버랜드는 없었습니다.”

세상에 완벽하고 아름답기만 한 청춘의 도시는 없었다. 어디를 가나 자연과 인간의 싸움이 존재했고 아름다워 보이는 곳에서도 파괴와 복구, 부자와 거지, 가난과 질병, 삶의 모순, 이 모든 것들이 존재했다. 그러나 지구 위에서 네버랜드를 찾는 동안 내 마음속에 작은 공간이 생겨났다. 그곳에는 지금껏 봤던 경이로운 대자연이 있었고, 아름다운 사람들이 있었다. 그리고 그 사람들과 함께하며 조금씩 바뀌고 있는 나와 내 짝꿍이 살고 있었다. 네버랜드는 바로 그곳이었다.

대부분 사람들은 우리가 무엇을 얼마나 많이 가졌는지도 모르고 세상이 힘들다 원망하며 살아간다. 살고 있는 곳을 벗어나면 더 좋은 세상이 존재할 것 같아 언제나 일탈을 꿈꾸기도 한다. 사실 나도 내가 무엇을 얼마만큼 가졌는지는 아직도 잘 모르겠다. 여행을 마치고 돌아가 바라본 세상은 그전보다 더 나은 곳일지 아니면 더 못한 곳일지 모르겠다. 그러나 이것 하나만큼은 확실히 알 것 같다. 내가 무엇을 얼마만큼 가졌는지 곰곰이 생각할 수 있는 마음가짐을 가지게 되었다는 것이다.

네버랜드를 찾았지만 피터팬의 모험은 끝나지 않았다. 아직도 보고 겪어야 할 것들이 너무 많이 남아있다. 그리고 이 모험이 꼭 여행은 아니라는 것을 알게 되었다. 현재의 삶은 내가 원했던 삶이 아니라며 원망만 하던 이전의 내 모습을 버리기 위해 노력하는 그 자체가 모험인 것이다.

나는 병이 생겼다. 세상을 원망했고 그런 내 모습에 슬퍼했다. 이제 더는 잃을 것도 없다며 세상을 등지고 싶다는 생각을 하기도 했다. 때론 사는 게 죽을 만큼 힘들었지만, 나는 죽지 않았고 아직도 잘 걸어 다니고 있다. 더 나은 곳, 더 좋은 곳을 꿈꾸며 여행을 나섰지만 결국 다시 우리 집으로 돌아간다. 내 짝꿍과 더 살아야 하기에, 마음속에 지어놓은 네버랜드에 앞으로도 계속 좋은 사람들을 담아야 하기에, 나는 집으로 돌아간다. 모험을 계속하러 집으로 돌아간다.

11장

위하여!

우리는 새로운 삶을
시작하게 되었다

진희

한국에 들어오자마자 우리는 고양이 땡이에게 갔다. 현관을 들어서자 땡이는 이를 드러내며 하악 소리를 냈다. 그리고 내 목소리를 듣고 살짝 놀라는 듯하더니 우리 집으로 데려오자마자 소파 밑으로 들어갔다. 땡이의 호기심을 자극하기 위해 평소에 자주 하던 장난을 걸었다. 땡이가 좋아하는 말인 "맘마"를 외치며 밖으로 유인했다. 한참을 못 본 체, 못 들은 체 하던 녀석이 드디어 소파 밑에서 나왔다. 그리고 내 팔에 머리를 비벼대기 시작했다. 가만 보니 이 녀석은 울고 있었다. 땡그란 두 눈에 작은 물방울들이 주렁주렁 맺혀 떨어지고 있었다. 고양이가 사람처럼 울고 있었다.

동물이 무슨 감정이 있겠냐고 그냥 소파 밑의 먼지가 눈에 들어가 일어난 생리적인 반응일 거라고 말하는 사람도 있을 것이다. 그러나 반려동물을 키워본 사람은 안다. 이 녀석들도 감정이 있고 표현할 줄 안다는 것을. 진심을 다하면 말이 없어도 의사소통이 가능하다. 땡이도 우리도 울었다. 가족이 이제 다시 하나가 되었고 우리는 보잘것없지만 가장 행복한 집으로 돌아왔음을 실감했다.

집에 돌아온 후 작은 변화가 생겼다.

갑자기 빗방울이 떨어지기 시작하자 남편은 우리 집 빨래와 옆집 빨래를 함께 걷어왔다. 그리고 옆집에 비가 와서 걷어왔다며 빨래를 전해주었다. 아주머니는 고맙다고 인사를 했고 잠시 후 열무김치를 가져다 주셨다. 우리도 감사의 표현으로 과일을 담아 접시를 돌려드렸다. 차를 빼라고 성화하던 앞집 아저씨도 부드러운 목소리로 정중하게 차를 빼달라고 부탁하셨다.

남편과 나는 마주보고 방긋 웃었다. 그러다 큰 소리를 내어 웃기 시작했다. 말은 안했지만 세상이 변화하는 기적을 동시에 느낀 즐거움 때문이었다. 아주 작은 노력이 세상을 변화시키고 있었다. 이런 기적은 여행을 다녀와서 생긴 것만은 아니었다. 원래 있던 것들이었으나 우리가 보려고 하지 않았던 것이다. 여행은 그저 이걸 볼 수 있는 눈을 뜨게 해준 기회였다.

또 작은 변화가 더 생겼다. 내가 가진 것이 얼마나 많은지를 깨닫게 된 것이다. 우선 넘치도록 갖고 있던 옷을 정리했다. 몇 해 동안이나 입지 않았지만 갖고 있던 옷이 수두룩했다. 수북히 쌓여 있는 옷을 보니 무엇을 가졌는지 확인도 안하고 새 옷을 사 입었던 내 모습이 부끄러워졌다. 그리고 초라하다 여겼던 이 집의 소중함을 느끼게 되었다.

나가보면 비록 방 한 칸이더라도 내가 편히 누워 쉴 곳이 있다는 것이 얼마나 큰 축복인지 알게 된다. 더 큰 집에서 살았으면 하던 소망이 사라졌다. 이 공간이 참 좋다. 아늑하고 편안한 침대도 있고 내게 필요한 물건도 넘치도록 있는 추억이 깃든 이곳. 여행 후 이렇게 작은 것에 만족할 수 있는 마음의 여유가 생겨났다.

도선

아무 일 없을 거야 라는 말과 함께 집을 나섰다. 여느 때와 같이 손님 구경하기 힘든 이발소 주인 아저씬 담배를 몰아 피고 계셨고, 그 옆의 부동산 할아버지는 동네친구들과 담소 중이셨다. 하늘은 우중충했다. 병원까지 한 번에 가는 버스를 탔다. 둘이 함께 앉고 싶었으나 자리가 여의치 않았다. 따로 앉아 각자의 풍경을 즐기다 병원 옆 대학교 정거장에서 내렸다. 학교는 공사가 한창이었다.

백양로가 파헤쳐져 가슴이 아프다는 어떤 분의 페북글을 떠올리며 걷다가 아내의 뒤꿈치를 밟아버렸다. 아내는 많이 아픈 것 같았지만 횡단보도 신호시간이 얼마 남지 않아 그냥 뛰어버렸다. 미안하다는 말은 못했다. 평소에 이런 일들이 너무 잦아 핀잔 들은 게 한두 번이 아니었는데도 말이다.

진료실 앞에 도착해 우리 차례를 기다리다 지나가는 사람들을 살핀다. 내가 세상에서 제일 아파라는 듯한 표정의 할머니, 뭐 세상 살만큼 다 살았지라는 표정의 노부부, 민머리에도 싱글벙글 웃는 꼬마아이. 각자의 사연을 안은 채 살아가는 사람들을 보니 가슴속이 뭔가 복잡해졌다. 진료실에 들어섰다. 5평 남짓한 조그마한 방에 남자냄새가 물씬 풍긴다. 아마 남선생 두 분 다 미혼이신 듯, 아니면 어제 당직이셨거나라고 생각하며 아내 뒤편 구석에 박힌 의자에 앉았다. 의사선생님이 차트를 한참이나 쳐다보신다. 아내나 나는 이 시간을 무척이나 싫어한다. 쥐 죽은 듯한 적막함 가운데 이따금씩 들려오는 마우스 클릭소리와 옅은 한숨소리. 1분이 1년처럼 느껴진다.

아내를 바라본다. 등받이 없는 의자가 불편한지 몸을 자꾸 비튼다. 의자 좀 바꿔 달라 얘기하려다 이내 말을 삼킨다. 이윽고 의사선생님이 적막을 깨고 말씀을 시작하신다.

"일단 PET-CT 검사결과 재발이나 전이는 없어요. 근데…."

근데. 근데 라는 말을 듣고 나서부터 가슴이 뛰기 시작한다. 말소리가 메아리치는 듯한 음성으로 들린다. 그리고 몇 분 후 진료실을 나왔다.

멍하니 하늘을 쳐다보고 한숨을 한 번 푹 쉰 후 병원을 나왔다. 가는 길에 통장정리를 하고 아내가 좋아하는 쌀국수를 먹으러 갔다. 그 와중에 국물이 맛있다며 다 마셔버린 내 모습이 한심해 보인다. 서비스로 나오는 누룽지맛 사탕까지 한 알을 물고 나와 다시 버스를 탔다. 이번엔 함께 앉았으나 얘기는 나누지 않았다. 아내는 아델의 〈Chasing Pavement〉를, 나는 산울림의 〈너의 의미〉를 무한으로 들으며 집으로 왔다.

진희

나의 주치의 선생님은 센터장이 되어 더 이상 진료를 하지 않게 되었다. 그래서 이참에 뼈와 근육의 종양과 암을 전문적으로 보는 선생님을 찾기로 했다. 도대체 무슨 과에 문의를 해야 하는지 조차 정하기 어려웠다. 참 이상한 부위에 병이 생긴 모양이다. 세 분의 선생님을 거쳐 드디어 내 병을 전문적으로 진료하는 의사선생님을 찾게 되었고, 복잡한 과정을 거쳐 검사를 받았다. 여행을 마치고 집에 돌아온지 한 달이 넘어서야 제대로 진료결과를 알게 된 것이다.

재발이나 전이는 되지 않았다. 하지만 수술한 암이 양성에서 악성으로 바뀐 경우였기 때문에 지금 뼈 속의 종양도 악성이 될 가능성이 높다. 골종양은 항암제나 방사선 치료로는 없애기 어렵기 때문에 수술로 제거하는 것이 가장 확실한 방법이다. 그러나 뼈의 위치가 골반에 접해 있어 장애가 발생할 가능성이 높은데다 아직 젊기 때문에 그러한 위험부담을 감수하면서까지 수술을 해야 하는지에 대해 더 고민해봐야 할 것 같다. 지금은 치료로 없앨 수도 수술을 할 수도 없다. 그저 이 종양이 더 커지지 않게, 악성으로 변질되지 않게 기도를 하는 수밖에 없다.

서양의학을 전공한 선생님의 입에서 '기도'라는 말이 나오자 나는 다소 당황했다. 의학의 힘이 아닌 신의 힘을 빌려야하는 건가? 의학이 손 쓸 수 없는 부분에 내가 머물고 있다는 생각이 들었고, 갑자기 마음이 먹먹해졌다. 예후가 좋지 않은 병임을 잘 알고 있었다. 너무나 잘 알고 있었다. 그러나 언제까지나 나쁜 일들이 나를 피해갈 것이라고 믿고만 싶었다. 남편은 눈시울이 붉어졌고 나는 애써 더 덤덤한 척했다.

내가 남편을 만나지 않았더라면, 그는 더 행복한 삶을 살고 있을까? 나로 인해 마음 아프게 고통 받지 않으니까 더 편안하게 살고 있을까? 그렇진 않을 것 같다. 시간을 거꾸로 돌려 다시 선택의 시간이 찾아온다 해도 나는 남편을 선택할 것 같다. 서로를 통해 우리는 더 강해졌다. 같은 곳을 바라보게 되었고, 서로의 소중함을 깨닫게 되었다. 힘든 세상이지만 둘이 등지고 버틸 수 있을 만큼.

도선

집으로 돌아온 후 며칠 동안 생각에 잠겼다. 어떻게 살아야 할까. 어떻게 살아야 할까. 이곳에서 좋아지기만을 기도하며 살아야 하는 걸까.

어느덧 다시 시작된 일상으로 인해 희미해져가고 있던 우리의 여행을 떠올려보았다. 우리가 손잡고 함께 걸었던 곳과 함께 웃고 울던 곳, 그리운 사람들과 그리운 자연들, 동경했던 그들의 삶이 생각났다. 그리고 난 결심에 이르렀다. 서울에서의 삶을 벗어 던지기로.

"왜 동경만 하며 살아야 해? 우리도 그런 삶을 살면 되잖아. 꿈꾸는 데만 그치지 말고 꿈을 현실로 만들면 되잖아. 그래! 좀 더 느리게, 자연과 더불어, 이웃과 함께, 욕심은 멀리. 어려울 게 뭐가 있어. 일단 그런 삶과 맞는 마을을 찾아보자. 도시에서 벗어나 좋은 공기와 물을 마시고, 스트레스도 적게 받으며 살아보자. 그렇게 병을 이겨내보자."

한 달 가까이 전국을 돌아다닌 후 살 곳을 정했다. 경남 산청, 앞에는 경호강이 유유히 흐르고 옆으로는 실개천이, 뒤로는 둔철산이 자리잡은 품이 넉넉한 곳. 난 이곳을 보자마자 여기라면 자연으로부터 위로를 받으며 아내가 금방 나을 수 있을 것 같다는 생각이 들었다.

그러나 준비를 하면 할수록 욕심은 커져만 갔다. 더 나은 마을이 있을 텐데, 더 나은 집이 있을 텐데, 더 나은 일자리가 있을 텐데, 돈을 조금만 더 모아서 가면 편할 텐데….

이런 생각으로 미루고 미루다 보면 영영 못 가겠다 싶었다. 곰곰이 다시 생각해보니 우린 이미 잘 알고 있었다. 삶이 준비한 대로, 계획한 대로 되지 않는 다는 걸. 너무 많은 생각은 내 삶을 갉아먹는 다는 걸. 그렇게 우리는 새로운 삶을 시작하게 되었다.

진희

남편은 귀농귀촌 정보를 모으기 시작했다. 저렇게 열심히 눈에 불을 켜고 책상에 앉아있는 모습을 얼마 만에 보는지 모르겠다. 정말 가기로 마음을 단단히 먹은 모양이었다. 내 병은 약물로 나아지지 않기 때문에 내 스스로가 치유법을 알아가고 만들어 가는 것이 중요하다. 그렇기에 좋은 환경 속에서 편안한 마음으로 깨끗한 음식을 섭취하면 좋은 결과가 나오리라 믿고 있다.

비록 몸은 아프지만 속 깊은 평생의 짝을 얻어 함께 행복한 삶을 찾아 나설 수 있으니, 잃은 것보다 얻은 것이 더 많다는 생각이 든다. 문득 아픈 몸으로 큰 배낭을 메고 걸어 다니던 내 모습이 오버랩 되었다. 목적지를 향해 부지런히 걷는다. 어깨 위의 짐이 바윗덩어리처럼 무거워 다 버리고 싶지만 그럴 수 없다. 가방이 아니라 미련을 짊어지고 다니는 느낌이다.

도저히 더는 걸을 수 없는 지경에 이르러서야 나는 가방 속 물건들을 버리기 시작했다. 배낭이 가벼워지자 앞으로 나아가는 게 훨씬 편안해졌고 주변이 더 잘 보이기 시작했다. 우리가 여행을 하는 동안 힘든 일도 많았지만 그래도 잘 했다 싶은 것은, 하고 싶은 것을 했다는 것, 그리고 미련의 무게를 줄이는 법을 배웠다는 것이다.

인생에서도 여행과 마찬가지로 버리지 못한 미련을 짊어지고 알 수 없는 목적지를 향해 걷는다. 거기에 가서 행복할지 아닐지는 모르지만 이것만은 확실하다. 욕심을 줄이면 더 많이 볼 수 있다는 것과 무엇보다 가장 중요한 건 하고 싶은 것은 해봐야 한다는 것이다. 가보지도 않고, 해보지도 않고, 저 너머 세상을 겁 낼 필요는 없다.

아주 우연히 인터넷을 통해 산청의 허름한 농가를 보게 되었다.

"산청이라는 곳 어때?"

남편이 대뜸 지도를 보여주며 물었다.

"이렇게 산에 둘러싸여 있는 동네야."

"거기가 어디야? 처음 들어봐."

"진주 근처인데."

"진주? 전주는 아는데… 진주는 어디쯤이지?"

우리는 지도를 확대했다 축소했다 하며 지리를 파악했다. 그렇게 우리는 잘 들어본 적도 없는 낯선 동네를 발견하게 되었다. 시골농가는 공매로 나온 집이었다. 작은 집 한 채를 둘러싼 낮은 돌담, 마당에 있는 감나무와 장독대. 시골의 낭만에 흠뻑 취한 나는 인터넷으로는 한계가 있으니 일단 보러 가자고 졸랐다. 그리고 다음 날 아침 눈을 뜨자마자 산청으로 향했다.

전날의 기대감 때문이었을까. 잠을 잘 못 이룬 나는 차에서 내내 졸다가 남편의 목소리에 눈을 번쩍 떴다.

"우와! 진짜 아름답다! 저기 봐봐."

톨게이트를 지나자 강이 흐르고 있었다. 강가에는 바위들이 겹겹이 쌓여 있었고 건너편 정자 아래에는 꽃들이 흐드러지게 피어있었다. 다리를 건너자 붉은 꽃들이 카펫을 깔아 놓은 것처럼 양 옆에 펼쳐져 있었다. 온통 푸르렀다. 마을을 색칠하라고 하면 녹색만으로 칠해야 할 것 같은 기분이 들었다. 산에 만든 계단식 논이 외국에 와있는 듯한 기분을 들게 했고, 추수를 앞두고 노랗게 익은 벼가 마치 노란 유채꽃밭 같았다. 다른 곳에서는 느낄 수 없었던 감정이 일었다.

"여기라면 정말 건강해질 것 같아. 잘 살 수 있을 것 같아."

나는 아주 간절히 이곳에서 살고 싶어졌다.

도선

이곳을 보자마자 우리가 살 동네라는 것을 직감적으로 알게 되었다. 그리고 여기라면 아내가 건강해질 수밖에 없을 것만 같았다. 귀촌할 동네를 찾기 위해 한 달여간 충청도와 전라도, 경상도 등을 쉴 새 없이 돌아다니다 오게 된 산청. 산청IC를 빠져나와 읍으로 들어서는 순간, 이곳이 우리가 찾던 그 마을이라는 것을 알게 되었다. 사방을 둘러싸고 있는 크고 질푸른 산과 그 사이사이를 굽이쳐 흐르는 맑고 투명한 경호강. 산소를 듬뿍 머금고 있는 것 같은 바람. 이 모든 것들이 너무나 정겨웠고 너무나 익숙했다. 아내는 이곳에 있는 이틀 내내 싱글벙글이었다. 그 모습이 꼭 태국 빠이에서나 과테말라 산 페드로에서 짓던 웃음과 많이 닮아있었다.

진희

내겐 좋은 공기를 마시고 건강해지겠다는 것은 일종의 핑계였다. 사실 그것이 가장 주된 목적이긴 하지만 여행 후 나는 더 소박한 삶을 살고 싶어졌다. 물질적 행복이 아닌 마음의 풍요에서 나오는 행복을 만끽하고 싶었다. 과테말라에서 만난 스스무 부부처럼 살고 싶었다. 그 부부의 집에는 가구도 없고 가전제품도 없었다. 겉보기엔 가난해 보이지만 개와 고양이가 아이와 함께 뛰놀고, 앞마당에서 풀을 뽑아와 차를 끓여 대접하는 소박하고 따뜻한 삶을 살고 있었다. 그들의 삶을 본받고 싶었다. 시골에 내려오면 우리도 물질적으로 풍족하진 않아도 행복한 삶을 살 수 있지 않을까?

우리는 여행을 마치고 시골로 내려갈 준비를 했다. 건강해지기 위해서, 소박해서 행복한 삶을 살기 위해서, 더 많은 것들이 내 것이 아님을 배우기 위해서, 함께 자라고 기르고 느끼고 누리기 위해서, 살아온 날보다 더 많이 남은 삶을 덜 치열하게 살기 위해서, 여행에서 배운 것을 행하기 위해서, 더 많은 햇살과 하늘을 보기 위해서.

돌이켜 보니 가야할 이유가 생각보다 많았다. 앞에는 경호강이 흐르고 집 옆에는 개울이 흐르고 뒤에는 둔철산이 병풍처럼 둘러져 있는 마을. 우리는 새로운 곳에서 또다시 새 삶을 시작했다. 나를 위해 기도하며 온 우주를 움직여준 고마운 사람들에게 보답하고 싶다. 건강하고 행복한 모습으로 말이다.

도선

지금은 우리 삶에 햇살만 내리쬐는 듯해도 안개가 자욱하여 앞이 보이지 않는 날이 또 불쑥 찾아올 것이다. 하지만 미리 걱정할 필요는 없을뿐더러 이미 함께 이겨나가는 방법을 경험했기에 전과는 분명히 다를 것이다. 그렇기에 지금 내 눈앞에 있는 행복, 내 눈앞에 있는 당신에게만 집중하는 게 맞지 않을까. 나는 마을이 한눈에 내려다보이는 언덕 위에 서서 앞으로 그려갈 우리의 삶을 떠올려본다. 그리곤 부푼 마음을 고스란히 담아 아내에게 편지를 썼다.

여보, 전에 내가 말했었지. 함께 가는 길, 무수한 고난이 오더라도 당신의 손 절대 놓지 않을 거라고. 지금은 작고 흔들리는 배지만 곧 당신을 안정시켜줄 굳건한 배가 될 거라고. 아직은 잘 모르겠어. 내가 그런 튼튼한 배가 되어 있는지. 하지만 함께 살아가면서 천천히 그렇게 되어가고 있는 건 분명해 보여. 그 과정이 여전히 힘들더라도 행복한 순간은 함께 나누고, 슬픈 일은 반으로 나누어 잊고, 사랑으로 빈 공간 가득 채우며 살자. 그리고 무엇보다 지금처럼 서로를 많이 바라보자. 고마워 내 짝꿍이어서.

• 경남 산청으로 귀촌한 뒤 맞이한 두 번째 결혼기념일.
매년 결혼기념일마다 사진을 찍기로 다짐을 했다.
첫 결혼기념일에는 캐나다에서 체리를 따고 있었고, 다음 해에는 산청에서 맞이했다.
늘 안정적인 삶을 꿈꾸며 살았는데 이제는 변화무쌍한 삶을 사랑하게 되었다.

TATTOO

TATTOO

오늘이 마지막은 아닐 거야

1판 1쇄 발행 2015년 9월 1일
1판 5쇄 발행 2022년 7월 15일

지 은 이 정도선 박진희
펴 낸 이 신혜경
펴 낸 곳 마음의숲

대　　표 권대웅
주　　간 박현종
편　　집 김도경 최현지
디 자 인 박기연
마 케 팅 노근수

출판등록 2006년 8월 1일(제2006-000159호)
주　　소 서울시 마포구 와우산로30길 36 마음의숲빌딩(창전동 6-32)
전　　화 (02) 322-3164~5 팩스 (02) 322-3166
이 메 일 maumsup@naver.com
인스타그램 @maumsup
용지 (주)타라유통 인쇄 · 제본 (주)에이치이피

ISBN 978-89-92783-93-4 (03810)

* 값은 뒤표지에 있습니다.